LE PUMA

DE LA MÊME AUTRICE

Les enfants s'ennuient le dimanche
(éditions do, 2019)

JEAN STAFFORD

LE PUMA

Traduit de l'anglais (États-Unis)
par Julien Nègre

BEAU DOMMAGE

TITRE ORIGINAL
The Mountain Lion

—

Ce roman a paru pour la première fois chez Harcourt, Brace and Co. en 1947.

—

Peinture de couverture: Marie Aublé, *Ghost Dance*, 2022 (détails)
Photographie © Marie Aublé, avec l'aimable autorisation de l'artiste.

—

Direction artistique: Grégoire Hénon
Mise en page: Trëma Print

—

ISBN: 978-2-9583603-1-3

—

Beau dommage remercie Juliette Virié, Adrien Jean et Matthieu Joulin.

— SOMMAIRE

Pour Cal et pour Dick

L'ami aime en tout temps,
et le frère se montre dans la détresse.

Proverbes, 17:17

—

Chapitre 1

Ralph avait dix ans et Molly huit quand ils attrapèrent la scarlatine. Ils en gardèrent une sorte de déséquilibre hormonal qui n'était pas dangereux en lui-même mais qui les maintenait à demi empoisonnés l'essentiel du temps et provoquait fréquemment des saignements de nez si abondants que l'école les renvoyait à la maison. Presque toujours, leurs saignements se produisaient au même moment. Ralph débarquait dans le couloir, saignant à profusion, et trouvait alors Molly en train de sortir de la classe du cours élémentaire, un mouchoir taché contre le nez. Leur mère ne supportait pas la vue du sang, et le désarroi qu'elle ressentait quand elle les voyait remonter l'allée en traînant les pieds ne diminua jamais, même quand ces retours à la maison en milieu de journée furent devenus une habitude. À chaque fois, elle les suppliait de l'appeler au téléphone pour qu'elle puisse demander à Miguel, le contremaître, d'aller les chercher en voiture. Mais ils ne le faisaient jamais, car ils aimaient marcher jusqu'à la maison, se sentant tout au long du trajet agréablement supérieurs à leurs sœurs Leah et Rachel, qui restaient cloîtrées à l'école sans rien d'autre à faire que de mâchonner de la paraffine en douce.

Au cours du mois de septembre qui suivit leur maladie, le jour où Grand'Pa Kenyon, le beau-père de leur mère, devait arriver pour sa visite annuelle, ils se retrouvèrent ainsi, le nez en sang, devant la salle où étaient entreposées les fournitures de dessin. Voyant par la porte ouverte que Mlle Holihan était occupée à couper au massicot une liasse de papier kraft, ils s'éloignèrent sur la pointe des pieds en pouffant aussi silencieusement que possible et, les escaliers atteints, ils filèrent en courant. Une fois dehors, dans la cour de récréation vide, ils se félicitèrent mutuellement. Molly allait pouvoir échapper à la séance de dessin de Mlle Holihan (dessiner une pomme) et Ralph allait rater non seulement le cours d'écriture (méthode Palmer), mais aussi celui de chant. En réalité, ils ne gagneraient rien à rentrer à la maison quelques heures avant le bus scolaire, puisque le train de Grand'Pa n'arrivait pas à Los Angeles avant le milieu de l'après-midi et qu'il fallait encore attendre une heure supplémentaire avant que Miguel, au volant de la Willys Knight, ne le dépose dans l'allée. Ils lambinèrent donc plus encore que d'habitude, pas certains de trouver quoi que ce soit de bien passionnant à la maison, mais tout à fait sûrs, en revanche, que leur mère, toujours prompte à pinailler et jacasser quand ils avaient des invités, serait vraiment en pétard en les voyant arriver.

La route de campagne qu'ils suivaient était étroite et sinueuse. De chaque côté couraient de petits fossés d'eau claire, qui faisaient des bruits de bouche. De temps à autre, ils s'arrêtaient pour y tremper leurs mouchoirs et essuyer le sang qui se trouvait sur leurs mains et leurs bras. Sur leur droite, il y avait un champ d'orangers d'où émanait en toute saison un lourd parfum, et où ils voyaient parfois des groupes d'oiseaux si éclatants et inhabituels qu'ils imaginaient qu'ils devaient venir des mers du Sud ou du Japon, à l'est. Parmi les petits arbres pyramidaux, certains étaient toujours en fleur et certains portaient toujours des fruits. Ce jour-là, un homme se tenait sur une échelle dans le champ et il se retourna en les entendant approcher. Il retira son chapeau et s'essuya le front avec la manche de sa chemise noire et leur lança : « Salut, les gamins ! », mais comme il était mexicain ils détalèrent sans répondre, terrifiés, jusqu'à ce qu'ils soient assez loin pour ne plus entendre son rire moqueur.

Ils passèrent ensuite devant l'énorme laiterie étincelante de M. Vogelman. M. Vogelman était un gros Allemand qui portait une combinaison de travail blanche et à qui un groupe d'enfants de sept ou huit ans avaient un jour jeté des cailloux, quand ils avaient appris à l'école ce que les Huns avaient fait aux Belges[1]. Leurs mères, craignant qu'il ne cherche à se venger en introduisant des germes de tuberculose dans le lait, lui avaient envoyé une lettre d'excuses. Mais comme l'incident avait eu lieu le jour d'Halloween, M. Vogelman l'avait mal interprété et il ne comprit pas un mot de cette missive. Il possédait des Guernesey dont le cuir brillait au soleil comme du

1 — Référence aux exactions commises par l'armée allemande en Belgique au début de la Première Guerre mondiale, très médiatisées aux États-Unis. *(Toutes les notes sont du traducteur.)*

métal, pas aussi jaune qu'une banane et pas aussi bleuté que du lait, mais quelque part entre les deux. Ce jour-là, il y avait un veau nouveau-né près de la barrière, et son museau pareil à celui d'un faon prit un air de surprise mélancolique quand il vit ces petits humains le fixer du regard. Sa mère mugit dans leur direction, scandalisée, ses grosses narines noires démesurément dilatées, et ils décampèrent car, même s'ils ne l'auraient jamais avoué, les vaches leur faisaient peur. Ils connaissaient une blague sur les vaches qu'ils avaient lue dans *The American Boy* et, quand ils furent à une distance raisonnable du pré, ils la récitèrent sous forme de dialogue :

RALPH : Avec quoi fait-on les chaussures ?
MOLLY : Du cuir.
RALPH : Cuire ? Mais que veux-tu que je fasse cuire ?
MOLLY : Cuir ! Du cuir ! De la peau de vache !
RALPH : Oh, c'est toi la peau de vache ! Moi je suis un dur à cuire.

Ils rirent si fort qu'ils durent s'asseoir au milieu de la route en se tenant les côtes, et le rire les fit saigner du nez deux fois plus vite, si bien que, dans leurs convulsions douloureuses, ils tamponnaient leurs mouchoirs désespérément en hurlant des « Ah ! ah ! » de douleur. Enfin, quand ils se furent calmés, Ralph déclara :

— Je crois que je vais raconter cette histoire à Grand'Pa.

Et Molly dit :

— Moi aussi.

Ces derniers temps, Ralph l'avait trouvée agaçante. Souvent, quand il finissait de raconter une blague ou un fait quelconque, elle répétait juste après lui exactement ce qu'il venait de dire, de sorte que les gens n'avaient pas le temps de rire ni de s'extasier. Et ce n'était pas tout : à d'innombrables reprises, elle avait aussi raconté ses rêves à lui en prétendant que c'étaient les siens. Il ne voulait pas que la blague de la vache tombe à plat et donc, après une pause et à contrecœur, il accepta de la laisser la raconter avec lui comme ils venaient tout juste de la réciter. Elle n'était pas aussi longue que les tirades obscures que Leah et Rachel déclamaient ensemble, mais elle était tellement plus drôle qu'ils étaient certains que Grand'Pa ne manquerait pas d'éclater de son grand rire tonitruant en se tapant sur la cuisse et en s'exclamant : « Sapristi, elle est bonne, celle-là ! »

Ils se remirent en route en pensant à Grand'Pa, grattant joyeusement du pied la poussière blanche de la route jusqu'à ce que leurs richelieus soient devenus tout poudreux, lacets compris. À côté de la laiterie se trouvait un arroyo profond et aride appelé « le Ravin ». Il avait été creusé par une crue qui avait eu lieu au printemps de l'année où Leah avait eu trois ans, mais ils avaient si souvent entendu les histoires des ravages causés ce jour-là qu'ils étaient convaincus que leurs impressions venaient de souvenirs authentiques et non des conversations entre leur mère et ses amies, quand il n'y avait rien de neuf dont discuter et qu'elles étaient contraintes d'évoquer de nouveau les frissons du passé. M. Fawcett avait traversé un bras de rivière en furie sur le dos d'un cheval nommé Babe, mort depuis longtemps, pour porter secours à une femme âgée dont la maison fut ensuite emportée par le courant. Il l'avait ramenée chez eux couchée en travers de la selle comme un sac à fourrage en toile de jute et lui avait fait du bouche-à-bouche sur le sol de la cuisine. Des milliers et des milliers de pinsons avaient surgi de la pluie battante pour se mettre à l'abri sous le porche ; il y en avait tellement que Papa avait déclaré qu'on se serait cru dans un véritable refuge pour oiseaux ; Fuschia était en train de préparer une tarte aux cerises, et Papa lui avait demandé si elle voulait y ajouter vingt-quatre pinsons[2]. Un pamplemoussier avait remonté l'allée en flottant, avec ses racines et toutes ses branches à la surface de l'eau, et Papa l'avait planté à côté du chauffe-eau solaire. Chaque année, il donnait un seul et unique pamplemousse, plus petit qu'une balle de golf et presque aussi dur.

Sur le sol du Ravin, Ralph et Molly trouvaient des cailloux aux couleurs vives, roses et verts et jaunes et bleus. Après de grosses averses, il y avait parfois des paillettes de pyrite (l'or des fous) dans les flaques. D'étranges fleurs drues aux racines courtes poussaient de tous côtés sur les pentes raides, ainsi que des touffes de mauves qui contenaient un lait amer. Il y avait un endroit où la boue en séchant se craquelait et formait des morceaux semblables à des parts de tarte, et quand Molly était très petite elle pensait que c'était là que vivaient les sandwichs. Le Ravin était la source de tout ce qui était mystérieux et mauvais. Ces cailloux lisses et colorés qu'ils ramassaient étaient en réalité des joyaux dérobés et le voleur était un Skalawag[3] noir comme le charbon qui dormait pendant la journée dans le silo à maïs de M. Vogelman mais montait la garde la nuit. Ils ne s'aventuraient pas dans le Ravin quand ils saignaient du nez car le

2 — Référence à la comptine *Sing a Song of Sixpence*, dont la première strophe évoque « vingt-quatre merles, cuits dans une tarte ».

3 — Sobriquet péjoratif désignant un vagabond ou une personne qui n'est pas digne de confiance.

Skalawag pouvait sentir l'odeur du sang, à n'importe quelle distance, et alors il se réveillerait et rappliquerait illico pour les attraper. Ils le dépassèrent donc rapidement en lançant des regards de côté. L'automne précédent, quand ils avaient emmené Grand'Pa Kenyon voir le Ravin, il avait dit :

— Eh bien, ça, ça me plaît davantage. Il y a trop de cette fichue verdure ici en Californie. Mais le lit asséché de ce petit torrent, là en bas, ça m'évoque un endroit qu'est *vraiment* un endroit.

Il avait promené ses yeux noirs tout autour de lui en inspirant à petites bouffées comme si la douceur des bourgeons d'orangers le dérangeait et il avait dit :

— Quand je pense que c'est jamais l'hiver ici ! Je préférerais être envoyé en enfer dans un panier en osier que de ne pas voir voleter les premiers flocons.

Les enfants étaient un peu en colère et intimidés et, le remarquant, il leur expliqua (même s'ils ne comprenaient pas ce qu'il voulait dire) que la nature n'offrait ici à l'homme aucun réel défi à relever.

— Prenez ce ranch que j'ai dans le Panhandle[4]. Il n'y a pas d'endroit au monde où la nature soit plus revêche que là-bas, mais quand elle se bat contre vous, on dirait une belle indomptable.

Quand il avait acheté ses terres, il n'y avait pas une seule goutte d'eau sur les dix-huit mille hectares, pas une rivière, pas une mare. Tout le monde disait qu'il était un sacré nigaud de les acheter. Mais il ne s'était pas débiné et il les avait achetées quand même, et alors il avait pris une petite tige fourchue en bois de houx et il avait choisi un endroit sur une hauteur juste à l'ouest de là où il voulait construire sa maison. Il s'était tenu là avec sa baguette de houx, une branche dans chaque main. Petit à petit, le bâton s'était incliné : au point indiqué se trouvait une source profonde d'eau claire qui ne s'était jamais tarie jusqu'à ce jour.

Après ça, le Ravin avait acquis pour Ralph et Molly une nouvelle signification, et ils en étaient venus à croire que si le Skalawag était si vigilant c'était parce qu'il craignait que quelqu'un vienne avec un bâton de sourcier et que toutes ses pierres précieuses soient emportées si l'on trouvait de l'eau. Et à présent encore, chaque fois qu'ils passaient devant, ils pensaient au ranch de Grand'Pa dans le Panhandle et Ralph disait en soupirant : « Sacrebleu de bonsoir, j'aimerais tellement partir dans l'Ouest. » Car ils avaient cru Grand'Pa

---

4 — Littéralement : queue de poêle. Le mot désigne ici la partie nord du Texas, qui forme un carré enclavé entre l'Oklahoma et le Nouveau-Mexique.

Kenyon quand il leur avait dit que la Californie ce n'était pas l'Ouest américain mais un truc à part, comme la Floride ou Washington, D.C. Dans l'Ouest, par exemple, on ne verrait pas toutes ces broutilles qui passionnaient tant Mlle Runyon. Celle-ci habitait après le Ravin dans une petite maison blanche aux volets verts avec des bégonias à toutes les fenêtres, et Molly avait adoré quand Grand'Pa s'était exclamé en la voyant : « Ah ben ça par exemple, voilà autre chose ! » Les parterres de fleurs descendaient sans interruption jusqu'à la route, et debout au milieu des lits de phlox et de centaurées et d'oxalis se trouvaient toutes sortes de créatures curieuses : une énorme grenouille verte, trois elfes écossais, une cane et quatre canetons, deux merlebleus aussi gros que des chats, une petite fille hollandaise avec une capeline et un totem. Il y avait une pancarte au-dessus de la porte d'entrée sur laquelle était écrit « Do Mi Si La Do Ré ». À côté de la maison se trouvait une niche absolument identique au Do Mi Si La Do Ré et au-dessus de l'entrée on pouvait voir une pancarte sur laquelle était écrit « Fini de Flâner », car le chien de berger de Mlle Runyon s'appelait Flâneur. À l'abri sous le porche avant était fixé un nichoir lui aussi identique à la maison, mais son nom n'était pas aussi recherché : il s'appelait simplement « Maison de Jimmy le Roitelet ».

Mlle Runyon tenait le bureau de poste et les gens la considéraient comme un sacré personnage. Elle conduisait elle-même une automobile qu'elle appelait « Vec' », un diminutif de « Véhicule », qu'elle s'amusait à prononcer « Véhi-cucule ». Elle ne mangeait jamais de viande ni d'épices, car elle suivait les préceptes du Dr Kellogg. Il arrivait qu'elle invite les Fawcett à dîner sur l'herbe dans son jardin, et elle leur servait des hamburgers qui étaient en réalité constitués de céréales Grape Nuts agglomérées dans de la fausse gelée de pied de veau. Elle venait toujours chez eux le dimanche après-midi pour lire leur journal et ne cachait pas qu'elle aimait la page des bandes dessinées comme une enfant, et quand elle s'y plongeait elle était aussi concentrée que Ralph et Molly et Leah et Rachel. Un jour, elle déclara qu'elle n'en pouvait plus d'Elmer Tuggle et de son inséparable gant de baseball. Happy Hooligan était son personnage préféré. Il y avait quelque chose d'agressif dans sa bonté d'âme, mais en réalité elle était très timide et incapable de dormir seule dans une maison, et c'est pourquoi elle employait une petite femme japonaise nommée Mme Haisan pour vivre avec elle. Si jamais Mme Haisan devait s'absenter, Leah et Rachel allaient dormir chez Mlle Runyon, bien qu'elles n'en aient jamais envie car, la première fois où elles étaient restées chez elle, au beau milieu de la soirée, elle avait soudain levé les yeux du numéro de *McCall* qu'elle était en train de lire et avait dit avec inquiétude: «Chut! J'ai entendu un être humain déglutir!» Ralph et Molly pensaient que c'était sans doute le Skalawag qui avait dégluti quelque chose et, quand ils commencèrent à imaginer ce que ce quelque chose pouvait être, les possibilités furent si nombreuses et si terrifiantes qu'ils ne purent plus entendre le mot «déglutir» sans trembler.

Mme Follansbee, l'épouse du pasteur, considérait par plaisanterie que Mlle Runyon en pinçait pour M. Kenyon, et la rime entre leurs deux noms était pour quelque chose dans cette supposition. Et il est vrai qu'à plusieurs reprises, pendant qu'il séjournait chez eux, elle les avait tous invités à venir dîner «à la bonne franquette» mais ils n'y étaient jamais allés, car comme le déclarait Mme Fawcett dans le secret de l'intimité familiale:

— J'ai bien du mal à imaginer la réaction d'un grand mangeur comme M. Kenyon si le dîner n'était composé que de céréales, et peu importe la manière dont elle les aurait déguisées!

Ralph se dit qu'il pourrait peut-être raconter à Grand'Pa une anecdote amusante sur Mlle Runyon, pas une histoire vraie mais une où il utiliserait simplement son nom, et il s'arrêta pour y réfléchir, appuyé sur la clôture, et il laissa le sang couler de son nez sur les pieux, si bien que deux d'entre eux ressemblaient à des lances qui auraient touché leur cible. Ou alors il pourrait en raconter une sur Mme Haisan. Mme Haisan avait deux enfants, à peu près de l'âge de Molly et du sien, qui vivaient avec leur tante, une toute petite bonne femme qui faisait la lessive pour Mme Fawcett. Les enfants s'appelaient Maisol et Maisako et l'un était né le 4 juillet (jour de fête nationale) et l'autre le 1er avril (jour des blagues). Une fois, il y avait eu un épisode terrible: ils étaient venus avec Hana et ils avaient emmené Ralph et Molly jusqu'à l'endroit où poussaient les pastèques, et non seulement ils en avaient coupé une pas encore mûre à l'aide d'un couteau à mastic, mais ils avaient dit des choses et sous-entendu d'autres choses qui étaient si horribles que Ralph et Molly avaient été forcés de se battre avec eux. Ils avaient gagné sans effort, bien sûr, parce que les enfants jap étaient bien plus petits.

Ralph ne trouvait pas une seule blague à raconter à part celle de la vache. Il fit un pied de nez en direction de la maison de Mlle Runyon en chantonnant: «Runyon champignon, champignon grognon, t'as les pieds comme des rognons et ta bouche elle sent l'oignon!» Puis il attrapa sa sœur par la main et partit en courant à toute allure, car au même instant Mme Haisan s'était montrée à la porte du Do Mi Si La Do Ré et Flâneur à celle de sa niche, et même si le chien était aussi inoffensif qu'une coccinelle et que Mme Haisan avait sans doute seulement voulu leur donner un kumquat confit, c'était plus agréable de se dire qu'ils s'étaient précipités à leurs trousses aussi furieux que le Skalawag, et dès que la maison fut hors de vue Ralph s'agenouilla et colla son oreille sur la route puis bondit en l'air en criant: «Hé! ils nous rattrapent!» Et ils ne s'arrêtèrent de courir que quand ils se furent engagés dans l'allée qui menait chez eux.

Au bout d'une centaine de pas, ils virent les palmiers qui marquaient la frontière de leur territoire. Sur ce dernier segment, pour une raison ou une autre, Molly pensait toujours à Redondo Beach où ils passaient quelques semaines à la fin de l'été. En levant les yeux vers le ciel bleu et vide, elle retrouvait la sensation de ses pieds nus dans le sable chaud quand elle cherchait des étoiles de mer et des dollars des sables, et elle entendait les cris des femmes inquiètes à leurs enfants qui pataugeaient dans l'eau, et les enfants impatients qui criaient à leur tour que les vagues n'étaient pas hautes. Penser à la plage la rendait nostalgique et fébrile et la faisait parfois gémir, car elle se rappelait toujours l'étrange et en un sens agréable terreur qu'elle avait ressentie le jour où une mouette lui avait fait un clin d'œil et qu'elle avait vu que c'était sa paupière du bas qui bougeait et non celle du haut. Mais ce jour-là elle ne pleurait pas. Elle le savait, Ralph était trop joyeux pour la réconforter, et c'était le seul plaisir qu'il y avait à pleurer, qu'il la prenne dans ses bras et qu'elle respire l'odeur âcre de ses bretelles en cuir et de la serge et qu'elle sente en frémissant le contact de ses mains pleines de verrues sur son visage. Elle pouvait toujours décider de penser non pas à la tristesse que faisait naître le souvenir de la plage, mais plutôt à son père décédé, dont elle ne gardait aucune trace dans sa mémoire mais dont elle savait qu'il était là-haut dans le ciel avec Jésus et qu'il la reconnaîtrait miraculeusement quand elle arriverait au paradis même si elle n'était pas encore née quand il était mort. C'était la pensée la plus exaltante qu'elle ait jamais conçue, et elle la faisait presque délirer depuis le jour où elle et Ralph avaient décidé d'un commun accord de ne pas mourir jusqu'à ce qu'il ait quatre-vingt-dix-neuf ans et elle quatre-vingt-dix-sept, de sorte que quand ils arriveraient là-haut ils auraient l'air bien plus vieux que leur père, qui était mort à l'âge de trente-six ans.

Dès qu'ils se mirent à remonter l'allée, Ralph commença le jeu du Cheval mort. Il dit:

— J'ai vu un cheval mort sur la route.

Molly répondit:

— C'était mon casse-cou.

Et ils continuèrent ainsi :
— C'était mon casse-pieds.
— C'était mon casse-tête.
Juste au moment où ils atteignaient le côté du porche à l'avant de la maison, Ralph s'écria :
— C'était mon casse-croûte !
Et Molly se mit à hurler comme une hystérique :
— Maman ! Le casse-croûte de Ralph est *encore* un cheval mort !
Mais leur mère n'était pas assise sous le porche comme à son habitude, et ils se regardèrent, hébétés et gênés.
Ils auraient dû prévoir qu'elle serait à la cuisine, en train de tout préparer pour l'arrivée de Grand'Pa. À présent, ils l'entendaient s'affairer de l'autre côté du hall d'entrée, chaussée de ses mules à talons, et ils imaginaient déjà le spectacle qu'elle allait découvrir et comment elle allait s'écrier : « Oh, mais dites-moi que ce n'est pas vrai ! » L'instant d'après, elle se tenait sur le seuil de la porte moustiquaire, les mains sur ses hanches menues, vêtue de sa jupe gris perle, incapable de décider si elle était furieuse ou inquiète, trop bouleversée sur le moment pour prononcer un seul mot. Les enfants attendirent au pied des marches comme des chiens bien dressés et leur mère, en voyant leur humilité, choisit l'anxiété et dévala les escaliers pour les prendre dans ses bras, mais avec précaution afin de ne pas tacher son chemisier blanc smocké. Elle sentait la racine d'iris et le pain d'épices, et les enfants, en la reniflant, percevaient qu'il y aurait bientôt un invité à la maison, et ce bien plus clairement que quand ils avaient vu Miguel quitter la maison ce matin-là pour se rendre à la gare. Il était parti tôt pour acheter des gourmandises sur les marchés de Los Angeles. Entre autres choses, il allait y avoir des cerises noires et des loukoums.
— Oh, mes pauvres petits poussins ! s'écria-t-elle, ses yeux bleus s'emplissant rapidement de larmes. Oh, mes chéris, mais pourquoi n'avez-vous pas téléphoné ? Pourquoi donc infligez-vous cela à votre mère ?
— Si nous avions téléphoné, répondit Molly, ça n'aurait servi à rien puisque Miguel n'est pas là et la voiture non plus et même si la voiture avait été là ça n'aurait toujours servi à rien puisque personne ne sait la conduire à part Miguel.
La logique de Molly mettait toujours Mme Fawcett en colère et elle les entraîna donc dans la maison et jusqu'à la salle de bain à l'étage, en lançant des bouts de phrases qu'elle ne terminait pas : « Ah, mais vraiment... ! », « J'ai beau essayer de... », « Il fallait bien que ce soit aujourd'hui... ! »

Les saignements de nez cessaient presque toujours dès qu'ils arrivaient à la maison, un phénomène qui contrariait singulièrement Mme Fawcett, et un jour elle en avait parlé en leur présence à M. Follansbee qui avait répondu, avec un petit rire catarrhal :

— Eh bien, Rose, voyez-vous, cela me rappelle ma pauvre mère, cette sainte, qui était sourde comme un pot, sauf quand il y avait quelque chose qu'elle voulait bien entendre…

Ni Ralph ni Molly n'avaient la moindre idée de ce qu'il voulait dire mais ils avaient senti une nuance de moquerie dans sa voix et, pleins de crainte et de haine, ils étaient montés dans la chambre de Ralph où ils avaient chacun écrit sept fois en lettres d'imprimerie « Rév. Follansbee » sur du papier à dessin, puis réduit les feuilles en cendres dans le brûle-encens en forme de Bouddha doré.

Une fois lavés et vêtus de leurs habits du dimanche, ils sortirent dans le jardin et s'assirent sous l'arbre-ombrelle pour jouer à plante-couteau, en cachant précipitamment l'objet à chaque fois que leur mère venait à la porte pour leur dire de veiller à ne pas tacher leurs habits ou à ne pas trop s'exposer au soleil. Jouer à plante-couteau était interdit, de même que tous les jeux qui comportaient le moindre risque de blessure, car Grand-Père Bonney, leur véritable grand-père, était mort d'une septicémie. José, le jardinier, était en train de tailler les palmiers et, tandis qu'il maniait habilement sa machette incurvée, il fredonnait des chansons dont les enfants savaient qu'elles étaient mauvaises, même s'ils n'en comprenaient pas un mot puisqu'il chantait en espagnol. Ils le savaient car José lui-même était un homme mauvais. Une fois, Rachel avait rêvé qu'il la poursuivait à bicyclette sans tenir le guidon, avec cette même machette incurvée entre les dents, brandissant d'une main une clé anglaise et de l'autre le sabre de la guerre de Sécession qui avait appartenu à Grand-Oncle Harry Fawcett, au sujet duquel on ne savait strictement rien d'autre. Et une autre fois, José avait traité Ralph de salopiaud et menacé de lui brûler les yeux avec un tisonnier chauffé à blanc s'il continuait à ramasser des baies sur la douce-amère pour les tirer à la sarbacane.

Bouge, la chatte gentille, dormait sur le rebord du bassin aux grenouilles, et le seul chaton qu'on lui avait laissé de sa dernière portée était en train de regarder fixement au fond de l'eau verte et vaseuse. Mme Fawcett, qui n'aimait pas les animaux, même dans leur milieu naturel, était convaincue que c'était Bouge qui avait transmis les germes de la scarlatine à Ralph et Molly, car Dieu sait quelles sortes de maisons elle pouvait bien visiter quand elle cherchait de la nourriture ou des matous, et elle l'aurait fait éliminer si Ralph ne l'avait entendue parler avec Miguel sous sa fenêtre un matin alors qu'elle le croyait endormi. Titubant de fièvre, il était allé jusqu'à la fenêtre pour lui jurer solennellement que si Bouge avait disparu de la maison quand il serait guéri, il partirait sur-le-champ pour le Panhandle et ne reviendrait pas avant un millier de millions d'années. Il arrivait que Mme Fawcett s'inquiétât pour la santé mentale de ses deux plus jeunes enfants: ils faisaient preuve d'une telle détermination froide qu'elle n'osait imaginer ce qu'ils pourraient faire s'ils se trouvaient un jour contrariés au sujet de quelque chose qui leur tenait à cœur. Elle ne comprenait pas d'où ils avaient pu hériter de cette disposition, en tout cas pas de son côté de la famille, et même si M. Fawcett avait été tout sauf une chiffe molle, il se comportait avec beaucoup de douceur et prenait toujours en considération le point de vue opposé lors des disputes. Bouge resta donc. Et puis un soir, la stupéfiante Molly avait littéralement lu dans les pensées de sa mère. Mme Fawcett était en train de regarder Bouge qui dormait dans l'âtre et Molly avait déclaré:

— Si jamais il arrive quelque chose à Bouge, du poison ou n'importe quoi d'autre, je mettrai le feu à la cabane de la pompe à eau.

Depuis la maison qui semblait bien fraîche (on avait tiré les persiennes vert foncé pour empêcher le soleil d'entrer, même si le buisson aux baies turquoise était si dense qu'il laissait de toute façon passer peu de lumière) parvenaient les bruits assourdis de Mme Fawcett et Fuschia en train de préparer le dîner. Cela faisait deux jours qu'elles cuisinaient. Elles avaient fait du gâteau renversé à l'ananas, de la sauce hollandaise, de la salade de pommes de terre, des pickles de betterave, des haricots blancs, du pain complet, des biscuits au sucre, des boudoirs, de la brioche Sally Lunn et du punch sans alcool. Fuschia avait apporté à la cuisine le nouveau Schmierkäse qui pendait depuis trois jours dans son sac de mousseline au plafond de la glacière et elle était allée chercher dans le placard à conserves six bouteilles de jus de raisin pour les mettre au réfrigérateur. La veille, pendant l'après-midi, Ralph et Molly avaient cassé l'équivalent d'un gros bol de noix, ramassées l'année précédente dans leur propre champ, et le jour même Fuschia avait glacé les cerneaux entiers et utilisé les fragments restants pour faire du penuche. Le canard était au four, en train de cuire dans un bain de jus d'orange. Avant de partir à l'école, Leah et Rachel avaient poli l'argenterie Bonney et mis sur la table la nappe à motifs de belles-de-jour.

L'après-midi paraissait ne jamais devoir finir et pourtant les enfants n'étaient pas vraiment impatients qu'il s'achève, car les moments où ils anticipaient l'arrivée de Grand'Pa étaient d'une certaine manière aussi agréables que ceux où il était effectivement à la maison. On aurait dit que le soleil gardait exactement la même position et que l'ombre de leur arbre ne bougeait pas d'un iota. Les abeilles qui s'affairaient dans les fleurs du lippia, sur la pelouse, et les colibris qui jetaient des coups de bec aux baies turquoise travaillaient à toute allure, comme si l'éternité n'allait pas suffire à accomplir tout ce qu'ils avaient à faire. Mme Fawcett et Fuschia semblaient ne jamais devoir cesser de faire doucement s'entrechoquer des objets et de pépier avec de petits cris assourdis, et José semblait ne jamais devoir quitter ses palmiers. Tout était très calme. Les Mexicains qui ramassaient les noix dans le champ étaient silencieux. À un moment, un chien commença à aboyer puis s'arrêta si soudainement qu'il sembla que quelqu'un lui avait fermé la gueule d'un coup en lui tenant les mâchoires.

— Ça, c'est Schöneshund, dit Ralph.

Schöneshund était un mastiff méchant et hideux qui appartenait à la famille allemande voisine et Mme Fawcett n'avait jamais voulu reconnaître que son nom avait été choisi avec ironie[5]; elle préférait penser que les Freudenburg n'avaient simplement pas été très avisés car ils n'étaient pas « comme nous ».

— Si je n'avais pas les moyens d'avoir un tapis au salon, disait-elle, j'y mettrais une de ces nattes végétales bon marché ou je laisserais le sol en l'état. Ce qui est sûr, c'est que jamais je ne mettrais de linoléum.

Ralph, en reconnaissant l'aboiement de Schöneshund ce jour-là, se demanda tout à coup si Grand'Pa avait des chiens dans l'un de ses ranchs, et il regretta d'avoir posé si peu de questions au vieil homme au cours des années passées et de savoir si peu de choses à son sujet. Les deux semaines qu'il passait chez eux étaient toujours si courtes ! Les sensations nouvelles qui s'accumulaient au cours de ces journées éblouissantes étaient trop nombreuses : les odeurs d'école qu'il avait oubliées pendant l'été, la complexité effrayante du nouveau livre d'arithmétique, la surprise de trouver dans sa boîte à sandwich un œuf dur teint en magenta par du jus de betterave marinée et, par-dessus tout, l'émerveillement devant ce vieil homme riche, qui était différent de toutes les autres personnes du monde. Par le passé, il avait toujours été trop suprêmement excité pour songer à un moyen de capturer ces heures prodigieuses, mais il se fit la promesse que cette année il recueillerait des informations auxquelles il pourrait

---

5 — *Schöner Hund* signifie « beau chien » en allemand.

repenser pendant l'hiver: la race et le nom des chiens de Grand'Pa, pour commencer, s'il avait déjà assisté à un combat sur un ring, s'il avait toujours porté la barbe, le nom de la ville d'Angleterre où il était né, et combien de dollars d'argent il pouvait transporter en même temps dans les caches secrètes de sa ceinture.

À la longue, le soleil finit par accabler jusqu'à José, qui s'arrêta de chanter et se mit à travailler plus lentement. Le jeu des enfants était léthargique et ils l'avaient abandonné depuis longtemps quand le bus scolaire arriva et que Leah et Rachel remontèrent l'allée en traînant les pieds, balançant leur cartable d'une main et leur boîte à sandwich de l'autre. Elles étaient fâchées contre Ralph et Molly car ils avaient quitté l'école en avance, et elles ne leur dirent pas un mot mais allèrent directement à l'intérieur et ne reparurent qu'une demi-heure plus tard, baignées et vêtues des nouvelles robes vichy en tissu écossais que Tante Kathleen leur avait envoyées de chez Marshall Field's. Elles sortirent cueillir des dahlias pour décorer le salon et la table. Elles passèrent sans regarder leur frère et leur sœur, et Rachel dit tout haut:

— Par pure gentillesse, j'allais donner à Molly le savon Cashmere Bouquet que j'ai en trop, mais finalement je ne vais pas le faire.

— Oui, je te comprends, ajouta Leah. Moi j'allais donner à Ralph mon savon de rasage Colgate, mais à présent la seule chose que je pourrais leur donner à l'un comme à l'autre, c'est un bon coup de pied.

Ralph et Molly les ignorèrent mais, quand elles se furent éloignées, Ralph déclara en leur jetant un regard méprisant:

— Moi si j'avais rien de mieux à faire de ma vie que de commander des échantillons gratuits par la poste, j'irais me jeter dans le lac.

Et Molly, bien d'accord avec lui (elle et Ralph commandaient des catalogues d'armes à feu et des brochures sur des sujets tels que «Comment entretenir votre poêle d'appoint Glenwood»), demanda en chuchotant:

— Tu crois qu'elles vont être impertinentes avec Grand'Pa?

— Alors ça, elles ont pas intérêt, dit Ralph. Si c'est le cas, toi et moi on va leur faire un lit en portefeuille tellement serré qu'elles se casseront les deux jambes.

Leah et Rachel étaient presque des jeunes femmes, et elles se détournaient à présent de ce vieux monsieur aux habits sales et froissés, comme elles s'étaient détournées de nombreuses autres personnes et de certaines habitudes de leur enfance, et elles voyaient avec la même désapprobation que leur mère ses manières à table, sa façon de parler fruste et agrammaticale, ses vêtements et sa profession, même si celle-ci lui avait rapporté trois millions de dollars. Il possédait quatre ranchs de bétail : un dans le Missouri, où il vivait, un en Oklahoma, un au Texas et un dans les montagnes du Colorado, dont son fils Claude, le demi-frère de Mme Fawcett, s'occupait pour lui. Comme Leah et Rachel imaginaient le désarroi de leur mère quand sa propre mère avait épousé ce second mari ! Quel contraste avec Grand-Père Bonney, cette noble personne dont le portrait trônait au-dessus de la cheminée dans le salon ! Et comme la vie avait dû changer pour elle et ses sœurs dans son ranch du nord de l'État, elles qui étaient habituées à l'effervescence et à la gaieté de Saint-Louis ! Au mois de septembre précédent, quand Grand'Pa était reparti, en regardant la voiture s'éloigner dans l'allée, Leah avait dit à sa mère en mettant le bras autour de sa taille :

— Cela me donne envie de pleurer de peine pour toi, Maman, quand je songe combien Saint-Louis a dû te manquer.

Mme Fawcett, qui avait un cran formidable, avait souri avec affection à cette fille si sagace et répondu :

— Tu sais, ma chérie, on ne peut pas tout avoir dans la vie.

Depuis ce moment, les deux filles aînées n'avaient cessé de ridiculiser M. Kenyon en son absence, avec une sophistication et une férocité qui se mêlaient à une rancœur infondée et précoce à la fois : peu de temps après avoir quitté son ranch du Colorado au mois d'octobre, il était parti en Europe, comme il le faisait souvent en hiver, et si jusqu'alors ces voyages aux quatre coins du globe (pour lui ordinaires) étaient quelque chose que les filles admiraient et aimaient mentionner quand elles parlaient avec d'autres enfants dont les proches ne se déplaçaient pas autant, elles étaient devenues hargneuses cette année, car elles s'étaient pleinement rendu compte que leur mère, elle, n'était jamais allée à l'étranger. Et cette hargne s'attisait quand Mme Fawcett leur racontait de temps à autre qu'à l'époque où elle vivait dans sa maison à lui et s'occupait de son enfant, il était souvent parti faire ces longs voyages, sans une pensée pour elle. Et il n'était pas difficile d'imaginer combien ces hivers solitaires à la campagne avaient pu être pesants pour une jeune fille qui avait grandi à la ville !

Mais Ralph et Molly, à l'univers plus petit, auraient préféré être envoyés en maison de redressement que de vivre à Saint-Louis. La seule fois où ils y étaient allés, ils avaient passé la moitié du temps à pleurer en voyant tous ces pauvres hommes qui vendaient des lacets et des élastiques au mètre et tous ces chiens qui erraient dans les rues en boitant avec leurs yeux chassieux ; l'odeur de la fumée et les bruits atroces et la vitesse terrifiante des tramways avaient failli les faire vomir. Leur mère, quand elle les avait présentés à Mme Waite, chez qui ils logeaient, avait dit :

— Et ceux-là sont mes deux petits sauvageons. Ils veulent déjà rentrer chez eux à la campagne, vous imaginez ça ?

Ils ne voulaient pas vraiment rentrer chez eux ; ils voulaient aller rendre visite à Grand'Pa Kenyon, mais leur mère refusait en décrétant faussement qu'ils s'y ennuieraient à mourir car il n'y aurait rien à faire. Ce qui était sûr, c'est qu'il n'y avait rien à faire à Saint-Louis, et pendant tout l'été Mme Fawcett et Mme Waite avaient parlé à voix basse de Fatty Arbuckle[6] et cela avait fini par mettre Ralph et Molly hors d'eux, car, chaque fois qu'ils demandaient de quoi il s'agissait, les deux femmes répondaient seulement :

— Les petits chaudrons ont de grandes oreilles.

Chez Grand'Pa, ils auraient pu faire ce qu'ils voulaient. Leur mère ne connaissait rien à rien. Elle disait qu'elle savait d'expérience qu'il n'y aurait rien à faire. N'y avait-elle pas passé ses vacances avec Tante Rowena et Tante Kathleen quand elle était en pensionnat ? Tous ces longs étés figés durant lesquels rien ne venait détourner leurs pensées de la chaleur ! La pelouse immense qui descendait jusqu'au fleuve était dépourvue d'arbres et offrait donc une vue entièrement dégagée sur le Mississippi : l'un des rares amusements des filles Bonney était de regarder les barges et les vapeurs descendre le courant en direction de Hannibal. Parfois, le son d'un banjo arrivait jusqu'à elles, porté à travers l'air immobile, et Rowena (celle des trois qui dominait le moins ses émotions) en devenait si impatiente qu'elle s'exclamait :

— Oh, mais il ne pourrait pas se passer quelque chose ?

Derrière la maison, il y avait un verger de pommiers, entretenu aussi méticuleusement qu'un jardin, et en son centre se trouvait une clairière avec un petit cabanon d'été où il arrivait qu'elles passent les après-midi suffocants, à s'éventer avec des feuilles de palmier, en pensant avec nostalgie à Saint-Louis. La ville la plus proche était à plus de quinze kilomètres, et une fois là-bas il n'y avait rien à regarder et rien à acheter et personne de sympathique à qui rendre visite. Tante Rowena et Tante Kathleen se distrayaient en faisant du cheval et en conduisant le buckboard, mais leur sœur Rose refusait de se

6 — Roscoe Arbuckle (1887-1933), dit Fatty Arbuckle, acteur et réalisateur américain de cinéma muet, accusé en 1921 du viol et du meurtre de l'actrice Virginia Rappe. Il est acquitté en 1922.

joindre à elles. Elle refusait, car la septicémie de Grand-Père Bonney avait été causée par une égratignure qu'il s'était faite sur un clou à la barrière d'un paddock alors qu'il la regardait sauter à cheval pour la première fois, et par la suite, considérant qu'elle avait été la cause de sa mort bien trop prématurée, elle avait fait le vœu de ne plus avoir affaire aux chevaux.

Si les filles Bonney n'avaient pas toutes été de grandes lectrices, elles seraient devenues à moitié folles de désœuvrement. Heureusement, Mme Bonney avait fait venir une bonne partie de sa bibliothèque depuis Saint-Louis et elles s'étaient plongées dans les livres de Mme Gaskell, de Dickens et de E. P. Roe jusqu'à presque en perdre la vue. D'une certaine manière, la chose la pire d'entre toutes était la conversation au moment du repas. Si les filles en avaient eu l'opportunité, elles auraient pu élever la teneur des échanges en parlant des livres qu'elles lisaient, mais cela n'était jamais possible. Elles n'arrivaient tout simplement pas à s'intéresser aux discussions de bétail et de porcs après la vie cultivée qu'elles avaient connue avec leur propre père ! Et M. Kenyon, lui, ne discutait que de cela ; leur mère le suivait sans faillir et prenait apparemment un réel plaisir à entendre combien de bœufs ils allaient envoyer à Chicago et combien

de taureaux ils avaient vendu dans le ranch du Texas et combien de fourrage il allait falloir acheter pour celui du Colorado, en plus de la fléole qui serait mise de côté pendant la moisson. Les causeries à table avaient été d'un autre niveau à Saint-Louis. Grand-Père Bonney, qui était propriétaire d'une fabrique de boutons, ne parlait jamais de ses affaires à la maison ; il disait qu'il voulait « oublier les préoccupations qui empoisonnent la journée » et en outre il avait un grand respect pour la conversation en tant qu'art, et une fois chaque année, au jour de l'an, il lisait des morceaux choisis du *Journal d'un voyage aux îles Hébrides* de Boswell. Il dirigeait les échanges à sa table de manière aussi adroite et intéressante qu'un président d'assemblée. Il ouvrait le bal en disant quelque chose du genre :

— Aujourd'hui, mes filles, je me demandais si vous connaissiez bien Apollon. Est-ce que vous vous rendez compte du nombre de poèmes, de tableaux et de statues où il est représenté ?

Et cela conduisait à une discussion très enrichissante dont les filles tiraient bien plus de choses que d'une leçon d'école toute formatée. Ils parlaient de tous les sujets possibles, examinant souvent des concepts comme la justice, la charité et la vérité. Certaines des valeurs de Mme Fawcett qui lui étaient les plus chères s'étaient développées à cette table.

Vers la fin du dernier printemps que Rose Bonney passa au pensionnat, deux ans après la mort de son père et un an après l'inconvenant second mariage de sa mère, celle-ci donna à M. Kenyon un fils. Elle avait alors plus de quarante ans (elle était bien plus jeune que son premier mari) et, pour ses filles, porter un enfant à un âge aussi mûr semblait avoir quelque chose de honteux. Honteux, et obscurément déloyal envers leur père décédé. Cinq mois plus tard, elle finit par succomber à une mort lente. M. Kenyon, totalement dépourvu d'imagination dans sa naïveté, crut honorer Rose en lui demandant, à elle, l'aînée des descendantes de sa mère, de tenir la maison et d'élever le bébé, Claude. La question, bien sûr, n'était pas qu'il fût pingre ou qu'il refusât d'embaucher une nurse et une domestique, puisque évidemment il le fit par ailleurs. Le pauvre homme, il pensait sincèrement que Rose serait heureuse de se voir confier cette charge. Pouvez-vous imaginer quelqu'un qui comprenne aussi peu les jeunes filles? Mais comment pouvait-elle refuser? C'était tout bonnement impossible. Et donc pendant dix années elle s'emmura vivante, dix années de sidération égayées seulement par les noces de ses deux sœurs, pour lesquelles M. Kenyon dépensa quasiment une fortune. (Avec Grand-Père Bonney, cela aurait coûté deux fois moins cher et aurait été deux fois plus chic.) Durant tout ce temps, elle sentit si peu de proximité avec lui qu'elle ne cessa jamais de l'appeler «M. Kenyon» et elle n'utilisa jamais aucun nom pour désigner l'enfant, se contentant de «toi» et «lui».

Puis enfin, à l'âge de vingt-neuf ans et au bord du désespoir, elle fut tirée de sa prison par M. Bruce Fawcett, qui l'emmena en Californie dans une maison similaire à celle qu'elle avait connue à Saint-Louis, et elle retrouva tous les raffinements dont son père lui avait appris qu'ils étaient la texture même de la réalité. M. Fawcett, d'après ce que les enfants avaient déduit, était semblable à Grand-Père Bonney, quoiqu'il en fût une copie plus pâle et imparfaite, sans la vitalité de l'original. (Par exemple, on ne citait jamais ses bons mots, et les enfants soupçonnaient qu'il n'en avait jamais prononcé.) Elle avait emporté tous les trésors qui avaient été entreposés à l'écart pendant toutes ces années et ceux qu'elle avait conservés chez M. Kenyon: le portrait de son père, les livres qu'il avait possédés, et l'homme lui-même, un tas de poussière dans une urne élégante dont les anses avaient la forme de serpents à tête plate et dont le sommet se terminait par un petit bouton en forme de nénuphar.

M. Kenyon et sa belle-fille redoutaient tous les deux cette visite annuelle, mais ils la considéraient comme un devoir dont ils n'auraient pas songé à s'exonérer. Il quittait son domicile le premier jour du mois d'août, se rendait d'abord dans sa propriété de l'Oklahoma, puis dans son ranch de vaches Longhorn dans le Panhandle, et après un bref passage au Mexique pour y acheter des cadeaux pour les enfants il arrivait à Covina. Une fois les courtoisies préliminaires passées, Grand'Pa semblait apprécier le séjour, car il aimait beaucoup les enfants, surtout Ralph et Molly, dont les cheveux avaient la même couleur que ceux de leur grand-mère et de leur demi-oncle et, assez curieusement, que les siens. Mais Mme Fawcett, elle, n'y prenait aucun plaisir, et pendant ces deux semaines elle était dans un tel état d'agitation qu'après le départ de Grand'Pa elle passait toujours trois ou quatre jours au fond de son lit avec une migraine nauséeuse persistante.

Pour les enfants, cette visite constituait une saison à part, aussi spéciale que Noël ou Pâques, et au cours des jours qui précédaient son arrivée ils essayaient d'imaginer les surprises qu'il allait leur apporter cette fois dans sa grande valise défraîchie, remplie de chaussettes rigides, de chemises crasseuses et de bouts de papier inutiles où l'encre s'était effacée. Toutes les autres personnes qui leur rendaient visite emballaient leurs cadeaux avec du papier de soie et un ruban, mais Grand'Pa se contentait de les leur distribuer comme il les avait reçus, parfois sommairement enveloppés dans un morceau froissé d'emballage de fromage. Ces cadeaux ne ressemblaient en rien aux souvenirs que les enfants voyaient dans les échoppes de la promenade le long de Redondo Beach, ni aux présents que leurs tantes apportaient: des jouets pour Ralph et Molly, des rubans et des brosses à cheveux rondes pour Leah et Rachel. Grand'Pa, lui, leur apportait des objets pesants et fabriqués à la main, des anneaux et des couteaux et des coffrets, et Ralph, d'aussi loin qu'il s'en souvienne, adorait tenir dans le creux de sa main quelque chose de petit mais massif. Une fois, Grand'Pa lui avait donné un globe miniature en argent mexicain avec la silhouette des continents. C'était son bien le plus cher.

Mme Fawcett, si elle ne dissimulait pas le déplaisir que lui causait sa venue, faisait pour lui des préparatifs aussi soigneux que s'il s'était agi de quelqu'un comme Tante Rowena ou Tante Kathleen, qu'elle accueillait vraiment volontiers, et pendant toute la semaine qui précédait elle lançait de vastes opérations de nettoyage et de réaménagement et elle jetait des choses et en ressortait d'autres, et ne manquait jamais de rappeler de temps à autre à toute la maisonnée qu'il était étonnamment déplacé de la part de M. Kenyon de venir au moment de l'année où ils étaient le plus occupés, quand avaient lieu les mises en conserve et la récolte des noix. Mais on ne pouvait rien y faire. Un des préceptes qu'elle avait appris à la table de son père était: «Ne sois jamais avare de ton hospitalité.» Des rituels avaient donc fini par émerger autour de ces visites, et de même que pour eux la dinde était associée à Thanksgiving et le jambon à Pâques, les Fawcett considéraient que du canard accompagné de riz sauvage, de la brioche Sally Lunn et de la compotée de figues constituaient le seul menu possible pour le dîner servi le soir de l'arrivée de M. Kenyon. Et le dernier dimanche de son séjour, M. et Mme Follansbee venaient partager le soir un buffet servi sous le porche, avec de la tourte au poulet et des petits pains chauds à la confiture de baies de ronce remarquable. Ce dîner était systématiquement un fiasco, mais Mme Fawcett, incorrigible adepte des rituels, le renouvelait année après année. M. Follansbee était un homme volubile, qui avait tendance à raconter des anecdotes incluant généralement des passages des Saintes Écritures ou de Shakespeare, et il finissait par mettre M. Kenyon profondément mal à l'aise et le plonger, l'œil éteint, dans une hébétude dont Mme Fawcett s'efforçait sincèrement de le tirer en lui demandant des nouvelles de certaines personnes du Missouri dont elle n'avait aucune envie d'entendre parler et que lui n'avait aucune envie d'évoquer. La plupart du temps, il était pris d'un accès de bâillements comme s'il avait été envoûté ou quelque chose du genre, et il bâillait exactement comme un chien, en faisant à la fin un bruit qui ressemblait à celui d'un animal qu'on aurait empêché de hurler.

Mis à part cette soirée particulière, aucune mondanité ne venait interrompre le séjour de M. Kenyon, et c'était la seule occasion où il devait porter ce qu'il appelait ses «vêtements du magasin». M. Follansbee, qui avait connu le père de Mme Fawcett, était le seul homme qu'elle recevait, pour ainsi dire, dans le petit salon, et il aurait été tout à fait impensable pour toutes les parties concernées qu'elle invitât les dames de ses différents cercles pour les présenter à son beau-père. Il régnait entre eux deux une froide solennité comme si, loin de simplement ne pas s'apprécier, quelque chose les avait véritablement rendus étrangers l'un à l'autre; Ralph comprenait instinctivement qu'il en avait toujours été ainsi et c'était une des raisons pour lesquelles le comportement de sa mère le laissait perplexe. Elle était tout sourire et charmeuse avec M. Follansbee et avait l'air presque aussi niaise que Leah et Rachel, mais avec M. Kenyon, dans la maison duquel elle avait vécu pendant des années et des années, elle se comportait comme une maîtresse d'école impatiente. Et M. Kenyon, de son côté, avait l'air timide et empoté. Mais cette distance n'existait pas entre lui et les deux plus jeunes enfants. Il discutait très volontiers avec eux et les traitait comme des hommes d'à peu près son âge. Après l'école, ils passaient des heures avec lui à déambuler jusqu'au dîner le long des avenues bien tenues entre les rangées de noyers. Il était allé partout dans le monde et il avait chassé tous les animaux autochtones d'Amérique du Nord : le daim, le pronghorn, l'orignal, le caribou, le mouflon et tous les gibiers à plumes que vous pourriez énumérer. Il avait capturé des chevaux sauvages dans le Nevada et les avait dressés jusqu'à ce qu'ils deviennent « les petites banquettes les plus gentilles qu'on ait jamais vues ». Il avait tué des serpents à sonnettes qui faisaient la taille d'un homme ; il avait mangé de l'alligator et disait que ça avait le goût du poulet. Il y avait deux choses qu'il n'avait jamais appréciées : l'opossum et la queue de castor, même si certaines personnes considéraient que c'étaient des mets délicats. La vieille cuisinière noire au ranch de Claude aurait pu manger de la queue de castor matin, midi et soir.

Il était normal, selon Ralph, que les filles ne s'intéressent pas autant que lui à la chasse, mais ça ne donnait pas le droit à Leah et Rachel de dire, comme elles l'avaient répété tout au long de l'année, que Grand'Pa inventait ces histoires. Il était évident qu'elles étaient toutes vraies et Molly, qui était très maligne, le croyait aussi. Ralph se disait qu'il n'avait jamais vraiment aimé ses sœurs aînées, qu'il avait toujours soupçonné qu'elles n'étaient pas ce que Mme Fawcett appelait « des personnes authentiques », et que ce revirement envers Grand'Pa montrait qu'il avait eu raison.

À présent, dans le jardin derrière lui et Molly, elles parlaient à voix basse. Elles avaient beaucoup de secrets et étaient amoureuses de deux frères, George et Kenneth Taliafero, que Ralph et Molly détestaient car ils se mettaient de l'eau de Cologne dans les cheveux et appelaient Ralph « robinet d'eau chaude » et Molly « robinet d'eau froide[7] ». De temps à autre, les cheveux dorés des filles apparaissaient au-dessus des hautes fleurs, aussi lumineux que les pétales. Elles portaient des rubans écossais assortis à leurs robes. Celui de Leah était bleu et celui de Rachel rouge. Leurs cheveux étaient doux comme du duvet et, après le shampoing, quand Mme Fawcett les brossait, ils crépitaient d'électricité. Elle n'en était pas peu fière et faisait mine de râler : « Oh, que c'est casse-pieds ! » C'étaient de très jolies jeunes filles. Leur mère protégeait avec soin leur peau claire du soleil et des taches de rousseur et celle-ci

7 — *Hot water Fawcett* et *cold water Fawcett* : le nom de famille Fawcett se prononce comme le mot anglais *faucet*, c'est-à-dire « robinet ».

était uniformément blanche comme le lait. Une veine bleue était visible sur le grand front de Leah et lui donnait un air délicat. Leurs visages étaient ovales et étroits et un peu à l'ancienne, comme les ferrotypes et les photographies sépia de leur mère et de leurs tantes quand elles étaient des jeunes femmes. Leur ossature était gracile et avec le temps elle allait se rembourrer joliment comme chez Mme Fawcett. En plus de leurs visages adorables, elles avaient ce que les membres du club Sorosis[8] appelaient « le maintien des ladies de trente ans », tant elles étaient à l'aise quand elles faisaient passer les gâteaux au moment du thé ou qu'elles jouaient en duo, sans jamais se faire prier. M. et Mme Follansbee, qui n'avaient pas d'enfants, leur étaient dévoués d'une manière que Mme Fawcett trouvait assez touchante et triste. À la sortie de l'église, quand il lui serrait la main, le pasteur disait souvent :

— Rose, si jamais vous vous lassez de ces deux jeunes demoiselles de qualité, vous savez où vous pouvez les déposer.

Leah et Rachel entretenaient cette affection en leur rendant visite fréquemment et en buvant du thé clair et en leur préparant des cadeaux à Noël et à Pâques, en leur envoyant des cartes pour la Saint-Valentin et en leur confectionnant des paniers de fleurs le premier jour de mai. En retour, les Follansbee leur donnaient de petits objets pieux, des Nouveau Testament miniatures, des cartes illustrées de scènes de la Bible et des livres qui sentaient bon la morale. Ralph et Molly, eux, auraient préféré avoir la rage que de passer un moment en compagnie de l'un ou l'autre des Follansbee.

Il était bien difficile de croire que les deux filles avaient eu le même père et la même mère que Ralph et Molly, qui étaient timides et parfois effrontés tant ils pouvaient se sentir mal à l'aise. Depuis leur maladie, en outre, ils étaient maigres, blafards, et avaient la goutte au nez. D'un obscur ancêtre, ils avaient hérité de vilaines dents mal alignées et des yeux myopes, et devaient donc porter des bagues et des lunettes. Ils avaient la peau mate et les cheveux noirs et, pour tout dire, ils avaient toujours l'air un peu sales. Ils étaient petits pour leur âge mais ils avaient une ossature épaisse, et on prédisait avec compassion qu'à la manière si horrible et disgracieuse de tant d'autres d'enfants, ils allaient pousser d'un seul coup et ressembler ensuite pendant plusieurs années à ces poulains dégingandés qui font peine à voir. Ils étaient si embarrassés d'eux-mêmes qu'ils ne pouvaient se tenir assis sur une chaise sans donner l'impression d'être perchés au bord d'un précipice et, si un adulte inconnu leur adressait

8 — *Sorosis* : premier club professionnel exclusivement féminin, fondé à New York en 1868.

tout à coup la parole, ils se mettaient à avaler la moitié de leurs mots et leurs yeux se remplissaient de larmes, couvrant leurs lunettes de buée. Ils se faisaient sans cesse des coupures et des bleus et des bosses, ce qui semblait être un manque certain de considération (ce n'était pas le cas, bien sûr, ces pauvres petits n'y pouvaient rien, mais c'était quand même bien étrange) quand on songeait à l'inquiétude qu'éveillaient chez Mme Fawcett de telles blessures, qui pouvaient si facilement provoquer le tétanos. L'année précédente, Molly s'était transpercé l'index de part en part avec l'aiguille de la machine à coudre, et Mme Fawcett était tombée sur-le-champ dans les pommes. Toutes ses amies avaient jugé qu'il s'agissait non seulement d'un accident délibéré, mais aussi d'un incident hautement répréhensible, car si Molly utilisait la machine pour confectionner sa courtepointe, c'était pour ne pas être à la traîne face à Leah et Rachel qui, elles, assemblaient les pièces de leur ouvrage à la main comme de coutume.

À la maison, Ralph et Molly se montraient rebelles et avaient mauvais caractère, mais ailleurs ils étaient si facilement intimidés que leurs ennemis parmi les enfants de leur âge les traitaient de peureux. Et tandis que Leah et Rachel avaient des dizaines d'amies fidèles et étaient invitées à d'innombrables soirées pyjama et après-midi de jeux chaque année, Ralph et Molly n'avaient d'autres amis qu'eux-mêmes, et le jour de la Saint-Valentin ils devaient s'envoyer mutuellement des cartes sinon leurs casiers d'école seraient restés entièrement vides. En un sens, ce qui dérangeait le plus chez eux, c'était leur précocité. Mme Follansbee, pour qui être en présence d'une personne intelligente était une expérience pénible, disait que le temps excessif qu'ils passaient à lire était très probablement la conséquence (et non la cause) du fait qu'ils dussent porter des lunettes : celles-ci leur avaient d'abord donné l'air studieux, puis elles les avaient vraiment rendus studieux. En réalité, leurs goûts en la matière n'étaient en rien prématurés pour leur âge, et ils préféraient vraiment Howard Pyle[9] à Dickens, même s'ils avaient fait une certaine impression en apprenant par cœur la scène où David Copperfield s'enivre et s'emmêle dans les rideaux de Steerforth. Leur réputation venait en fait de leur capacité à réciter les syllabes alphabétiques sur le dos de l'*Encyclopædia Britannica*, dont ils n'avaient jamais ouvert un seul volume hormis « Ref à Sai » dans lequel Ralph avait lu l'article sur la Reproduction, qui l'avait beaucoup déçu.

9 — Auteur de livres pour enfants qui publia notamment la première compilation moderne des *Aventures de Robin des Bois* en 1883.

Il n'y avait qu'une chose qu'il n'aimait pas chez Molly, décida Ralph, c'était cette façon qu'elle avait de toujours le copier. C'était bien normal de sa part qu'elle veuille être un garçon (qui ne le voudrait pas!) mais il savait pertinemment que ce ne serait jamais le cas. La semaine précédente, il avait dû la sermonner durement car elle avait mis l'une de ses anciennes chemises de scout. Ça lui faisait plaisir qu'elle la récupère, mais elle n'avait pas retiré le badge « Toujours prêt » sur la poche et il avait dû intervenir et lui dire brutalement:

— Voir ce badge sur une fille, c'est comme traîner le drapeau américain dans la boue.

Il aurait bien aimé qu'elle arrête de les suivre, lui et Grand'Pa. Comme ce serait chouette, se disait-il, s'ils pouvaient aller se promener juste tous les deux! Comme ce serait bien de pouvoir raconter la blague de la vache tout seul! Il s'allongea sur la pelouse, écrasant les petits boutons de lippia et sentant les yeux de sa sœur qui observait chacun de ses mouvements. Puis, comme il s'y était attendu, elle s'allongea elle aussi.

Cette journée lui paraissait étrange, l'air lui-même avait quelque chose d'inhabituel. Ce n'était pas vraiment la consistance d'un rêve, mais le monde autour semblait distant comme pendant ces journées où il avait eu la scarlatine et que les bruits du rez-de-chaussée lui arrivaient aplatis et éphémères. Il se souvint qu'un soir tard il avait vu le ciel s'embraser tout à coup d'éclairs de chaleur, et il avait appelé Molly à travers la porte qui séparait leurs deux chambres et lui avait dit:

— Les éclairs de chaleur, c'est pour le ciel comme la fièvre de la scarlatine pour nous.

Toute malade qu'elle était, elle avait applaudi et lui avait lancé en retour:

— Oh, Ralph, tu as toujours de ces idées incroyables!

Il avait bien envie de lui demander si elle aussi, à cet instant, se sentait bizarre, mais il craignait que cette sensation lui échappe s'il la partageait avec elle, et il resta donc allongé dans son mutisme égoïste à poursuivre des yeux les petits globes rouges qui filaient vers le bas derrière ses paupières fermées.

— Hé! dit Molly en se redressant brusquement.

— 'pinard, répondit Ralph machinalement.

Il aurait bien voulu qu'elle se taise.

— Non, écoute, j'ai composé un nouveau poème.

Il ouvrit les yeux, étonné, et la regarda. Elle était si excitée qu'elle tournait la tête dans tous les sens, et il comprit que leurs pensées n'avaient pas du tout suivi le même chemin et que peut-être elle n'était même pas en train de le regarder quand il s'était allongé.

Une fois, Grand'Pa avait dit que Molly était «une fille profonde» et Ralph pensait presque que c'était vrai. Il avait dit ça parce qu'elle assurait qu'elle avait appris à lire le braille à la maternelle, et même si les gens lui expliquaient que ce qu'elle avait en tête c'étaient les perles qu'on fait coulisser sur un cadre pour apprendre à compter, elle répondait: «J'ai appris à lire le braille, et je sais ce que je dis.»

— Tu veux bien écouter mon poème? implora-t-elle.

— Il est long?

La poésie n'avait pas grand intérêt pour lui.

— Non, il est vraiment tout petit.

Puis, sans attendre qu'il dise «D'accord», elle poursuivit.

— Il s'appelle *Gravier*, dit-elle. Le voici:

Gravier, gravier, au sol, serein,
Tu ne bouges pas, tu ne crains rien.
Mais pourquoi donc cet air si mort?
Être sans tête te fait-il du tort?

— Répète-le, dit Ralph, à présent perplexe.

Et quand elle l'eut répété, il dit:

— Ça n'a aucun sens. Le gravier, ça n'a pas de tête.

— C'est bien ce que j'ai dit: «Être sans tête te fait-il du tort?»

— Écoute, je comprends rien à ce que tu racontes.

— T'es juste jaloux parce que tu sais pas inventer des poèmes, dit Molly, au bord des larmes.

Elle prit son mouchoir dans la poche de sa robe à col matelot et se moucha dedans et se mit à pleurer en disant:

— Maintenant je saigne encore du nez à cause de toi.

Il n'ouvrit même pas les yeux. Il savait qu'elle ne saignait pas du nez et il en avait tellement assez de ses poèmes qu'il était bien décidé à ne pas faire le moindre effort pour comprendre celui-là ou la complimenter. Mais il ne voulait pas non plus qu'elle soit en rogne contre lui parce que ça gâcherait l'arrivée de Grand'Pa, alors il lui dit:

— Pourquoi tu ne me l'écrirais pas sur une feuille? Comme ça, je pourrais peut-être saisir de quoi il parle.

Il était vrai qu'il arrivait toujours mieux à voir les choses qu'à les entendre et jusqu'à cette année encore il avait toujours cru que les paroles de la chanson étaient: «Ô belle pour tes vastes vieux[10]».

10 — *O Beautiful for Spacious Guys*: référence à l'hymne *America the Beautiful* dont le premier vers est en réalité: «Ô belle pour tes vastes cieux» («*O beautiful for spacious skies*»).

— Oh oui, je vais faire ça, je vais faire ça ! s'écria Molly.

Et elle courut à l'intérieur en scandant son poème.

Maintenant qu'elle était partie, il était totalement en paix. La sensation inhabituelle s'empara de lui une nouvelle fois et il s'y accrocha. C'était presque comme s'il serrait contre sa poitrine son grand livre de géographie couleur moisissure. Plus tard, Ralph considéra qu'il avait eu, pendant ce long après-midi, une sorte d'intuition de ce qui allait arriver après l'arrivée de Grand'Pa Kenyon, mais ce n'était probablement pas le cas et c'était juste le désir qui l'habitait qui faisait de ces heures un souvenir particulier et lourd de sens, bien qu'il ne s'y fût rien passé.

—

Chapitre 2

À cinq heures, les enfants étaient assis en rang sur la balustrade du porche comme des chats sur une barrière. Une trêve temporaire avait été décrétée entre les deux aînées et les deux plus jeunes, mais ils n'étaient pas réconciliés au point de discuter ensemble. Leah et Rachel avaient poussé des geignements pendant une semaine en se lamentant de l'arrivée prochaine de «ce vieux clochard», mais elles attendaient maintenant avec impatience les cadeaux qu'il allait sortir des chiffons grisâtres et malodorants au fond de sa valise. Quand ils entendirent enfin la voiture ralentir à l'entrée de l'allée, ils se mirent tous les quatre à glousser sans raison et à taper du talon contre les barreaux de la balustrade. Ils restèrent sans bouger jusqu'à ce qu'il arrive vraiment sous le porche, en l'observant descendre de voiture, fascinés.

C'était un vieil homme de grande taille, aux épaules voûtées et aux jambes arquées. Il ressemblait à un ours massif au pas lent, à côté duquel la voiture dont il s'extrayait paraissait minuscule, de même que Miguel, qui était élancé et agile, paraissait chétif et presque efféminé. Grand'Pa se tint un instant debout sur ses jambes bien écartées et regarda la cour autour de lui en jetant un œil à la maison et au jardin comme pour s'assurer qu'il était arrivé au bon endroit, puis il prit sa valise des mains de Miguel et remonta le chemin d'un pas lourd, en regardant les enfants par-dessus ses lunettes. Alors qu'il passait devant un des buissons aux baies turquoise, il donna à une branchette un petit coup du bout de son shillelagh (sa canne irlandaise) et Ralph, tout tendu d'excitation, se demanda avec étonnement pourquoi il avait fait cela, puis il se demanda pourquoi lui-même en avait été étonné. Pour quelle raison avait-il donc soudainement commencé à remarquer toutes ces petites choses insignifiantes ? Ensuite, quand Grand'Pa fut vraiment arrivé sous le porche et qu'il posa son sac sur le sol, le jeune garçon ne remarqua plus rien du tout et s'abandonna à la joie de serrer cette main forte et endurcie (personne ne pouvait imaginer que M. Kenyon ait jamais fait la bise à qui que ce soit). Ralph était toujours le dernier à le saluer, et Grand'Pa lui disait toujours :

— Eh bien, monsieur, me voilà de retour.

En réalité, si l'une des filles avait été la dernière à lui serrer la main, il aurait quand même dit « monsieur », mais Ralph, en établissant ce rituel, avait l'impression qu'il s'adressait à lui personnellement et individuellement, d'homme à homme.

Grand'Pa repoussa son chapeau noir haut sur son front et ils virent la sueur qui avait coulé jusqu'à ses sourcils épais comme des moustaches. Il s'assit sur un des sièges d'osier qui avaient la forme de paniers et retira ses bottes, puis il ouvrit sa valise et en sortit les mocassins aux semelles souples qui avaient été fabriqués pour lui par un Cherokee nommé Daniel Daim-Debout. Il les porterait pendant toute la durée de son séjour, y compris le soir où les Follansbee étaient invités. Tout en tirant sur ses bottes, il dit d'un ton enjoué :

— Diable ! Il fait aussi chaud qu'à Tophet ici !

Ralph était toujours surpris de voir les vêtements que portait Grand'Pa, même s'ils ne changeaient pas d'année en année. Il faut dire qu'aucun autre homme de sa connaissance ne s'habillait avec autant d'indifférence ni n'arborait aussi délibérément une apparence de seconde main. Ses vêtements du magasin consistaient en un costume fait d'un matériau gris et rêche, dont la coupe ne tenait aucunement compte de ses mensurations. Le pantalon était trop court et les ourlets faisaient huit centimètres de large, et ses gigantesques bottes noires dépassaient en dessous, avec leurs lacets de cuir brut et la marque de ses bestiaux (une barre et un K) imprimée au fer rouge à l'arrière de celle de gauche. Il portait un manteau long dont les poches étaient si déformées par toutes les choses qu'il y fourrait qu'elles ressemblaient à des sacoches sur le dos d'un âne. Il avait sur lui une montre qu'il appelait un « bulbe », ainsi qu'un couteau de poche à quatre lames, une tasse en fer-blanc pliable, deux pipes, un étui à mouches pour la pêche, une boussole, un scarabée porte-bonheur, un assortiment de vis et d'écrous et de pièces de monnaie étrangères, et un épais carnet à la couverture de cuir marron dans lequel il tenait ses comptes et où Ralph avait un jour vu une vieille note intitulée « Dodge City » qui disait :

Vente bœufs Missouri: 6000 $
Achat d'1 p. de chaussures: 1,75 $
Achat d'1 rhum pour Borchard: 0,10 $
Achat d'1 rhum pour moi: 0,10 $

La seule marque de distinction de Grand'Pa en matière de vêtements était ses vestons. Il en possédait une grande quantité et, quoiqu'ils aient tous la même coupe qui remontait presque jusqu'à sa barbe, ils étaient de toutes sortes de couleurs et de motifs. Le plus élégant était en velvet noir avec des boutons d'argent dont le centre était orné d'une petite turquoise. Il avait pris goût à cette coquetterie bien des années auparavant, quand Jesse James[11] et sa bande avaient débarqué un soir à cheval dans la cour de son ranch du Missouri et demandé l'hospitalité.

— Je ne peux pas aller plus loin, avait dit Jesse. Si vous n'avez pas de lit, vous pouvez toujours me suspendre à un clou.

Jesse James portait un veston en velvet vert foncé avec de larges boutons en nacre assortis à la crosse de ses revolvers. Aujourd'hui, Grand'Pa portait un veston en peau de daim grise avec sur l'avant du challis à imprimé, aussi raffiné et féminin que les tissus utilisés pour confectionner les robes les plus chics.

Il tirait en marmonnant, concentré, et finit par arriver à retirer une botte, puis l'autre, et il poussa alors un long soupir comme si la tâche avait été épuisante. Il fit un clin d'œil à Ralph et déclara:

— Ce sont de sacrées bonnes bottes, fiston, mais, quand il fait chaud comme aujourd'hui, elles sont drôlement pénibles à porter.

Leah alla à l'intérieur pour appeler leur mère et déposer les bottes de Grand'Pa dans sa chambre, et Rachel s'assit sur la dernière marche en fredonnant *Un bateau formidable pour traverser l'océan*, espérant qu'on lui demanderait de chanter tout haut car elle avait une belle voix. Mais Grand'Pa l'ignora et, se tournant vers Ralph et Molly, il les examina minutieusement, mesurant pour la première fois combien ils avaient changé depuis l'automne précédent.

— Par Jupiter, vous deux, vous faites peine à voir, dit-il. Mais qu'est-ce qui vous est donc arrivé?

Rachel répondit à la place des deux plus jeunes comme s'ils étaient devenus muets.

---

11 — Célèbre hors-la-loi (1847-1882).

— Oh, ils ont eu la scarlatine au mois de mars. Mais Leah et moi ne l'avons pas attrapée parce que Maman nous a envoyées chez Tante Kathleen. Tu ne trouves pas que la maison de Tante Kathleen est merveilleuse, Grand'Pa, avec le lac Michigan juste en face?

Grand'Pa la regarda poliment.

— Je ne suis jamais allé dans cette maison autant que je m'en souvienne, dit-il.

Puis, se tournant vers Ralph et Molly, il poursuivit:

— Eh bien, je vous le dis, ça me fait un sacré choc. Je crois que je vais devoir vous amener avec moi dans le ranch de Claude et demander à sa négresse[12] de cuisinière de vous engraisser. Vous ne ressemblez vraiment à rien dans cet état.

— Mais on n'a mal nulle part, précisa Ralph, anxieux, et M. Kenyon éclata de rire, laissant voir les gencives brillantes et couleur corail de ses fausses dents.

Mme Fawcett sortit de la maison en jacassant comme un oiseau.

— Quel plaisir de vous voir, monsieur Kenyon! Mon Dieu, comme vous devez avoir chaud et être éreinté après cet épouvantable train! Commencez donc par vous reposer ici bien au frais sous le porche et je vais vous apporter un bon verre de punch glacé. Molly, ma chérie, pourrais-tu courir voir Fuschia et lui demander de sortir le punch de la glacière? Et dis-lui d'y remettre un gros morceau de glace. Et dis-lui de ne pas oublier de le rincer avant. Et puis apporte des verres et nous allons tous prendre une bonne boisson fraîche.

Molly se dirigea vers la porte mais Grand'Pa l'arrêta.

— Apporte juste à ton Grand'Pa un petit verre droit. J'ai là dans ma valise un quart de bourbon que j'ai eu la chance d'acheter à El Paso pour une petite fortune. Je crois que pour ce que j'ai ce sera plus indiqué que ton punch, Rose, sans vouloir te vexer.

Ralph tressaillit des pieds à la tête de plaisir et d'effroi. Un jour, il avait vu une bouteille de vin rouge sombre sur une étagère dans

---

12 — La langue de Jean Stafford dans *Le Puma* reflète le racisme ordinaire de la société américaine à cette époque (années 1920 et 1930). Dans le récit lui-même, ce sont principalement les mots *negro* et *colored* qui sont employés pour désigner les rares personnages noirs. Ils étaient relativement neutres en anglais américain mais portaient déjà des connotations racistes, péjoratives ou méprisantes. C'est à partir des années 1960 qu'ils sont progressivement remplacés dans le langage courant par le terme *Black*. Nous avons choisi d'utiliser le terme «Noir» pour traduire ces mots. On trouve en outre à quelques reprises de véritables injures racistes, comme c'est le cas ici. Ces termes apparaissent dans la bouche de personnages, dans les dialogues ou les discours indirects libres. Nous avons choisi d'utiliser les termes «nègre» ou «négro» pour les traduire.

la maison de Miguel, mais il n'avait jamais vu de whisky ni jamais vu quiconque boire de l'alcool. Mme Fawcett se mordit la lèvre en rougissant. Grand-Père Bonney ne buvait jamais d'alcool fort mais prenait de temps à autre un verre de vin rouge ou de porto pour des occasions spéciales, et s'il avait toujours été en vie quand la loi Volstead[13] avait été votée, il aurait fait une croix dessus.

— Comme il vous plaira, monsieur Kenyon, dit-elle, les joues encore rouges et clignant des yeux d'indignation. Je pensais simplement que vous auriez voulu quelque chose de frais. Dans ce cas, nous devrions peut-être aller à l'intérieur.

— Pourquoi? demanda Ralph.

— Parce que je l'ai décidé, répliqua-t-elle sèchement.

Leah gloussa.

— Maman la bonne élève! Ce qu'elle veut dire, c'est que Mlle Runyon pourrait passer devant chez nous et voir la bouteille de tu-sais-quoi de Grand'Pa, et aller tout raconter à la police. Mais si elle la voyait, Maman, nous pourrions dire que Grand'Pa s'est foulé la cheville et qu'il était en train de mettre de l'huile de massage de Sloan dessus.

Elle et Rachel éclatèrent de rire et d'un geste adorable passèrent la main dans leurs beaux cheveux fins.

— Nom d'un chien, Rose, dit Grand'Pa, je suis fatigué, et si ça ne te fait rien, je vais me permettre de boire mon whisky ici même.

Mme Fawcett accepta sa défaite en silence, mais il était manifeste qu'elle considérait que ces premiers instants annonçaient un séjour encore plus éprouvant que d'ordinaire. Elle fit descendre le paravent de bambou du côté sud de la maison, pour que les Freudenburg (qui n'avaient jamais cessé de brasser leur bière malgré la nouvelle loi) ne puissent pas voir la bouteille de M. Kenyon ni ne s'imaginent qu'elle avait donné sa bénédiction ou, pire, qu'elle la partageait avec lui. Elle déclara gaiement:

— À présent, donnez-moi les dernières nouvelles, monsieur Kenyon. Je meurs d'impatience de savoir ce que tout le monde devient là-bas à la maison. J'étais justement en train de dire à Fuschia que même si son canard sent délicieusement bon, c'est de nouvelles que je suis friande!

Grand'Pa raconta qu'un certain Dr Taylor avait été opéré à cause de calculs rénaux et que tout le monde s'attendait à ce que l'opération lui soit fatale; à vrai dire, comme il était parti depuis cinq semaines et qu'il avait reçu peu de nouvelles du Missouri, il était très possible que le vieux gentleman soit déjà mort.

---

13 — *Volstead Act*: loi établissant la Prohibition aux États-Unis, en vigueur de 1919 à 1933.

— Vous vous souvenez du Dr Taylor, n'est-ce pas, les filles? demanda Mme Fawcett. C'est lui et Mme Taylor qui nous ont donné ces adorables cuillères à sel que vous aimez tant. Quel malheur qu'il soit en mauvaise santé!

Leah et Rachel étaient touchées et Rachel dit:

— Pauvre Mme Taylor! Quand tu lui écriras, Maman, pourras-tu lui dire que je pense à elle et que je range mes plus jolis mouchoirs dans ce merveilleux coffret qu'elle m'avait envoyé?

Ralph, assis sur l'accoudoir du fauteuil de Grand'Pa, hésita un instant, puis se lança:

— C'est-y pas ce Dr Taylor dont tu m'avais dit qu'il était plus filou qu'une fouine?

— Ralph! s'écria Leah. Espèce d'horrible petit Hun! Et en plus tu as dit «c'est-y pas»!

Un silence lourd et morne s'abattit et perdura jusqu'au retour de Molly, puis la conversation reprit à un rythme lent et poussif. Grand'Pa n'avait jamais porté aucun intérêt à ces chroniques des décès et des mariages et des maladies qu'il récitait consciencieusement à sa belle-fille, mais ce jour-là il paraissait encore plus las, mélangeant les noms et doutant de ses propres souvenirs plus que d'ordinaire. Il raconta que quelqu'un nommé Geneva Machin-Chose avait eu un érysipèle qui l'avait laissée défigurée au point qu'on ne la reconnaissait plus, mais comme il ne parvenait pas à se souvenir de son nom de famille ni de l'endroit où elle vivait, l'information était alléchante mais pas très excitante. Il déclara que, tout bien réfléchi, elle s'appelait peut-être bien Mildred, et il se demandait si en réalité elle ne vivait pas en Oklahoma. Une certaine Maude Pease lui avait demandé de dire à Rose combien elle avait aimé le plat en métal plein de friandises que celle-ci lui avait envoyé pour son anniversaire de mariage.

(Leah demanda: «Maman, n'est-ce pas elle qui avait fait un dîner de mariage *al fresco*[14]?» Elle mettait ça sur le tapis dès qu'elle pouvait et cela mettait Ralph et Molly hors d'eux car ils n'arrivaient jamais à se souvenir de ce qu'*al fresco* signifiait.)

La famille dans le ranch à côté du sien avait enchaîné les problèmes avec leur blé – ils avaient été touchés par la rouille brune – et ils avaient dû vendre leur automobile. Il déclara alors:

— Je ne comprends pas pourquoi tu gardes cet énorme tacot, Rose. Pourquoi tu n'en achètes pas une nouvelle? Sapristi, on se sent comme un gros balourd dans ce fichu attelage, quelle que soit la taille qu'on fasse!

14 — En plein air.

Mme Fawcett grimaça; elle ne supportait pas d'entendre le mot «tacot», pas plus que «bagnole». Pour sa part, elle parlait toujours avec dignité du «véhicule». La Willys Knight avait coûté extrêmement cher et, même s'il lui était parvenu certaines rumeurs selon lesquelles ce modèle n'était plus à la mode, elle lui portait toujours beaucoup d'affection. Avec une vivacité exubérante, elle répondit à M. Kenyon qu'elle ne savait pas ce qu'elle ferait sans ses conseils, que c'était justement l'une des choses dont elle voulait parler avec lui, et qu'elle espérait aussi qu'il pourrait jeter un œil à l'arbre de la pompe à eau le lendemain matin car elle avait l'impression qu'il fallait le changer, même si Miguel disait qu'il fonctionnait correctement.

Ralph, apathique, fixait des yeux un petit accroc sur le genou du pantalon de Grand'Pa et voulait lui demander quels pays il avait visités l'hiver précédent. Mais une convention bien établie voulait qu'il ne parle jamais de ses voyages en présence de Mme Fawcett. Il était allé au Siam, à Bornéo, en Inde, en Espagne, en Suède, et même dans des endroits aussi reculés que la Lituanie et les îles Shetland. Aller faire un saut à Sydney ou dans le sud du Mexique était aussi aisé pour lui que de partir à Riverside pour les Fawcett. Un jour, il avait envoyé à Ralph une carte postale de Melbourne dans laquelle il disait qu'il allait lui rapporter un singe, mais Mme Fawcett avait répondu à la place de son fils en exigeant qu'il y renonce. Le garçon ne le lui avait jamais pardonné et faisait la tête à chaque fois que cela lui revenait en mémoire. Mme Fawcett avait noté avec aigreur que c'était bien typique de la part de M. Kenyon de choisir précisément le seul animal qu'on ne pouvait pas habituer à utiliser une litière pour faire ses besoins. Il avait pris un vapeur pour aller en Alaska et là-bas il avait vu les aurores boréales et était monté à bord d'un navire qui chassait le phoque dans le détroit de Béring: avant même qu'ils aient vu le moindre phoque, une énorme tempête orageuse avait éclaté et l'équipage avait failli périr; les vagues étaient aussi hautes que la cabane de la pompe à eau des Fawcett et leur pente aussi raide que le mont Baldy. Le fracas de la tempête portait en son sein la voix du dieu Hadès.

De temps en temps, M. Kenyon regardait Ralph et lui faisait un sourire ou bien lui tapotait le genou de sa main épaisse et déformée. Il ressemblait assez à un Indien avec ses pommettes saillantes, ses cheveux noirs et ternes, sa peau marquée par le soleil et son nez bosselé, mais évidemment aucun Indien n'avait jamais porté de barbe comme Grand'Pa: la sienne était aussi épaisse que le feuillage de l'arbre-ombrelle. Il termina son second verre de whisky et le posa sur la table. Les mains à plat sur ses genoux, il regarda sa belle-fille et lui dit:

— Rose, tu devrais avoir honte de l'état dans lequel sont ces deux-là. Tu n'as pas à t'accrocher à eux comme ça en permanence ; tu devrais les envoyer chez Claude passer l'été.

— Mais, monsieur Kenyon, vous n'y pensez pas ! Ils sont bien trop fragiles pour être loin de moi et du Dr Haskell !

Ce débat avait lieu chaque année. M. Kenyon, qui voyait l'insignifiant champ de noyers de Mme Fawcett avec un dédain sans limite, ne comprenait pas pourquoi les enfants ne pouvaient pas passer l'été dans les montagnes du Colorado, et chaque année il proposait de payer leurs billets de train ; il trouvait particulièrement injuste qu'elle n'y envoie pas au moins le garçon, qui aurait dû recevoir une éducation d'homme.

— Ce Dr Haskell, dit M. Kenyon avec mépris, ce n'est quand même pas le seul toubib de l'univers ?

— Oh, ce n'est pas ce que je voulais dire, monsieur Kenyon, pas du tout. Je ne doute pas que Claude a un excellent médecin là-haut dans les montagnes. Je voulais juste dire que ce ne sont que des bébés… Ils ont besoin que leur mère s'occupe d'eux. Et puis… avec tous ces chevaux et ces vaches, là-bas, c'est très dangereux.

Ralph, qui savait d'expérience que cette conversation ne mènerait nulle part, se demanda si ce ne serait pas le bon moment pour raconter la blague de la vache, puisque sa mère venait d'en parler, mais elle se hâta de poursuivre.

— Vous savez bien que je ressens une crainte particulière en ce qui concerne les chevaux.

— Rose, s'il y a bien une chose que je sais sur cette terre verte que nous a donnée le bon Dieu, c'est celle-là. Mais c'est pas une raison pour que tu cherches à flanquer la trouille aussi à ce pauvre garçon.

Mme Fawcett rougit et s'éventa vigoureusement avec une feuille de palmier, bien que la brise soit fraîche.

— Je ne veux qu'une chose, monsieur Kenyon, c'est qu'il soit un gentleman.

Grand'Pa n'eut soudain plus assez d'ardeur pour poursuivre le débat, et il répondit avec lassitude :

— Je ne suis peut-être pas le meilleur juge en matière de gentlemen, mais mon fils Claude est un homme respectable.

Mme Fawcett posa soudainement son éventail et se redressa sur son siège.

— Monsieur Kenyon, je crois que nous devrions rediscuter de tout cela une autre fois. Vous aviez commencé à me parler de l'incendie chez Roberta Wagner. Comment s'est-il déclenché ?

— Oh, une lampe à pétrole ou un truc du genre dans la grange.

Il se laissa à contrecœur entraîner vers des sujets de conversation qui faisaient moins de vagues, mais un long silence finit par s'installer. Il ne trouvait pas une seule anecdote à raconter et Mme Fawcett était à court de questions à poser. Comme ils pouvaient tous s'ennuyer! Les enfants attendaient avec impatience que leur mère aille parler à Fuschia, car c'était le signal pour que Grand'Pa leur donne les cadeaux. Mais comme elle respectait soigneusement les usages, elle ne voulait pas quitter la pièce jusqu'à ce que ce soit vraiment indispensable; elle ne voulait pas que ce vieux péquenaud crasseux et imbibé puisse penser qu'il n'était pas le bienvenu, même si elle était si en colère qu'elle aurait pu éclater en sanglots.

Grand'Pa remplit son verre pour la troisième fois. Ralph descendit de l'accoudoir et s'approcha de la balustrade du porche, sur laquelle il s'assit, les mains sous les cuisses.

— Grand'Pa, est-ce que tu as des chiens?

Le vieil homme posa son verre sur la table en rotin tandis qu'il rebouchait la bouteille. Puis, sans prévenir, sa tête s'affaissa sur sa poitrine, son chapeau glissa et atterrit par terre à l'envers, et la bouteille roula sans se briser jusqu'à la balustrade, juste sous les pieds de Ralph. Ses mains se détendirent et restèrent posées sur les accoudoirs du fauteuil; sa respiration se fit irrégulière et bruyante comme un souffle de vent entre ses lèvres légèrement entrouvertes, et ses yeux semblaient ne rien voir bien qu'ils soient ouverts. Il y eut un moment de silence si long et si absolu qu'il ressembla à une heure de sommeil qu'aucun rêve ne serait venu troubler, et Ralph se remémora de nouveau ces journées où il avait eu la scarlatine et où les heures, bien découpées et immobiles, s'alignaient en une longue rangée comme des boîtes. Il fixa intensément les longs poils hirsutes des sourcils de Grand'Pa et l'éclat cuivré de sa barbe. Les vieux pieds gonflés étaient pliés vers l'intérieur et reposaient sur les chevilles, et le garçon vit qu'il n'avait pas complètement enfilé les mocassins et que les talons, dans leurs chaussettes de coton blanc, dépassaient à l'arrière. L'une d'entre elles avait été soigneusement reprisée. Ralph se rendit compte qu'il ne connaissait pas le nom de l'intendante qui s'occupait de la maison de Grand'Pa, même s'il savait que celle de Claude s'appelait Mme Brotherman.

Puis Mme Fawcett poussa un cri.

— José! Fuschia! Vite!

José, dont le large sourire avait maintenant disparu, traversa sans bruit la pelouse de lippia, la machette incurvée toujours à la main.

Ralph fut envoyé téléphoner au Dr Haskell et Molly l'accompagna dans le bureau de leur père. Leah et Rachel s'étaient enfuies dans le jardin en sanglotant, terrifiées.

Ralph et Molly restèrent dans le cabinet de travail jusqu'à ce qu'ils entendent José et Fuschia qui aidaient Grand'Pa à monter l'escalier. Il y eut des halètements et des gémissements et des jurons, et le bruit de ces vieux pieds fatigués qui butaient contre les marches dans leurs chaussons souples. Puis ils entendirent la porte de la chambre d'amis se refermer et même après ça, pendant un long moment, ils ne bougèrent pas.

Incapable de comprendre cet effondrement si peu masculin, cette étrange dissolution du roc qu'était Grand'Pa, Ralph en détourna ses pensées et parcourut du regard le cabinet de son père, en désirant qu'il soit encore en vie. Cette pièce était conservée dans l'état où il l'avait toujours gardée, mais elle ne contenait aucun indice sur le type d'homme qu'il avait été. L'ameublement austère et professionnel ne présentait aucune particularité et il n'y avait pas grand-chose qui le distinguait de la salle d'attente du Dr Haskell. Il n'y avait aucun cadre au mur et les seuls livres sur les étagères étaient des brochures du gouvernement sur la culture des noix et un ensemble de volumes poussiéreux aux pages jaunies intitulé *Lettres et Messages des présidents*. Sur le bureau se trouvaient une longue-vue d'arpenteur dans un étui noir et une pointe de flèche en coquille d'ormeau. Le seul objet qui eût, à sa connaissance, une histoire un peu particulière était le sarape sur le canapé de cuir noir: sa mère l'avait rapporté de Tijuana sans le déclarer à la douane, en le plaçant sur la tournure de sa robe. C'était le seul acte de bravoure de son existence et Ralph l'admirait beaucoup pour cela, mais ce jour-là il se rendit compte que cette histoire avait fini par le lasser et il se demanda ce que son père était en train de faire pendant qu'elle traversait tous ces dangers en parlant avec l'inspecteur des douanes. Cet homme s'était dissipé comme un nuage de fumée. Même Leah, qui avait six ans à sa mort, ne se souvenait de presque rien à son sujet, et les quelques impressions qu'elle en gardait devenaient de plus en plus pâles, au point qu'elle ne pouvait plus donner de réponses certaines aux questions des autres enfants mais répondait vaguement:

— Je crois bien qu'il disait souvent « saperlipopette », mais je n'en suis pas sûre.

Et dire que la vieille femme qu'il avait sauvée pendant l'inondation était toujours en vie!

« Oh, je me sens tellement seul », se dit Ralph. Et sans le vouloir, il revit alors Grand'Pa affalé dans le fauteuil en osier, et il se demanda de nouveau pourquoi il avait tapoté le buisson aux baies turquoise avec sa canne. Il avait à présent l'esprit tout à fait lucide et, plein d'une colère froide et exaltée, il s'en prit à Molly en lui disant :

— Pourquoi il faut toujours que tu me suives partout ?

Il sortit sous le porche et resta assis, immobile, sur le fauteuil suspendu, tandis que sa sœur sanglotait en hoquetant dans le salon. José avait laissé son horrible couteau incurvé sur la table ronde, à côté du petit verre de whisky que Grand'Pa n'avait pas pu boire.

Ce fut la dernière fois qu'ils virent Grand'Pa Kenyon. Cinq jours plus tard, on le descendit dans le salon, mort, où il resta encore deux jours avant qu'Oncle Claude n'arrive pour l'enterrer.

Les enfants n'allèrent pas à l'école pendant les trois jours qui séparèrent la mort de Grand'Pa de ses obsèques. Mme Fawcett se disait que c'était indispensable pour ne pas manquer de respect au défunt, mais ce fut une période bien triste pour les enfants. Leah et Rachel triaient et rangeaient leurs échantillons gratuits et se chamaillaient en répétant :

— Mais pousse-toi, t'es vraiment pas gentille !

Ralph et Molly, eux, erraient en silence d'une pièce à l'autre en essayant de trouver quelque chose à faire.

— Pourquoi est-ce que vous ne vous installez pas quelque part avec un livre ? demandait leur mère.

Sans entrain, ils discutèrent en javanais du poème de Molly, que Ralph ne comprenait toujours pas. La maison était silencieuse et sombre et les Mexicains dans le champ de noyers parlaient en chuchotant, sans oser élever la voix. Pendant tout ce temps, Fuschia faisait des conserves et du piccalilli et l'arôme délicieux de la muscade et de l'aneth remplissait la maison, sans pourtant parvenir à occulter l'odeur de toutes les fleurs déposées dans le salon autour de Grand'Pa. Ralph percevait tous ces parfums avec une conscience exacerbée et il réussit enfin à nommer ce qui rendait si spéciale l'odeur qui restait attachée au vieil homme : c'était celle des raisins secs.

M. Follansbee passa leur rendre visite à deux reprises en fin de journée. La seconde fois, il laissa un livre à la couverture de cuir, rempli d'aphorismes solennels et intitulé *Quelques rayons d'étoiles pour trouver du réconfort*, que Mme Fawcett lut fréquemment, les yeux humides. Dans son sermon pendant les obsèques, le pasteur décrivit Grand'Pa comme un homme « que ses multiples centres d'intérêt et ses nombreux voyages destinaient à une vie active plutôt que contemplative» mais, puisqu'il faut de tout pour faire un monde, il n'y avait pas de raison de penser que le Seigneur considérerait cela avec désapprobation.

— Parmi les hommes aussi, il y a les Marthe et les Marie, déclara-t-il.

En guise de remerciement, Mme Fawcett, enrichie par le testament de son beau-père, fit une contribution de mille dollars pour financer le chauffage central de l'église. Elle aurait aimé faire installer un vitrail en sa mémoire, mais elle n'était absolument pas certaine que M. Kenyon ait cru en Dieu.

Le lendemain soir du décès de Grand'Pa, Mlle Runyon apporta des roses, et comme Fuschia était en train de faire la vaisselle et que Leah et Rachel voulaient rester écouter la conversation des dames et que Molly était dans son lit, prise de hoquet après être restée trop longtemps au soleil, ce fut Ralph qui fut envoyé déposer les fleurs dans le salon. Une seule lampe, la plus petite de toutes, était allumée. Elle était posée sur un guéridon en marbre au pied du cercueil et elle n'éclairait presque pas le visage de Grand'Pa. Bien qu'il ne semblât y avoir aucune fenêtre ouverte dans la pièce, la flamme s'agitait et bougeait derrière l'abat-jour de porcelaine au motif de tulipes sur un fond vert pâle. Il y avait partout des fleurs apportées par les voisins, non pas en l'honneur de M. Kenyon, puisque personne ne le connaissait, mais par sympathie pour Mme Fawcett, dans la maison de laquelle cet événement bien déraisonnable avait eu lieu. Il avait clairement stipulé à plusieurs reprises quand il était vivant qu'il voulait être enterré là où il mourrait, car il ne se souciait guère du décorum et considérait que transporter un cadavre d'un endroit du monde à un autre était une perte de temps et d'argent. Mme Fawcett aurait volontiers accompagné la dépouille jusqu'au Missouri ou même en Angleterre et l'avait fait savoir dans le premier télégramme envoyé à Claude, mais celui-ci avait répondu: «L'enterrer sur place comme demandé.»

Ralph essayait de ne pas regarder le corps; même si la mort l'avait fait se tasser, à côté de lui tout le reste semblait petit, comme si l'ampleur de la métamorphose survenue avait eu aussi une dimension physique. Il déposa le vase de roses sur la table de la bibliothèque où une bible était ouverte et un pétale tomba alors sur la page finement imprimée. Au même instant, l'extrémité d'une tige de fougère qui se trouvait dans un grand vase d'œillets lui effleura la joue et le contact délicat le fit sursauter. Il se retourna brusquement comme si on lui avait adressé la parole et son regard se posa directement sur le visage du défunt. Il voyait à présent le nez imposant et crochu qui faisait saillie et projetait son ombre sur le coussin de satin, et les paupières ridées, blanches et mortes, sous les sourcils broussailleux. On avait brossé sa barbe et nettoyé ses ongles anguleux et ondulés. Ralph posa la paume de sa main sur la joue froide de Grand'Pa, sentant la forme de ses os. Il n'avait pas peur et ne ressentait aucun dégoût : la peau sous ses doigts était lisse et dépourvue de signification, comme le pétale de rose qui était tombé. Mais ensuite, quand il eut retiré sa main et fait un pas en arrière, il se sentit terrifié – la même terreur que quand, l'été précédent, il avait visité un sous-marin à San Diego avec Oncle Ernest et qu'il avait regardé par le périscope ; c'était si lointain, ce qu'on y voyait, c'était un monde d'eau si étrange.

Au cours des jours précédents, pendant que Grand'Pa était en train de mourir, les enfants avaient été tenus écartés du grand mystère. Ou plutôt, celui-ci avait été dissimulé par l'animation incessante, les allées et venues silencieuses du Dr Haskell et des voisins manifestant leur soutien en apportant de la crème anglaise ou du bouillon dans des plats recouverts d'une serviette (les Freudenburg leur avaient fait porter, il fallait le faire, des ravioles épicées !), et la sonnerie du téléphone, et les innombrables allers et retours de Miguel en ville pour acheter des médicaments ou envoyer des télégrammes. La chambre d'amis se trouvait à l'arrière, dans une aile attenante, une partie de la maison où Ralph se rendait rarement puisque, hormis cette chambre, les seules autres pièces étaient l'atelier de couture de sa mère, l'armoire à linge et un cagibi ; pourtant, au cours de ces journées, il s'y était trouvé attiré, envoûté par le silence, et à plusieurs reprises il était resté plus d'une heure debout dans l'atelier de couture à lancer en l'air une bobine de fil de soie bleu et à la rattraper, s'efforçant d'entendre quelque chose à travers le mur, sans rien percevoir d'autre que le silence de la nuit, le silence qui mettait en sourdine le remue-ménage empressé des commissions et des visites.

Maintenant que tout cela avait cessé, il devenait possible de se rendre compte rétrospectivement que ces sons assourdis et cette agitation n'étaient que des vétilles insignifiantes qui éclipsaient une force immense et sans violence. Grand'Pa était comme un grand fleuve, se dit-il, mais un fleuve qui s'était asséché et avait disparu pour toujours dans l'océan. Il parvenait à accepter le caractère définitif de la situation, mais il n'arrivait pas à comprendre ce qui avait causé cet assèchement : tout avait été trop rapide. Il était tout juste assis là en train de reboucher le whisky ; Ralph venait juste de lui demander s'il avait des chiens.

Ralph comprenait que Grand-Père Bonney avait mis longtemps à mourir, dans des souffrances abominables, et il savait qu'il aurait dû être heureux (comme sa mère l'avait dit une dizaine de fois) que Grand'Pa n'ait pas souffert du tout. Pourtant, il avait beau essayer, et entendre encore et encore l'histoire de la fin tragique de Grand-Père Bonney, il ne parvenait pas à se sentir vraiment triste comme Leah et Rachel, et il ne se disait jamais, à l'inverse des deux aînées, qu'il aurait aimé connaître ce gentleman dont il regardait à présent le portrait dans la lumière tremblotante. Sous le tableau au cadre doré, sur le manteau de la cheminée fait de marbre noir, qui avait été rapporté de la maison de Saint-Louis, se trouvaient la coupe de baptême de Grand-Père Bonney et l'urne florentine qui contenait ses cendres. Entre son Alpha et son Oméga étaient placés une multitude de petits souvenirs des années intermédiaires : une tabatière en argent ornée d'une salamandre; une Vénus de Milo miniature en laiton qu'il avait utilisée comme presse-papiers; une boîte à tampon en or avec son nom gravé sur le couvercle en gothique; un coffret à bijoux en cuir rouge qui contenait les boutons de smoking et de manchettes, les épingles de cravate et la chevalière maçonnique dont Ralph, qui portait le même nom que lui, hériterait quand il serait grand.

Tout, dans le visage et le maintien de Grand-Père Bonney, montrait qu'il était véritablement ce personnage au cœur des légendes racontées par sa fille, c'est-à-dire un lettré et un gentleman. Il était chauve et bien en chair, mais l'embonpoint n'avait pas dissimulé l'énergie de son visage. Ses yeux gris cherchaient avec intelligence ceux de celui qui l'observait, et il en émanait une grande maîtrise de soi qui s'exprimait aussi dans ses lèvres extraordinairement pleines, qui brillaient comme s'il venait de les lécher et qu'il tenait fermées et dépourvues de sourire au-dessus de sa barbe à l'impériale, légèrement grisonnante et entretenue avec élégance. Il portait un œillet rose au revers de sa jaquette; un haut-de-forme, une canne au pommeau doré, un manteau Chesterfield noir et une paire de gants blancs étaient posés sur le tabouret à côté de son fauteuil. Il était tellement tiré à quatre épingles que les enfants n'arrivaient pas à se défaire de l'idée qu'il revenait tout juste d'un enterrement où il faisait partie des porteurs du cercueil, mais Mme Fawcett leur assurait que c'était ainsi qu'il s'habillait pour les occasions les plus ordinaires. Il était assis devant une grande table ronde sur laquelle avaient été posés des livres aux fermoirs dorés, ces mêmes livres qui se trouvaient à présent sur cette même table devant la fenêtre en saillie, à l'opposé de la cheminée. Celui qu'il tenait dans sa main (un doigt pointé vers le milieu de la page de droite) était les *Œuvres complètes* de Tennyson. Il y avait de bonnes chances, disait Mme Fawcett, que le poème qu'il montrait soit « Que se brisent les vagues », qu'il aimait particulièrement. Malgré tout, on avait du mal à croire qu'il ait vraiment été en train de lire et qu'il ait soudainement été touché par un passage au point de s'être arrêté pour le méditer, car les traits de son visage, près de la bouche et des yeux, ne semblaient pas adoucis par ses réflexions: ils étaient tendus comme s'il venait de prendre une décision et qu'il avait l'intention de la suivre sans dévier. Le tableau avait été peint quand il était dans la fleur de l'âge, à la cinquantaine. C'était peu de temps après qu'il avait trouvé la mort.

D'aussi loin qu'ils se souviennent, Leah et Rachel et Ralph et Molly savaient que Grand-Père Bonney avait personnellement rencontré Grover Cleveland[15] à la Convention démocrate de 1888. Lui-même était républicain et il avait toujours voté pour les candidats de son parti, quelle que soit l'élection, mais, malgré tout, il n'avait certainement rien eu à reprocher à M. Cleveland, quoiqu'il se soit réjoui naturellement de la victoire de M. Harrison. Ce lien entre son grand-père et l'histoire des États-Unis avait conduit l'aînée des enfants, Leah, à un certain nombre de malentendus qu'elle avait ensuite transmis successivement à chacun des trois autres. Le principal d'entre eux était que le président Cleveland, malgré les nombreuses erreurs qu'il avait pu faire, était un personnage d'une importance historique capitale, juste après George Washington lui-même. Ils avaient la certitude que pendant son mandat la capitale du pays était Cleveland, dans l'Ohio. Ils ne savaient pas situer Abraham Lincoln dans le temps, mais ils auraient aisément pu le situer dans l'espace, car Oncle Ernest, le mari de leur Tante Kathleen, était allé à l'université du Nebraska, à Lincoln, où, sans un coup du sort, il aurait obtenu son diplôme avec les félicitations du jury.

Par ailleurs, comme au cours du délire qui avait accompagné ses derniers jours Grand-Père Bonney avait mentionné à plusieurs reprises sa rencontre avec Cleveland, les enfants associaient le président à la septicémie et à une transpiration abondante, et Molly ne pouvait pas entendre son nom sans immédiatement visualiser un ramequin marron dans lequel sa mère avait fait brûler du sucre pour dissiper la fétidité de la chambre du malade. De la même manière,

15 — Grover Cleveland (1837-1908), président (démocrate) des États-Unis de 1885 à 1889 et de 1893 à 1897. Cleveland perdit l'élection de 1888 face à Benjamin Harrison mais fut réélu en 1892.

Tennyson était pour eux lié à leur grand-père, car ses derniers mots intelligibles, prononcés devant Tante Kathleen tandis qu'elle arrangeait ses oreillers, avaient été: «Cela ne sert à rien, Kate. Je vais traverser le banc de sable[16].»

Chacun des enfants imaginait d'une manière différente cette trinité constituée du poète, du président et du grand-père. Ralph les voyait gros, sans chapeaux, vêtus de jaquettes, en train de marcher de front sur une plage qui s'étendait à perte de vue, s'approchant sans cesse d'un banc de sable sans jamais l'atteindre. Leah les voyait assis à une table ronde, en train de boire du café dans des tasses à moustache, tandis qu'au loin un orchestre jouait *Ô Maggie, quand nous étions jeunes*. Dans l'esprit de Rachel, ils défilaient en file indienne dans l'allée centrale de la Première Église presbytérienne, d'un air si calme et si cérémonieux que M. Follansbee, en comparaison, paraissait remarquablement rustique. Molly, qui était souvent malade, les voyait couchés tous les trois ensemble dans un énorme lit, tandis qu'une lune semblable à une citrouille d'Halloween éclairait à travers une lucarne leurs gros visages aux joues roses.

Les yeux de Ralph allaient du visage mort de Grand'Pa Kenyon à celui, vivant, de Grand-Père Bonney, et il se sentit seul et accablé; il savait (et il en était honteux malgré lui) qu'il aurait dû les pleurer tous les deux de la même manière puisque, en un sens, il connaissait bien mieux Grand-Père Bonney qu'il n'avait jamais connu son successeur. Par exemple, il connaissait un tas d'histoires sur le fox-terrier de son grand-père, qui s'appelait Liliolukilani[17] et était maligne comme tout: elle savait prier, sauter dans un cerceau et elle répondait à des ordres en anglais et en allemand. Ralph pouvait se représenter le personnage avec autant de clarté que M. Follansbee. Quel homme sympathique il était! Toujours prêt à plaisanter et faire de bons mots! C'était invariablement lui qui était le plus joyeux de tous quand ils allaient patiner (pour taquiner les filles, il avait un jour porté un bibi à la patinoire!), et quand ils faisaient griller des saucisses autour d'un feu de camp, et quand il y avait une réception avec un bal, et le dimanche soir quand était organisé un buffet informel avec des chauffe-plat. Il était galant avec les dames et maintenait certaines traditions, comme faire le baise-main ou adresser des compliments contenant toujours un ou

16 — Référence au poème *Crossing the bar* (1889), dans lequel la traversée d'un banc de sable est une métaphore de la mort.
17 — En référence à Lili'uokalani (1838-1917), dernière reine du royaume d'Hawaï de 1891 à 1893.

deux mots en français. Quelle jeune femme n'était pas enchantée de l'entendre lui dire : « La robe de *mademoiselle**[18] est véritablement *distinguée** » ? En plus d'être courtois, il pouvait faire des canulars à pleurer de rire, après lesquels il déclarait : « Mesdames et messieurs, je vous prie de m'excuser mais j'avais un besoin incontrôlable de me titiller les zygomatiques. » Une fois, il s'était coloré tout le visage avec un bouchon brûlé pour faire croire qu'il était un négro, et son imitation était si parfaite que tout le monde s'était fait duper pendant au moins cinq minutes. Une autre fois, il s'était glissé sans bruit dans l'obscurité sous une fenêtre ouverte pendant une soirée d'été et, au moment d'une pause dans la conversation, il avait soudain fait « Bouh ! » d'une voix qui faisait peur, et Mme Bonney et les filles avaient presque bondi jusqu'au plafond. Au petit déjeuner, il pouvait demander à une invitée si elle voulait des oignons dans son chocolat chaud, et il posait la question avec un air si sérieux qu'elle ne savait pas quoi répondre. Un jour, pourtant, il s'était fait battre à son propre jeu quand une amie guillerette de Rowena lui avait répondu sans ciller : « Quand les poules auront des dents, monsieur le malin ! » Et Grand-Père avait tellement ri qu'il en avait eu les larmes aux yeux. Il adorait faire ce genre de facéties. C'était parfois un tour qu'il jouait à l'une des domestiques de couleur (il n'aimait rien tant que taquiner la vieille cuisinière noire, qui était *tellement* superstitieuse !), parfois une expédition improvisée à bord d'un vapeur descendant le fleuve jusqu'à Memphis, ou encore une scène inattendue insérée au milieu des vues de Venise dans le stéréoscope : tout à coup, on découvrait des sous-vêtements de flanelle qui s'envolaient devant le dôme central de Saint-Marc ! Il avait coutume de dire : « On ne vieillit que si l'on se sent vieux », et il ne s'était jamais senti vieux, pas même à la toute fin de sa vie.

Le garçon ne ressentait ni peur ni tristesse pour aucun des deux hommes. Il ne ressentait que cette solitude cruelle qui l'attendait comme un chien hargneux. En un bref avant-goût de maturité, il songea qu'il était bien étrange qu'ils aient tous pu continuer à avaler trois repas par jour comme d'habitude : ils avaient bel et bien mangé le canard et la brioche Sally Lunn le soir où Grand'Pa avait fait son « malaise », comme ils disaient, et comme Leah n'avait pas pris la peine de retirer son couvert à table, celui-ci était toujours là, en face de Maman, l'espace le plus vide que Ralph ait jamais vu. Même à

18 — Les astérisques placés après des mots en italique signalent les termes en français dans le texte.

présent, à la nuit tombée, seul dans une pièce avec un mort, il n'avait pas peur, et il parvenait à remarquer des petites choses inutiles, comme le chiffon à poussière que Fuschia avait oublié sur la bibliothèque près du vase de massettes. Il se souvenait que sa mère avait dit que juste avant que Grand-Père Bonney ne meure, elle était dans sa chambre en train de regarder par la fenêtre un cerf-volant rouge vif qui s'était coincé dans les branches tout en haut de l'eucalyptus, et quand Kathleen était entrée pour dire: «Il s'en va, Rose», elle s'était dit, tandis qu'elle se hâtait dans le couloir: «Je me demande si ce cerf-volant appartient à l'un des enfants de la famille Van Buskirk.»

Les dames étaient en train de parler dans la salle à manger. Il n'entendait pas ce qu'elles disaient, mais il pouvait imaginer la forme de leur bouche et le genre de choses qu'elles devaient répéter encore et encore, étrangement convaincues, comme tous les adultes semblaient l'être, que personne ne les avait entendues la première fois. Sa mère était sans doute en train d'expliquer, avec une urgence insistante, pourquoi M. Kenyon allait être enterré au cimetière de Covina bien qu'il ne soit jamais venu ici que pour de courts séjours; Mlle Runyon, bruyante et inquisitrice, devait poser des questions sur Oncle Claude, qui allait arriver le lendemain; sa mère devait déjà s'excuser pour son demi-frère, tout comme elle s'était toujours excusée pour son beau-père. À un moment ou à un autre, elle allait sans doute déclarer: «D'abord mon père, puis mon mari, et maintenant M. Kenyon. Mais il me reste mon fils.»

Quelqu'un s'approcha de la porte et il trembla violemment; si l'une de ces femmes entrait, pensa-t-il, il se jetterait sur le visage blanc et mort de Grand'Pa et il mourrait. Mais ce n'était que Molly, qui se glissa dans la pièce à pas de velours comme un petit chat malade, en reniflant, et qui vint vers lui les bras tendus devant elle comme si elle était aveugle. Une odeur âcre l'entourait et il sut qu'elle avait dû vomir comme elle le faisait généralement quand elle avait le hoquet.

— J'ai peur, dit-elle en lui prenant la main. Je ne veux pas qu'il soit mort, Ralph. Je ne veux vraiment pas!

Ils s'allongèrent sur le sol près du cercueil en sanglotant dans les bras l'un de l'autre, mais en ne faisant presque aucun bruit pour que les dames et leurs sœurs ne les entendent pas.

Chapitre 3

Comme cinq jours auparavant lorsqu'ils attendaient Grand'Pa Kenyon, Ralph et Molly étaient allongés sur la pelouse de lippia et attendaient leur oncle. Un avion passa dans le ciel. Le pilote faisait de la voltige et, tandis qu'ils l'observaient en retenant leur respiration, il fit un piqué.

— Le fou ! s'écria Ralph. Il va s'écraser sur la cabane de la pompe à eau !

Puis il sourit en voyant que l'avion reprenait habilement de l'altitude. Il songea alors avec douleur que Grand'Pa Kenyon, qui adorait toutes les expériences qui sortaient de l'ordinaire, était mort avant d'avoir pu monter à bord d'un avion. Il n'avait pas pu non plus voir ce fameux pilote automobile, Barney Oldfield, dont il parlait souvent avec admiration.

À quoi ressemblerait le mois de septembre suivant sans lui ? Dans l'esprit des enfants, Grand'Pa Kenyon était tellement associé au retour des journées bien remplies, après la tranquillité alanguie de l'été, qu'il était devenu après son départ une sorte de figure à demi-légendaire, connue seulement pour son lien avec un endroit particulier ou un jour précis de l'année. Il était une sorte de divinité du mois de septembre, auréolée de la lumière dorée de l'automne. Ce qui manquait déjà le plus à Ralph était la cérémonie à laquelle lui seul participait avec Grand'Pa chaque jour au petit matin. Le vieil homme ne changeait pas ses habitudes quand il venait séjourner à Covina et il se levait toujours avant l'aube pour préparer lui-même son petit déjeuner. Le parfum du café qu'il faisait était si viril et stimulant que Ralph pouvait en reproduire mentalement la sensation à l'envi tout au long de la journée, ce qui lui permettait de rêvasser même pendant les heures de classe les plus pénibles. Ralph descendait furtivement l'escalier en chaussettes pour ne pas réveiller sa mère et ses sœurs et trouvait Grand'Pa Kenyon assis près du poêle dans le demi-jour, son chapeau noir repoussé haut sur le front et ses lunettes au bout du nez. Il attendait que le gril soit bien chaud pour y déposer ses épais pancakes, mais le café avait déjà coulé et la cuisine était remplie de son odeur forte et assez âcre. Ils ne s'adressaient pas la parole jusqu'à ce que le petit déjeuner soit terminé et que Grand'Pa ait allumé sa pipe ; à ce stade, il retirait toujours son chapeau, sans que Ralph puisse en deviner la raison. Dans ces moments-là, il ne racontait pas d'histoires mais à la place il évoquait avec une forme de nostalgie les tâches qui étaient effectuées au même instant dans ses ranchs : à peu près à cette minute, au Texas, toute l'équipe devait se préparer à rejoindre les pâturages pour séparer les têtes de bétail qui allaient être expédiées au Panama ; dans le Colorado, où ils ne se levaient pas de si bon matin, la vieille cuisinière noire, Magdalene, devait être en train d'appeler les hommes à table pour le petit déjeuner. Tandis qu'il énumérait tout cela, il gardait l'œil sur sa montre. Quand l'aiguille des secondes avait fini son tour, il annonçait :

— Elle pose la cafetière sur la table près de Claude.

Ralph percevait le mépris dans le regard de Grand'Pa quand il jetait un œil par la fenêtre et regardait le champ bien ordonné avec ses arbres semblables à des jouets où les Mexicains n'allaient venir travailler que deux heures plus tard, et quand il entendait le laitier passer, il se mettait parfois en colère, tapant du poing sur la table et criant au jeune garçon :

— Dieu tout-puissant ! Elle pourrait quand même avoir au moins *une* vache ! Elle devrait avoir honte.

Elle n'avait pas honte mais Ralph si, et un jour il déclara qu'il ne boirait plus de lait tant qu'elle n'achèterait pas une vache. Elle lui avait fait sa réponse habituelle et imparable : « Les gens comme nous n'ont pas de vache. »

Ralph se demandait si, tout compte fait, Grand'Pa aurait vraiment aimé la blague de la vache. Il se demandait aussi s'il allait oser la raconter à Oncle Claude ou si cela paraîtrait déplacé de le faire le jour des obsèques. Oncle Claude. Oncle Claude. Oncle Claude. Il se répétait le nom, encore et encore, mais celui-ci n'évoquait aucune image dans son esprit. Il n'arrivait pas à imaginer à quoi pourrait ressemblait le fils de Grand'Pa et, pour cette raison, l'idée de faire sa connaissance l'intimidait.

Au moment même où il se rendit compte que Molly était en train de pleurer et qu'elle le faisait depuis un bon moment déjà, il vit la voiture prendre le virage dans l'allée où poussaient les cèdres bleus et, sans aucun plan précis en tête, il se leva d'un bond et se mit à courir à toutes jambes, traversant la pelouse et passant devant le chauffe-eau solaire. Tandis qu'il courait, il se disait : là je dépasse le jardin et Leah et Rachel ne m'ont pas vu. Là je dépasse le chauffe-eau solaire. Là je dépasse le cabinet de travail et dans le cabinet je dépasse la tête de daim et la tête de daim ne m'a pas vu. Là le cellier et Maman n'y est pas et Fuschia n'y est pas. Et maintenant je ne crains plus rien. Il courut jusqu'à la cabane de la pompe à eau et grimpa à l'échelle aussi vite qu'une souris. Une fois en haut, sur le toit rond, il s'accroupit. Son cœur battait aussi sourdement que la pompe au-dessous de lui. Il ne savait absolument pas pourquoi il n'avait pas voulu voir son oncle. C'était comme s'il avait eu besoin de prendre le contrôle de lui-même en réalisant une évasion physique totale, en s'exposant sous le ciel parfaitement vide et en s'enfermant dans ce petit espace parfaitement circulaire où les formes et les couleurs étaient réduites à leur plus simple expression : son sanctuaire était rond, le sol était noir, le ciel était bleu, et il était seul.

Il ne voulait pas regarder en contrebas, mais des voix arrivaient jusqu'à lui. Sa mère dit :

— Mon cher Claude, c'est un moment bien affligeant pour nous tous.

Si l'air n'avait pas été aussi immobile, Ralph n'aurait pas entendu la réponse de l'homme tant sa voix était douce. Elle était si douce et triste que Ralph se dit qu'il était sans doute assis sur les marches et se tenait la tête entre les mains, plein de détresse. Il répondit :

— Je peux voir M. Kenyon, madame ?

Le garçon imagina son oncle entièrement seul, son ombre projetée sur un désert blanc, sur cette étendue si horriblement inhospitalière qu'il avait vue depuis le train l'été où ils étaient allés à Saint-Louis. C'étaient des kilomètres et des kilomètres de sable à perte de vue, jusqu'à ce qu'enfin le train passe devant un figuier de Barbarie géant et que Mme Fawcett leur explique d'un ton docte : « Vous savez, cette petite parcelle d'ombre aurait beaucoup de valeur pour quelqu'un qui se retrouverait perdu ici. »

M. Follansbee et son épouse vinrent déjeuner chez eux après les obsèques. M. Follansbee s'assit à la droite de Mme Fawcett et raconta des plaisanteries que les enfants et Oncle Claude ne comprirent pas, même si Leah et Rachel firent semblant que si. C'était un homme à l'apparence disgracieuse, avec un petit menton qui remontait vers le haut et un gros nez qui descendait vers le bas, et tout son visage était effilé et pernicieux. Mme Fawcett disait qu'il avait « un visage typiquement Yankee », mais Ralph n'arrivait pas concilier cette description avec la chanson *Yankee Doodle* qui parlait, d'après lui, d'un homme dans le genre du Père Noël. Molly avait décrété, malgré tout, que si l'Oncle Sam avait été rasé de près, il aurait sans doute beaucoup ressemblé au pasteur. Il portait une jaquette ; Mme Follansbee, comme Mme Fawcett, était vêtue de noir. Chacun des enfants portait sur lui un signe de deuil : Ralph avait des culottes longues de couleur noire avec des collants noirs et les trois petites filles des nœuds Windsor de la même couleur au col de leurs chemisiers de marins. Au milieu de cette compagnie fort décente, la tenue d'Oncle Claude était d'une incongruité criarde. Son costume était marron chocolat, sa chemise d'un bleu riche et profond, et sa cravate écarlate ; il ne portait pas une seule trace de noir sur lui, hormis ses cheveux noirs et ses yeux noirs. Sa palette de couleurs était aussi bigarrée que celle d'un coq. Il semblait être une version rajeunie et amincie de Grand'Pa. Il avait la mâchoire large et les pommettes hautes, mais son menton était assez petit et Ralph eut un choc quand il se rendit compte que celui de Grand'Pa avait dû l'être aussi et que c'était pour cela qu'il portait la barbe. Les épaules d'Oncle Claude étaient massives comme celles d'un taureau, et ses bras, qui partaient vers l'avant avec une lourdeur animale, se terminaient par les mains les plus grosses que le garçon ait jamais vues. Ces mains, dont les doigts s'étaient élargis et décolorés comme ceux de son père, étaient longues mais si larges que, sur la nappe damassée, ou quand elles manipulaient les antiques cuillères en argent, elles ne ressemblaient presque plus du tout à des mains, mais à des tranches de viande où l'on aurait laissé la couenne. Leah et Rachel, qui regardaient avec mépris son horrible costume à bas prix (on aurait dit celui que l'homme de chez Watkins portait), avaient dit qu'il ressemblait à un simple d'esprit et elles espéraient qu'elles n'auraient pas à s'asseoir à côté de lui pendant les obsèques. C'est que son visage avait l'air si innocent ; il semblait ne pas comprendre ce qui lui était arrivé, et cette maison, ces petites filles, les convenances à respecter autour de cette table ne faisaient pas partie de son monde. On voyait bien qu'il aurait préféré ne pas venir ; mais ce n'était pas un simple d'esprit.

Il n'avait presque pas ouvert la bouche depuis son arrivée. Après avoir vu son père, il était monté dans la chambre d'amis et y était resté jusqu'à ce que ce soit l'heure de partir à la cérémonie. Molly, accrochée au tronc de l'arbre-ombrelle, l'avait vu se tenir debout devant l'oriel du couloir, à l'étage, et regarder les hommes venus chercher le cercueil pour l'emmener à l'église. Son silence avait contaminé les autres, et même Mme Fawcett était restée coite pendant le trajet en voiture jusqu'au cimetière puis pour rentrer à la maison. Mais à présent que tout était terminé, elle pensait qu'un ton plus joyeux devait prévaloir afin de laisser derrière eux, autant que possible, ce qui avait été la cause bien affligeante de leurs retrouvailles. La conversation au cours de ce déjeuner était donc joviale et inconséquente. M. Follansbee la lança en racontant l'histoire d'une jeune femme très sérieuse (la fille d'une cousine éloignée de Mme Follansbee) qui leur avait été envoyée avec une lettre de présentation pour effectuer un court séjour chez eux avant d'entrer au pensionnat à Pasadena.

— Oh, Rose, vous allez adorer cette histoire, j'en suis sûr, dit-il. Je n'ose imaginer ce qu'aurait fait votre excellent père dans une situation similaire.

À l'adresse de Claude, il expliqua :

— Pour ma part, je suis un immigré en Californie, comme tout le monde – ces quatre petits Fawcett sont les seuls natifs de Californie que j'aie jamais vus, hé, hé – et à une époque bien reculée, j'ai eu l'honneur d'écouter le père de Mme Fawcett disserter sur certaines questions culturelles jusque tard dans la nuit. Je dois confesser que, parfois, les vapeurs nocturnes de l'huile de lampe avaient sur moi un effet soporifique, mais – hé, hé – comme ce gentleman éminemment cultivé l'aurait dit lui-même, *aliquando bonus dormitat Homerus*, ce qui veut dire : même le bon Homère parfois s'assoupit.

Claude Kenyon, flanqué de Ralph et Molly, regardait piteusement son assiette de soupe en gelée et il ne chercha même pas à esquisser un sourire. Un soupçon d'agacement se lit sur les traits du pasteur, mais aucun dans sa profonde voix d'orateur, et il poursuivit :

— Cette charmante jeune fille arriva chez nous avec quantité de bagages, tous aussi lourds que du plomb. Remplis de livres, voyez-vous. Elle était jolie comme un cœur, et n'avait pas grand besoin d'être futée par-dessus le marché – oh, regardez Leah et Rachel qui dressent les oreilles ! En réalité, elle était bel et bien futée, mais par malheur elle n'était pas très vive. Vous trouvez que c'est paradoxal ? Eh bien, voyez-vous, j'ai parfois quelques idées un peu originales, et je maintiens qu'une personne peut avoir des dispositions intellectuelles sans pour autant être intelligente. Mais ne me laissez pas me lancer dans un sermon ! Je continue mon histoire ! Eh bien, mon cher monsieur, le premier soir que cet adorable petit cœur passa sous notre toit, nous étions en train de prendre le café dans la bibliothèque (une habitude dont je n'ai pas réussi à me défaire, même après toutes ces années dans cette jeune nation moderne qu'est la Californie), quand, surprise des surprises, et *mirabile dictu*[19], cette milady me demande, avec un air parfaitement sérieux et d'un ton grave : « Monsieur Follansbee, avez-vous déjà lu Shakespeare ? »

Mme Fawcett, qui se tenait prête depuis le début de l'anecdote, se mit à rire tant et tant qu'elle dut s'essuyer les yeux. Mme Follansbee, qui avait assisté à la scène et dont on ne pouvait attendre qu'elle réagisse comme elle l'avait fait alors, se montra plus mesurée. Leah et Rachel se couvrirent la bouche avec leurs serviettes et laissèrent échapper des éclats de rire. Mais le pasteur s'était attendu à ces réactions-là et ne leur jeta pas un seul regard, gardant ses yeux rivés sur Oncle Claude avec un air d'amusement malicieux. Quand Oncle Claude rougit, sa peau prit une teinte bleue d'apoplectique et Ralph, qui n'avait pas réussi à afficher ne serait-ce qu'un sourire figé, frémit quand il le regarda.

Quand le rire eut duré assez longtemps, M. Follansbee déclara, sans quitter Claude du regard :

— Monsieur, je vous envie vos hivers enneigés. Ils me manquent, ici, en Californie. Quand j'habitais dans le Missouri, je passais les soirées où il neigeait à lire les pièces historiques. À les lire et à les relire pour ma plus grande édification. J'imagine que vous faites la même chose. Je ne doute pas que, quand vous êtes bloqué chez vous par la neige, les heures puissent parfois devenir bien pesantes. La littérature est un médicament puissant : elle nous fait sortir de nous-mêmes.

Claude reposa maladroitement sa cuillère et celle-ci vint tinter bruyamment contre l'assiette placée sous son bol à soupe. Tout en soupirant, il leva vers le pasteur des yeux honteux et hésitants. Puis il répondit :

— Je peux pas vraiment dire que je trouve le temps pesant. J'ai tout un troupeau de vaches à nourrir.

— Mais quand même, s'écria Mme Fawcett, que l'embarras mettait dans tous ses états, je ne doute pas que tu trouves le temps de lire. M. Follansbee, Claude était le jeune garçon le plus précoce qu'on ait jamais vu – et qui mieux que moi pourrait en juger ? Sans mentir, il lisait *Lorna Doone*[20] alors qu'il n'était encore qu'un tout petit bambin !

19 — En latin : chose étonnante à dire.
20 — Roman à succès de l'écrivain britannique R. D. Blackmore, publié en 1869.

Cette déclaration n'eut pas l'effet escompté, mais elle poursuivit sans s'interrompre :

— Tu ne te souviens pas ces fois innombrables où nous allions au cabanon d'été et où nous lisions Tennyson à voix haute ? Comme tu adorais *Les Idylles du roi*[21] !

Sans plus leur prêter attention, elle parla pendant plusieurs minutes et à vive allure de Tennyson, de l'amour de Claude pour le poète quand il était enfant, de son propre amour pour lui, et de l'amour de son père pour lui. Elle ne laissa plus la conversation lui échapper jusqu'à l'avoir attirée à une saine distance de la question de comment Claude passait son temps pendant les soirs d'hiver. Par la suite, elle confia à ses enfants qu'elle avait alors été sur des charbons ardents tant elle redoutait que Claude leur dise ce qu'il lisait réellement. Car elle supposait que ses goûts étaient semblables à ceux de son père, que personne n'avait jamais vu lire un livre et qui n'en avait jamais évoqué, hormis ceux de Gaboriau[22], lesquels n'étaient certainement pas ce qu'on peut appeler des « classiques ». En ce qui concernait les langues anciennes, M. Kenyon les connaissait à peu près aussi bien que s'il avait vécu pendant les Siècles obscurs, et Mme Fawcett soupçonnait son fils de ne pas savoir ce que *mirabile dictu* voulait dire.

M. Follansbee essaya une tactique différente. Il faisait de la taxidermie à ses heures perdues et sa maison, qui avait l'odeur de la boue, était remplie d'animaux empaillés (mouffettes, ratons laveurs, piverts, merlebleus et lapins à queue blanche) dont les cadavres lui étaient apportés par ses ouailles obéissantes – certaines trouvant que, pour un pasteur, ce passe-temps était excessivement badin. Il demanda à Oncle Claude s'il s'intéressait un tant soit peu à ce sujet, et quand celui-ci répondit que pas une seule fois il ne s'était posé la question, M. Follansbee dit :

— Pour ma part, le sujet me passionne comme un petit enfant, ainsi que ma moitié pourra en témoigner, dans son infinie patience. Tenez, pas plus tard qu'hier, j'ai reçu une nouvelle livraison de fournitures et je me suis arrêté au beau milieu de l'écriture de mon sermon pour ouvrir le colis. Ils avaient fait une erreur assez amusante. J'avais passé commande d'yeux de vautour et, à la place, ils m'ont envoyé les yeux du grand pingouin, cet alque dont l'espèce est aujourd'hui éteinte.

21 — *The Idylls of the King*, cycle de poèmes narratifs d'Alfred Tennyson publié entre 1859 et 1885 et consacré aux légendes arthuriennes.

22 — Émile Gaboriau (1832-1873), écrivain français considéré comme l'inventeur du roman policier.

Molly prit la parole pour la première fois. Elle ferma les yeux et se mit à réciter :

— A pour l'Alque qui dans les froides eaux nageait, B pour le Beau Merle aux ailes de jais.

Et Oncle Claude se tourna vers elle et lui sourit.

Mais Mme Fawcett, pour qui en réalité ces manipulations d'animaux morts auxquelles s'adonnait le pasteur étaient extrêmement répugnantes, lui dit ne pas couper la parole et elle demanda comment au juste il s'était tiré de ce mauvais pas, car il était bien évident qu'on ne peut pas remplacer les yeux d'un vautour par ceux d'un grand pingouin. Il répondit qu'il les avait renvoyés et que, en attendant que le « produit correct » lui parvienne, il allait travailler sur un gauphre que Kenneth Taliafero lui avait apporté. En entendant le nom de son amoureux, Rachel se mit à glousser. M. Follansbee tendit la main de l'autre côté de la table pour lui tirer délicatement les cheveux. Oh, ce n'est pas bientôt fini ! pensa Ralph.

Le repas se poursuivit comme si l'étranger silencieux n'était pas parmi eux. Leah et Rachel, en réponse aux questions du pasteur, déballèrent avec fierté toute leur camelote. Oui, absolument, elles étaient tout simplement *ravies* d'aller en pension l'année suivante à New Haven, où elles auraient l'occasion de suivre des cours de français et de musique, mais surtout de travailler leur élocution avec quelqu'un qui aurait plus de jugeote que Mme Sawhill, qui n'était pas spécialement douée et était certainement assez ordinaire, et chez qui elles se rendaient le samedi après-midi après leur cours de danse avec Mme Lanier, qui manquait elle aussi singulièrement d'inspiration mais n'était pas aussi quelconque. Le pasteur et son épouse rirent tous deux joyeusement quand Rachel, en parlant de Mme Sawhill, ajouta :

— Et je n'arrive jamais à me concentrer sur le passage que je suis en train de lire parce qu'elle articule silencieusement les mots avec sa bouche et j'ai toujours peur que ses fausses dents finissent par tomber, tant elles brinquebalent !

Leah, pour ne pas être en reste, répliqua, en parlant de Mme Lanier :

— Oui, mais ça n'est pas pire que pendant la leçon de ballet quand elle retire son chausson et se met à frotter son *oignon* !

On déclara que c'était très courageux de la part de Mme Fawcett de laisser ses petites filles partir à l'autre bout du pays, même si Tante Rowena ne serait pas loin et pourrait veiller sur elles. Les filles firent remarquer qu'elles ressentaient déjà le mal du pays.

Molly faisait des bulles dans son verre d'eau et dit :

— Il y a une fille dans ma classe, elle a des démangeaisons.

— Molly ! dit sa mère, en secouant vigoureusement la tête. Tu devrais avoir honte.

Tout le monde ignora cette enfant insupportable.

Un horrible incident eut lieu au moment de servir le dessert. Oncle Claude avait oublié de retirer son rince-doigts de son assiette et quand Fuschia apporta la glace à la framboise, il mit sa part dedans, en éclaboussant la table. Leah et Rachel ne purent se retenir plus longtemps et éclatèrent de rire. Pour comble d'humiliation, les autres décidèrent d'ignorer soigneusement la catastrophe et Mme Fawcett, dans un accès d'impolitesse venimeuse, dit :

— Je vous assure, je ne comprends pas comment ces jeunes filles peuvent soudainement exploser de rire sans raison aucune.

Ralph ressentait un écœurement physique et il redouta, si le repas ne se terminait pas rapidement, de se déshonorer ici même, à table. Jamais il n'avait si passionnément méprisé le visage cruel et suffisant de M. Follansbee, son pince-nez accroché à un ruban noir, le passepoil blanc et efféminé de son veston. Avec les marchands, les hommes d'Église faisaient partie des gens que Grand'Pa Kenyon détestait plus que tout au monde, et Ralph était entièrement d'accord avec lui, car il était convaincu qu'ils étaient tous comme M. Follansbee. Le shillelagh de Grand'Pa lui avait été envoyé depuis Cork par son frère, qui était ecclésiastique et avait « entrepris de prêcher l'Évangile à l'anglaise à ces pauvres autochtones arriérés ». À la façon qu'il avait de prononcer ces mots, les enfants comprenaient que Grand'Pa ne trouvait pas du tout que les Irlandais soient pauvres et arriérés et qu'il était surtout en train de se moquer de son frère. Il avait un autre frère qui était aussi dans le clergé, missionnaire en Chine, et sa sœur Nan était une nonne anglicane. Mme Fawcett lui disait toujours, avant que les Follansbee ne viennent pour le buffet, qu'il n'était peut-être pas indispensable qu'il mentionne ses frères et sœurs, étant donné que M. Follansbee avait des opinions très arrêtées sur tout ce qui fleurait un tant soit peu le catholicisme. Elle craignait que ce dernier soit secrètement contrarié que le terrain des Fawcett soit contigu de celui des Freudenburg, qui étaient catholiques et s'adonnaient à toutes sortes de pratiques superstitieuses, comme manger du poisson le vendredi et mettre des statues de la Vierge sur le piano. Ralph se demanda si Schöneshund devait lui aussi manger du poisson le vendredi. Ils lui donnaient sans doute des patates à la place.

L'horrible pasteur regarda Ralph et, pour une raison quelconque, lui fit un clin d'œil de son regard vert et reptilien. Le garçon trembla et détourna le sien, et cette fois ses yeux se posèrent avec une répugnance intense sur le visage rond et boursouflé de Mme Follansbee, dont le nez vulgaire et retroussé complétait parfaitement celui, incurvé vers le bas, de son mari. Il haïssait particulièrement ce nez car elle souffrait de catarrhe chronique et pour cette raison essayait de s'identifier à lui et Molly, qui avaient le même problème. Puisqu'il était si évident qu'elle devenait ainsi leur égale, elle parlait de leurs affinités en babillant comme on s'adresse aux bébés, et avec cette voix forte que les femmes utilisent quand elles parlent à des domestiques ou à des étrangers. La seule chose positive qu'on pouvait dire à son sujet était qu'elle ne parlait pas autant que son mari. Cela mis à part, elle était aussi horrible que lui, et Ralph fit le vœu qu'ils attrapent tous les deux la peste bubonique.

— C'est qui qui a des démangeaisons ? demanda-t-il soudain à Molly.

— Ralph ! s'écria Mme Fawcett. On ne parle pas de cela à table.

Mais Molly répondit :

— Beulah. Celle qui m'avait volé ma pièce de cinq cents.

— Ce sera tout, Molly, dit Mme Fawcett.

Elle trempa ses doigts dans le bol d'eau en cristal puis les sécha sur sa serviette et tout le monde l'imita, sauf Oncle Claude qui ne pouvait pas se rincer les mains dans son dessert. La nausée et le ressentiment de Ralph commencèrent à refluer. Encore quelques instants et ce serait terminé. Il n'y aurait plus que deux repas, et les Follansbee ne participeraient pas à ceux-là. Même s'il avait envie qu'Oncle Claude l'aime bien, il était soulagé de savoir qu'il allait partir le jour suivant et que Leah et Rachel allaient cesser de ricaner de ses habits peu convenables, de ses mauvaises manières à table et de sa façon de parler. Cependant, il était décidé à ne pas le laisser repartir sans lui avoir fait comprendre que Molly et lui étaient différents du reste de la famille. Et puis il y avait autre chose : les cadeaux que Grand'Pa ne leur avait pas donnés, et qui maintenant étaient donc naturellement devenus les cadeaux d'Oncle Claude. Mais comment les lui demander ? Une nouvelle fois, il hésita à raconter la blague de la vache, mais ça ne semblait pas être le bon moment ; Oncle Claude paraissait trop grave, même s'il avait souri à Molly quand elle avait récité son alphabet des oiseaux.

Après le déjeuner, on suggéra qu'Oncle Claude allait sans doute vouloir faire une sieste car il ne s'était pas reposé une seule seconde depuis qu'il était parti de chez lui. Le fait inexplicable qu'il ait choisi de faire tout le chemin depuis Denver en bus de jour ne fut pas évoqué devant les Follansbee. Le pasteur, qui jouait le rôle de l'hôte dans chaque maison où il pénétrait, estima qu'un jeu des Vingt Questions serait un divertissement des plus convenables ; Mme Fawcett fut d'accord, et ajouta qu'ensuite Leah et Rachel pourraient réciter leur nouveau poème écossais à deux voix. Ils se dirigèrent lentement vers le salon, Molly et Ralph et Oncle Claude fermant la marche. En tournant pour prendre l'escalier, Oncle Claude dit: « Si cette Beulah t'a volé ta pièce de cinq cents, bien fait pour elle qu'elle ait des démangeaisons. »

La plupart des fleurs avaient été retirées du salon pour être placées sur la tombe de Grand'Pa, mais l'air était encore lourdement imprégné de leur parfum. La pièce avait changé. Bien que rien n'ait été déplacé ni ajouté, ce n'était plus le même endroit qu'auparavant, et Ralph ne parvenait pas à imaginer que les dames du club Sorosis puissent s'y asseoir et manger leur glace par toutes petites bouchées du bout de leur cuillère, en parlant des soldes du mois du blanc à Los Angeles et en comparant les prix des articles. Pourtant, personne d'autre ne paraissait avoir conscience de cette transformation. Tout le monde choisit un siège et s'installa et regarda autour de soi comment si rien ne s'était passé, comme si le grand vieillard mort ne s'était pas trouvé dans la pièce quelques heures plus tôt seulement. Pendant un moment personne ne parla: c'était comme si chacun était en train de digérer consciencieusement son repas. Ils entendaient Oncle Claude se déplacer dans l'aile attenante, aussi silencieux qu'un chien. Comme il faisait chaud, Mme Fawcett retira sa veste de popeline noire. Elle portait une guimpe en crêpe de Chine rose à travers laquelle on voyait l'empiècement en dentelle de sa camisole, et à son col une broche-camée que Grand'Pa Kenyon lui avait donnée comme cadeau de fiançailles. Elle ne l'aimait pas particulièrement et la trouvait trop grosse pour être vraiment raffinée, mais elle l'avait souvent portée lors de ses visites.

— Eh bien, finit par dire M. Follansbee.

Ralph, en fermant les yeux, pouvait s'imaginer qu'ils étaient à l'église et que M. Follansbee se tenait devant le pupitre, tandis que les deux diacres, M. Brewster et M. Prater, étaient assis derrière lui, gigantesques, chauves, invariablement mornes, et ressemblant beaucoup à Grand-Père Bonney. Le sermon était sur le point de commencer; pendant les vingt dernières minutes, sa voix traînait et prenait une inflexion descendante spectaculaire à la fin de toutes les phrases, de sorte qu'on se faisait avoir une bonne centaine de fois en pensant qu'il avait bientôt terminé. Il n'était pas encore tout à fait prêt à ce que ses ouailles jouent à Vingt Questions. Au lieu de cela, il leva les yeux vers le portrait et fit cette déclaration stupéfiante:

— Eh bien, Ralph, mon garçon, on n'aurait aucune peine à l'imaginer *lui* comme président des États-Unis, n'est-ce pas?

Ralph était trop interloqué pour répondre, et Leah répliqua :

— C'est bien certain, M. Follansbee. D'après vous, pourquoi ne l'a-t-il jamais été ?

Mme Fawcett porta à ses yeux son mouchoir en dentelle à l'aiguille. Une scène pleine de tristesse et de recueillement nostalgique était sur le point de commencer, mais Rachel, qui avait eu le fou rire toute la journée, l'empêcha d'advenir en se mettant tout à coup à glousser. Elle enfouit sa tête dans l'épaule de Leah en chuchotant assez fort pour que tout le monde l'entende :

— Par contre, tu imagines si Grand'Pa Kenyon était président !

— Oh, mais cesse donc, méchante fille ! répondit Leah en riant.

Mais Rachel ne pouvait plus s'arrêter et elle se mit à imaginer ce que les sénateurs pourraient dire en entendant M. Kenyon s'exclamer « Par tous les diables ! », et comme il aurait l'air drôle s'il portait un haut-de-forme comme M. Harding. Les adultes faisaient mine de ne pas lui prêter attention, mais ils souriaient malgré tout en entendant ce que disait cette petite fille spirituelle et espiègle. Ralph et Molly, assis côte à côte sur une banquette, demeurèrent sombres et silencieux jusqu'à ce que Ralph finisse par lâcher avec amertume :

— Il y a que les crétins qui veulent être président.

C'était la première fois de sa vie qu'il faisait preuve de mauvais caractère en présence de gens qui n'appartenaient pas à sa famille proche, et cela lui donna une sensation de puissance délirante. Rachel avait l'air humiliée. Sa mère, qui était sans doute plongée dans un rêve de séances de canotage sur le Potomac et de pique-nique sur les pelouses de la Maison-Blanche, lui jeta un regard de reproche. Le pasteur, peu habitué à voir ses suggestions rejetées, composa son visage fourbe de renard et se tourna vers lui pour répliquer, mais Ralph fut plus rapide que lui.

— Saviez-vous que Grand'Pa Kenyon a tué un homme un jour, M. Follansbee ? demanda-t-il.

— Mon pauvre biquet ! répondit Mme Fawcett. Il ne fallait jamais prendre au sérieux les histoires de M. Kenyon. Ce n'était que des contes du Far-West qu'il te racontait, mon petit Ralphy.

M. Follansbee avait du mal à contenir sa curiosité, mais il déclara :

— Ils sont le sel de la terre, ces conteurs. Plus ils s'éloignent de la vérité, meilleure est l'histoire.

— Ah non, celle-ci n'était pas inventée, insista Ralph. Grand'Pa a vraiment tué un homme. À tous les coups il en a tué plus d'un, j'imagine, mais moi j'ai entendu parler que de celui-là.

Le pasteur croisa les mains et vacilla légèrement sur son fauteuil, puis dit d'un ton indulgent :

— Raconte-nous donc ces aveux si véridiques, mon garçon.

— Oh ! Croyez-vous que ce soit vraiment une bonne idée ? demanda Mme Follansbee, dont les yeux globuleux se dirigèrent vers l'endroit où se trouvait posé le cercueil encore tout récemment. Ne pensez-vous pas que cela semble un peu irrespectueux ?

Mais son mari, citant pour cette brève homélie des passages de *Quelques rayons d'étoiles pour trouver du réconfort*, assura à tous que le défunt aurait lui aussi apprécié cela.

Ralph se lança avec beaucoup d'assurance, mais il perdit confiance peu à peu. Il n'arrivait pas à raconter l'histoire comme Grand'Pa l'avait fait : lui-même, à son grand désarroi, n'y croyait plus vraiment, et il ne parvenait pas à retrouver le sentiment d'émerveillement qu'il avait ressenti ce jour-là, l'année précédente, quand lui et Molly et Grand'Pa étaient assis sous un arbre du verger. Grand'Pa était en train de leur raconter que, lors de son passage au Texas la semaine précédente, il avait dû prendre des mesures au sujet de moutons qui avaient pénétré dans ses pâturages et que c'est à contrecœur qu'il avait expédié ces petits agneaux au paradis, surtout un en particulier qu'il aurait aimé apporter à Molly. Ralph pensa immédiatement à l'agneau que Jésus portait sur l'image qui était dans la bible, avec sa patte qui pendait maladroitement par-dessus Son bras. Molly demanda :

— Mais alors pourquoi tu as expédié l'agneau au paradis, Grand'Pa ?

— Eh bien, je vais te le dire, Molly. Je préfère tuer la brebis que le berger, répondit le vieil homme.

Il s'interrompit pour allumer sa pipe. Ils étaient loin des ouvriers à présent, dans la partie nord du verger où il ne restait rien sur les arbres ni sur le sol. On sentait partout l'odeur âcre du brou de noix et des acides utilisés pour le blanchiment. Ralph demanda :

— Tu as déjà tué un berger ?

— Oui, monsieur, répondit Grand'Pa. Je dois dire que c'est déjà arrivé.

Tandis qu'il racontait son histoire, Ralph se l'imaginait très bien, jeune homme, fendant la bise à cheval dans la nuit noire du Texas, avec sa ceinture pleine d'argent et d'or et ses deux revolvers jumeaux prêts à être dégainés. Quelques mois auparavant, Grand'Pa et ses compagnons avaient conduit une cargaison de bœufs jusqu'à Dodge City, et il rentrait maintenant à la maison. Il était descendu du train à Amarillo et avait fait les vingt-deux derniers kilomètres à cheval.

« Mon cheval s'appelait Perle, précisa-t-il, et c'était un petit joyau. » Il arrivait en vue de sa maison et avait remarqué qu'une lumière était allumée dans le baraquement des ouvriers, dans le creux du vallon, encore assez loin de lui, quand tout à coup deux cavaliers avaient surgi dans l'obscurité d'un taillis de mesquite, lançant sur lui leurs chevaux à grandes enjambées. C'était une nuit sans lune, mais elle était claire, et il parvint à les reconnaître à la lueur des étoiles. Il s'agissait de deux frères nommés MacNeill, qui n'étaient pas de bons Écossais, comme leur nom semblait l'indiquer, mais des Indiens Creeks métis, voleurs et meurtriers. Cela faisait longtemps qu'il y avait des rancœurs entre eux et Kenyon, car ils avaient utilisé ses terres pour faire paître leurs troupeaux, et quand lui ou l'un de ses hommes y attrapaient un mouton de chez MacNeill, ils s'en débarrassaient après avoir donné aux deux hommes un bon avertissement. Pour se venger, les deux skalawags lui volaient des bêtes. C'était un cercle sans fin. Au moment de l'attaque, ce soir-là (ils devaient avoir entendu dire quelque part qu'il rentrerait seul à cheval avec sur lui une somme d'argent considérable), ils tirèrent un coup de feu en l'air pour effrayer Perle, car voilà combien ils étaient sournois : ils voulaient le faire chuter de cheval pour qu'il soit au sol, à leur merci. Grand'Pa n'attendit pas d'en savoir plus sur leurs intentions et il se colla à sa selle comme si on l'y avait cloué, même si sa jument bondissait de terreur. Il tira sur le plus grand des deux et le toucha en plein cœur, et l'autre prit peur et s'enfuit sur son cheval par où il était venu, sans même s'attarder pour un dernier hommage à son frère mort. Ralph se souvenait que, quand Grand'Pa avait achevé son histoire, Molly lui avait demandé si au matin les deux corbeaux de la ballade qu'il chantait parfois étaient venus picorer les beaux yeux bleus de l'homme[23].

Avec sa façon bien à lui de la raconter, l'histoire avait occupé Grand'Pa un bon moment, peut-être quinze minutes ou plus ; mais Ralph, des sanglots dans la voix, l'expédia en deux ou trois minutes, et quand il arriva au bout il se rendit compte qu'il n'en croyait pas un mot. Leah fit une moue et déclara :

— Je trouve que ce n'est pas bien d'inventer des histoires où l'on prétend avoir tué des gens. Je trouve que c'est horrible.

Ralph se tourna vers elle et, en produisant le rire dément que Molly et lui avaient inventé, il lui cria :

---

23 — Référence aux *Deux Corbeaux* (*The Twa Corbies*), vieille ballade écossaise dans laquelle deux corbeaux se partagent les « beaux yeux bleus » d'un chevalier mort.

— Tu dis ça parce que Maman a tué Grand-Père Bonney?

Mais tout à coup, bien que ce fût le plein jour, un oiseau moqueur se mit à chanter. Mme Fawcett serra ses deux mains en s'exclamant «Oh!» comme si le son la blessait. Ce faisant, son imposante bague en diamant croisa un rayon de soleil et deux aiguillons verts jaillirent de la pierre. Puis M. Follansbee traversa la pièce d'une seule enjambée et attrapa Ralph par l'épaule.

— Petit malappris, siffla-t-il entre ses dents, mets-toi à genoux tout de suite et demande pardon à ta mère. À genoux, immédiatement.

Pendant un instant, Ralph défia le pasteur en ne bougeant pas, mais la longue main osseuse sur son épaule l'arracha du tabouret, et il finit par s'agenouiller, sans ressentir aucun remords mais rempli d'une fureur aussi douloureuse qu'une profonde coupure. Il était incapable de prononcer un mot, bien que la situation soit de plus en plus insoutenable, et qu'ils soient tous en train de le regarder et d'attendre. Il entendait la respiration lourde de M. Follansbee. Puis, à moitié à voix basse, Molly déclara:

— J'aimerais que vous soyez une fée, monsieur Follansbee.

Rachel gloussa, mais M. Follansbee ne trouvait pas ça drôle et il grogna:

— Qu'est-ce que c'est que cette histoire? Pourquoi voudrais-tu que je sois une fée, jeune fille?

Et Molly chuchota, remplie d'une haine vénéneuse:

— Pour que vous puissiez disparaître.

Et, après ça, Ralph fut de nouveau capable de parler. Avec cet allié à présent agenouillé à ses côtés et qui lui tenait la main, il parvint à mentir et à dire: «Je suis désolé, Maman. Je te prie de m'excuser, Maman.» Molly répéta la même chose, de ce même chuchotement étrange et rauque avec lequel elle avait insulté M. Follansbee.

Mme Fawcett lui tapota la tête, mais elle répondit avec fermeté:

— Tu es autorisé à quitter la pièce, Ralph.

Molly ne s'en tira pas aussi bien. Mme Fawcett la gifla, pas très fort, mais suffisamment pour qu'on entende le bruit.

— M. Follansbee ne voudra plus jamais venir chez nous après cette chose horrible que tu lui as dite. Tu es autorisée à aller demander à Fuschia de t'enfermer dans le placard.

Ralph ne se rendit pas dans sa chambre, située juste au-dessus du salon, mais dans celle de Molly. Sur le petit bureau blanc devant la fenêtre, elle avait disposé les cadeaux de Grand'Pa Kenyon dans l'ordre où il les lui avait offerts: une poupée en paille avec un sombrero que l'on pouvait enlever; un marque-page en daim où était pyrogravée la silhouette d'un yucca; une paire de chaussons en peau d'ours, trop petits à présent; un mât de totem de huit centimètres de haut qui penchait comme la tour de Pise; une boîte à bijoux en bois de citronnier, délicatement parfumée et décorée sur toutes ses faces de fleurs de courgette; une ceinture en perles. Ralph les toucha un par un et pensa à sa sœur qui se tenait debout dans l'obscurité du placard à manteaux, entourée de l'odeur de naphtaline et de celle des boutons. Sa colère avait fait place à la peur, celle du sermon que M. Follansbee prononcerait le dimanche suivant, deux jours plus tard. Ils s'asseyaient toujours au premier rang, de sorte qu'il était impossible d'échapper à son regard perçant et qu'il fallait rester attentif à chaque instant, même si on avait une petite peau sur le côté de l'ongle avec laquelle jouer, ou quelque chose du même genre.

Il y avait un exemplaire de *Gravier* sur le bureau de Molly et il le relut, et cependant le poème n'avait toujours aucun sens pour lui. Il y avait aussi une lettre qu'elle avait écrite à leur cousine Mildred, qu'elle n'aimait pas du tout mais à qui elle écrivait une fois par semaine car Mildred lui avait envoyé du papier à lettres pour son anniversaire. Ralph la lut même s'il savait qu'il était interdit de lire le courrier des autres.

Chère Mildred,

Comment vas-tu ? Moi je vais bien et j'espère que toi aussi. Comment se passe l'école pour toi ? Est-ce que tu trouves que les devisions longues[24] *sont difficiles ? Moi je trouve que oui.*

Le Serpent et la Lime

Un jour un serpent se glissa dans l'atelier d'un forgeron et par hasard se cogna contre une lime en métal. Cela lui fit un peu mal, et, plein de rage, il mordit aussitôt la lime aussi fort qu'il le put. La dure lime de métal lui

24 — « Devisions longues » (*sic*) : la division longue est une façon de poser les divisions mathématiques utilisée dans les pays anglophones, différente de la méthode traditionnellement enseignée en France.

coupa la bouche, mais quand il vit le sang il pensa que c'était la lime qui saignait, et il la mordit donc encore et encore, au point de se blesser très gravement la bouche.

Quand nous essayons de blesser les autres, nous risquons surtout de nous blesser nous-mêmes.

Tu ne trouves pas que cette histoire est amusante?

Je crois que c'est tout ce que j'ai à dire donc je vais conclure ta cousine,

Molly F.

Il reposa la lettre, perplexe. Molly était en train de devenir folle, décida-t-il, et cette idée l'inquiéta. Si c'était le cas, voilà une raison supplémentaire de devenir le meilleur ami d'Oncle Claude, parce que s'ils étaient obligés d'emmener sa sœur à l'asile, il était hors de question pour lui de rester ici avec ces femmes; il lui faudrait impérativement aller dans le Colorado. Il avait envie d'aller dans la chambre d'Oncle Claude, mais celui-ci pouvait s'être endormi et, si Ralph le réveillait, il risquait d'être en colère; d'un autre côté, si Oncle Claude ne faisait rien de spécial et qu'il était en train de penser à Grand'Pa, peut-être qu'il serait content d'avoir de la compagnie. Il hésita, les yeux posés sur les cadeaux de Molly. Bientôt il les entendit tous sortir sous le porche, et presque aussitôt Leah et Rachel commencèrent leur récitation. De temps à autre, les adultes riaient, et les filles attendaient qu'ils refassent silence avant de poursuivre. L'histoire parlait d'une fille et d'un garçon qui s'appelaient Jock et Jean et, à la fin, elles allaient chanter *À travers le seigle*. Il sentit soudain qu'il ne serait pas capable d'entendre cette chanson, qui lui rappelait toujours la fois où Mlle Runyon était venue à la maison pour jouer à la bataille rapide avec eux et avait chanté cette chanson à la fin de la soirée d'une voix tremblante, et le pire était qu'il y avait un morceau de nappage du gâteau sur ses dents de devant. Comme les rires venant du porche augmentaient encore, il se leva et remonta le couloir jusqu'à l'aile attenante.

Ralph fut surpris de voir que la porte de la chambre d'amis était ouverte et qu'Oncle Claude était étendu sur le dos au milieu du lit deux places, les bras le long du corps. Il avait retiré ses richelieus orange vif et son manteau, si bien que Ralph pouvait distinguer sa ceinture noire et verte en crin de cheval; elle était décorée d'un motif qui ressemblait à des écailles de serpent. Les persiennes étaient tirées. La valise de Grand'Pa était encore sur le porte-bagages et la petite sacoche à poignées d'Oncle Claude, toujours fermée, était posée sur le sol au milieu de la pièce. Une cigarette se consumait dans la coupelle à épingles sur la commode.

Au moment de franchir le seuil de la porte, Ralph se sentit mal à l'aise, et il aurait fait demi-tour jusqu'à la chambre de Molly si son oncle ne l'avait entendu et ne s'était redressé sur un coude.

— La porte était ouverte, dit-il.

— Tu peux la fermer maintenant, dit Oncle Claude.

Ralph hésita, sa main poisseuse de sueur agrippant le bouton de porte.

— Avec moi dedans ou moi dehors ? demanda-t-il.

— Comme tu voudras.

Il entra dans la pièce et ferma la porte. Quelque chose au fond de lui tressautait comme la queue d'un chat et il craignit de se mettre à saigner du nez. Fuschia et Miguel prenaient leur repas de midi dans la cuisine juste en dessous de la chambre d'amis et il entendait qu'ils parlaient à voix basse et d'un ton pressant. Les voix qui venaient du porche à l'avant de la maison n'arrivaient ici que sous la forme d'un murmure inégal ; il était certain qu'Oncle Claude n'avait pas entendu ce qui s'était passé dans le salon. Il regarda autour de lui d'un air désespéré :

— Oh ! Est-ce que je peux t'apporter ta cigarette, Oncle Claude ?

Son oncle se leva et alla jusqu'à la commode, où il brossa ses cheveux à l'aide de deux brosses militaires qui avaient appartenu au père de Ralph. Il coiffait ses cheveux avec une raie au milieu et bien lissés de chaque côté de la tête. Il écrasa la cigarette et en alluma une nouvelle, puis s'assit sur le fauteuil à bascule blanc près de la fenêtre et demanda :

— C'est dans cette chambre qu'il est mort ?

— Oui, tout à fait, répondit Ralph. Tu as vu que sa valise était encore là ?

— J'ai vu, répondit Oncle Claude. Je me disais que ta mère l'avait peut-être mise ici pour que je me sente chez moi.

Il s'était mis à observer Ralph, et celui-ci savait bien quel spectacle il offrait : une créature maigre, au teint cireux, dont les culottes pendouillaient à mi-hauteur de jambes grêles, affublée d'horribles bagues sur d'horribles dents et de lunettes qui lui donnaient l'air d'avoir quatre-vingt-dix-neuf ans. Il sentait qu'il devait vite se mettre à parler avant que son oncle n'ait le temps de porter un jugement et de faire une croix sur lui pour toujours, mais il ne trouvait rien à dire. Ce n'aurait pas été gentil de lui raconter ce qui s'était passé quand Grand'Pa avait eu son attaque ; ce n'aurait pas été utile de s'excuser pour ses sœurs et sa mère et M. et Mme Follansbee ; que pouvait-il donc dire? Enfin, d'une petite voix psalmodique, il raconta à Oncle Claude la blague de la vache, tout en se rendant compte à chaque mot qu'il prononçait qu'elle n'avait vraiment rien de drôle, exactement comme il s'était rendu compte peu de temps auparavant que l'histoire de Grand'Pa au sujet des MacNeill n'était pas véridique. Il n'alla même pas jusqu'au bout, et quand sa voix finit par s'éteindre jusqu'à devenir inaudible, Oncle Claude ne le remarqua même pas, si bien que Ralph comprit qu'il ne l'écoutait pas.

Après un long moment, Oncle Claude dit :

— Mon père t'aimait beaucoup. Il répétait tout le temps qu'il voulait que tu viennes me rendre visite dans mon ranch.

Puis, avec un sourire qui désarma Ralph au point de presque le faire pleurer, il ajouta :

— Mais j'ai l'impression que t'en avais pas envie.

— C'est ma mère qui... commença Ralph.

— Ah oui, bon Dieu ! dit Oncle Claude.

Il avait une drôle de manière de fumer. Il tirait sur sa cigarette si profondément que la braise dévorait le papier à vue d'œil. Ralph se souvint de ces soirées où Grand'Pa restait sous le porche à fumer ; le foyer de sa pipe s'allumait et s'éteignait comme une luciole. Oncle Claude poursuivit :

— Elle s'est jamais remise de cette histoire de chevaux, pas vrai ? Même moi elle m'aurait empêché de m'en approcher si elle avait pu. Mais M. Kenyon avait la tête plus dure qu'elle.

— C'est-à-dire que, bon, je pense qu'elle s'inquiétait à l'idée de monter à cheval et que Grand-Père ait attrapé cette infection pendant qu'il la regardait.

Sa voix se fit hésitante. Il ne voulait pas lui manquer de loyauté, alors il ajouta :

— Mais je pense pas vraiment qu'elle l'ait tué, pas vrai ?

— Bon Dieu, répondit Claude.

Sa voix était fatiguée. Un moment après, il demanda :

— Qu'est-ce que vous faites par ici pour vous occuper ?

Ce qu'ils faisaient avait peu de chance de beaucoup intéresser Oncle Claude. Ils n'avaient pas le droit de monter aux arbres parce qu'on avait rapporté des cas où des échardes avaient pénétré le système sanguin et circulé jusqu'au cœur. Ils n'avaient pas de bicyclettes et ils n'avaient pas le droit de construire des choses (le seul fait de penser à un clou mettait les larmes aux splendides yeux bleus de leur mère) ni d'avoir des patins à roulettes ou des chariots. Les filles jouaient aux osselets et avaient toute une série de jeux stupides différents qui s'appelaient Oups et Tout ou rien et La Charrue avant les bœufs. À son avis, Oncle Claude ne trouverait pas franchement passionnant d'apprendre que la chose la plus excitante que Molly et lui puissent faire était de regarder Miguel harnacher les chevaux ; si Star et Swanee offraient la moindre résistance et se mettaient à secouer la tête, le Mexicain leur donnait une tape sur le nez avec ses gants ou un coup de cravache sur la croupe. Il n'avait pas du tout peur d'eux, même quand ils hennissaient avec colère dans sa direction et que leurs lèvres de velours se retroussaient, laissant apparaître des dents vertes et une ligne de bave colorée d'herbe sur la mâchoire inférieure.

Et Ralph était certain qu'Oncle Claude ne voulait rien savoir de leurs occupations d'intérieur. Ils avaient des coffrets d'aquarelle et des boîtes de pâte à modeler et Mme Fawcett guidait leurs doigts avec tant d'adresse et de patience que tout le monde croyait, à en juger par le résultat, que les enfants étaient exceptionnellement doués. Le soir et pendant les après-midi pluvieux, elle faisait des jeux avec eux. Ils jouaient au Loto et à Écrivains et aux Petits Chevaux et à Avec mes yeux d'espion – jeux que Grand-Père Bonney avait particulièrement appréciés. Parfois elle leur lisait des passages du *Petit Berger de Règne Vienne*, de *Sept-Chênes* et du *Magasin d'antiquités*. Quand le temps était suffisamment frais pour allumer un feu dans la cheminée, ils faisaient du pop-corn sur les flammes tandis que le phonographe Edison jouait des enregistrements des chansons préférées de Grand-Père Bonney : *Les vertes collines de mon pays*, *Jusqu'au bout de la nuit*, *Joe le vieux Noir* et *J'ai rêvé que j'habitais un palais de marbre*[25]. Tous les enfants, à l'âge de six ans, connaissaient par cœur les poèmes *Le Ruisseau* et *Le Nautile*[26], et ils les récitaient souvent à l'unisson, debout côte à côte devant la fenêtre en saillie, tandis que leur mère leur souriait fièrement quand elle levait les yeux de son ouvrage au crochet. Leah et Rachel brodaient des chemins de table pour décorer les meubles ainsi que des housses pour les pique-aiguilles, et elles parlaient vêtements avec leur mère avec le ton des adultes, ce qui les embarrassait beaucoup, Molly et lui. Une fois, Mme Fawcett avait dit : « Je fais des rideaux pour le salon de Molly. » Et elle avait montré dans ses mains des culottes bouffantes, juste sous les yeux de Ralph.

25 — Chansons populaires ou folkloriques de la deuxième moitié du XIXe et du début du XXe siècles.

26 — *The Brook* (1855), poème de Tennyson, et *The Chambered Nautilus* (1858), poème d'Oliver Wendell Holmes.

Ralph ne pouvait tout simplement pas révéler à Oncle Claude la vie de chochotte qu'il était contraint de mener. Mais comme il devait bien répondre quelque chose, il commença à dire, avec hésitation :

— Eh bien, Molly et moi on a été malades l'année dernière, c'est pour ça qu'on a l'air si bizarres, mais Dr Haskell dit que ça passera en grandissant. Je ressemblais pas à ça avant...

Oncle Claude ne dit rien, et il était bien impossible de deviner ce qu'il pensait, car il ne souriait pas, ne fronçait pas les sourcils et n'affichait absolument aucune expression.

— Enfin bon, on est trop maigrichons, ou un truc du genre, pour pouvoir faire beaucoup de choses. On joue souvent à plante-couteau... on fait plein de trucs. Je fais partie de la troupe de scouts Yosemite. Je vais faire des nœuds au jamboree au printemps prochain.

Pourquoi Oncle Claude lui avait-il posé cette question si c'était pour ne pas écouter la réponse ? Il se dirigea de nouveau vers le lit et s'allongea dans la position où Ralph l'avait trouvé en entrant.

— Tu ne te sens pas bien, Oncle Claude ?

— Je sais pas.

— Tu as déjà chassé des bêtes sauvages, Oncle Claude ?

— Comme des tigres, tu veux dire ? Ou tu penses à des daims ?

— L'un ou l'autre, répondit Ralph.

Oncle Claude plissa les yeux en réfléchissant.

— Je tire un daim de temps à autre, mais on peut pas vraiment appeler un daim une bête sauvage. J'ai jamais vu d'ours ni de puma. Eux, ils pourraient sacrément se défendre si tu les chasses pas exactement comme Hoyle l'indique.

— C'est si féroce que ça, un puma ? demanda Ralph.

— Ah ça, mon garçon, si tu étais une poule en train de couver, il te démembrerait de part en part, dit Oncle Claude en riant.

Une grosse mouche d'automne se cognait et s'agitait contre la moustiquaire de la fenêtre.

— Oncle Claude ?

Il tendit la main et toucha la poignée de la valise de Grand'Pa.

— Oncle Claude, je crois qu'il y a peut-être quelque chose qui m'appartient là-dedans.

Oncle Claude n'ouvrit pas les yeux mais il sourit et répondit :

— Pas de problème, tu peux te servir.

Les fermoirs à ressorts se détachèrent sans effort et la valise ouvrit sa gueule béante, révélant les habituels paquets grisâtres de vêtements, un ensemble de sous-vêtements d'hiver dont le haut était presque noir au niveau du cou, quelques chemises de travail bleues, une salopette en denim. Ralph sortit tout ce qu'elle contenait et la secoua et regarda dans les poches et jusqu'au fond des chaussettes, mais il n'y avait aucun cadeau. Il atteignit finalement le fond où se trouvait le gros revolver bleu-noir de Grand'Pa, et il eut beau secouer encore une fois chaque vêtement en les remettant à l'intérieur, il ne trouva rien d'autre que les affaires de Grand'Pa. Que s'était-il donc passé ? Est-ce qu'il s'était senti mal au Texas, au point de ne pas pouvoir aller au Mexique ? Dans ce cas, il aurait au moins rapporté les sonnettes d'un serpent à sonnettes. Tout cela était incroyable et produisait en lui une drôle d'impression, à l'idée que cet automne ils avaient été bien loin des pensées de Grand'Pa. Et voilà qu'à présent il ne pouvait pas non plus faire en sorte qu'Oncle Claude l'inclue, lui, dans ses pensées : il se demanda soudain s'il y avait une seule personne dans le monde qui était en train de penser à lui, Ralph Fawcett, à cet instant précis. Si c'était le cas, cela ne pouvait être que Molly, assise sur un tas de bottes de pluie dans le placard. Sans savoir pourquoi, il pensa au pilote insensé qui faisait pencher son avion comme un faucon et il se dit : « Pilote, qui que tu sois, je suis en train de penser à toi. »

— Tu veux que je te raconte quelque chose de drôle, Oncle Claude ?

Oncle Claude haussa les épaules.

— Oui, ça me dit bien.

— Eh bien, l'autre jour, je suis allé chercher du sucre brun et j'en ai mis un gros paquet dans ma bouche, et en fait ce n'était pas du tout du sucre brun. Je te donne trois essais pour deviner ce que c'était.

— De la semoule de maïs.

— Non, non. Je veux dire, ça ressemblait vraiment à du sucre brun.

Oncle Claude proposa ensuite du lait déshydraté et des flocons d'avoine, même si Ralph avait bien expliqué que ça ressemblait vraiment à du sucre brun.

— C'était de l'engrais au nitrate que Miguel avait acheté pour mettre sur les belles-de-nuit !

Oncle Claude eut un petit rire. Enfin, Ralph avait gagné. Il était ravi mais pas complètement tranquille, car c'était quelque chose qui était arrivé à Molly, pas à lui, donc il ajouta très vite :

— Mais ne le dis à personne parce que ça mettrait Maman en colère.

— J'en soufflerai pas un mot à quiconque, répondit Oncle Claude. C'est drôle, tu sais, pendant le déjeuner je pensais à cette fois où M. Kenyon avait attrapé cet impétigo, et à ce moment-là ta sœur a dit que Beulah avait des démangeaisons.

Sapristi, comme il était extraordinaire! Il ne parlait pas du tout comme les autres grandes personnes. Ralph se dit qu'Oncle Claude était sans doute vraiment content de savoir que Beulah avait eu ce qu'elle méritait après avoir volé la pièce de Molly.

— Je t'aime bien, Oncle Claude.

Oncle Claude tendit la main en lui faisant signe d'approcher.

— Moi aussi je t'aime bien, Ralph.

Puis il s'étendit à côté de son oncle, en veillant à ne pas le toucher. Ils restèrent allongés ainsi un long moment, s'assoupissant puis se réveillant tour à tour. Pendant tout ce temps, Oncle Claude ne prononça pas un seul mot, mais à deux reprises il posa la main sur l'épaule frêle du garçon. Pour la première fois depuis des jours, Ralph se sentit libéré du parfum des fleurs. Oncle Claude avait une odeur qui ressemblait à celle de Grand'Pa, mais en plus jeune, et il sentait moins les raisins secs, peut-être parce qu'il fumait des cigarettes alors que son père avait fumé la pipe.

Peu de temps après qu'ils eurent entendu M. Follansbee démarrer sa voiture à la manivelle puis s'éloigner, Oncle Claude se redressa, bâilla, puis déclara:

— Tu vas venir dans mon ranch l'été prochain, et t'amènes Machin-Chose avec toi.

— C'est-à-dire que... je ne suis pas sûr que Molly puisse venir. Je crois qu'il va lui arriver quelque chose.

— Comme quoi? Est-ce qu'on va lui enlever les végétations?

— Non, on lui a déjà enlevé. Ce que je veux dire, c'est... Bon, Oncle Claude, pour dire les choses clairement, je crois que Molly est en train de devenir folle.

Puis il récita le poème *Gravier*, qu'il avait lu tant de fois qu'il le connaissait par cœur.

Oncle Claude rit mais il était perplexe lui aussi, et il déclara:

— Je m'en ferais pas si j'étais toi. C'est vrai que je me suis toujours dit que les gens qui écrivent des poèmes sont un peu fêlés du ciboulot mais ils sont pas dangereux. Non, tu vas l'amener avec toi.

Ralph suçotait une verrue à l'intérieur de sa main; il chercha d'abord à résister à la rêverie qu'il sentait arriver, mais il ne pouvait pas la repousser et il la laissa le submerger et occuper son esprit, chassant au passage tout le reste: Grand'Pa qui ne serait plus jamais là, le sermon du dimanche suivant, l'obscurité du placard à manteaux, la gêne qu'il ressentirait au cours du repas qu'ils allaient bientôt prendre.

Quand sa mère l'appela depuis le bas de l'escalier, il laissa ses chaussures là où il les avait mises, juste à côté des richelieus orange.

Mais, de nouveau, quand il eut fermé la porte, le parfum des fleurs l'accueillit comme une vague dans l'océan. Il se mit en mouvement en direction de sa mère, en direction de Leah et Rachel, en direction du portrait dans le salon. Elle appela de nouveau sèchement :

— Ralph ! Combien de fois dois-je te demander de descendre ?

— Chut, murmura-t-il, penché au-dessus de la rampe. Tu ne sais donc pas que Grand'Pa est mort ?

—

Chapitre 4

La grande salle à manger était sombre parce que les tiges grimpantes d'un plant de houblon poussaient devant les fenêtres. Le contremaître, les six ouvriers, Mme Brotherman et sa fille, Winifred, Oncle Claude et les enfants Fawcett étaient tous assis à une longue table étroite recouverte de linoléum rouge tacheté. Dans un coin de la pièce se trouvait une armoire à fusils qui ressemblait à un cercueil renversé et laissait voir, dans la pénombre, l'éclat bleuté
d'une douzaine de canons. Sur le long mur derrière Oncle Claude était accrochée une tête de mouflon qui projetait une ombre énorme. Ses cornes, semblables à des demi-lunes blanches, s'enroulaient avec désinvolture vers l'arrière, comme pour s'éloigner du museau stupide et solennel; il n'avait pas l'air mort, mais seulement découragé, à l'inverse de la tête de biche dans le cabinet de travail de M. Fawcett, dont M. Follansbee avait un jour dit qu'elle semblait avoir été embaumée plutôt qu'empaillée. Ralph se rendit compte que c'était la première salle à manger qu'il voyait où il n'y avait pas de nature morte représentant des fruits ou du poisson ou un rôti de bœuf saignant. Après avoir relevé cette omission assez excentrique, il constata d'autres particularités: les couteaux et les fourchettes n'allaient pas ensemble et les plats et les assiettes ne portaient pas les mêmes motifs; les cuillères étaient dans un pot au milieu de la table.

Les hommes mangeaient vite et efficacement, en penchant la tête très bas au-dessus de leur assiette et sans se redresser, même pour parler. Winifred, la fille, qui occupait la place la plus proche de la porte de la cuisine, surveillait les plats d'un œil attentif et les emportait dès qu'ils étaient vides, puis revenait après les avoir remplis. La nourriture était étrange et Ralph et Molly mangeaient avec méfiance. Il y avait une viande forte et coriace qui d'après ce qu'avait dit Oncle Claude était de la «peau de chamois». Trop impressionnés pour demander ce qu'il voulait dire par là, ils dressèrent l'oreille pour comprendre de quoi il s'agissait et finirent par entendre Mme Brotherman remarquer en passant que c'était la fin de leurs réserves de viande de chevreuil. Il y avait des haricots verts qui avaient été cuits jusqu'à devenir presque marron et de la polenta frite avec de la sauce. À chaque extrémité de la table se trouvait un pot d'un litre de confiture de fraise et les hommes s'en servaient avec une cuillère à soupe puis la mangeaient à la fourchette. Des globules de crème flottaient à la surface du verre de lait de Ralph et il n'arrivait pas à le boire. Devant chaque assiette se trouvait une seconde assiette plus petite contenant le dessert, des beignets frits qui avaient la forme d'un talon en caoutchouc.

Personne ne prêtait la moindre attention aux nouveaux venus; peut-être étaient-ils aussi intimidés que les enfants eux-mêmes, et Ralph et Molly s'efforçaient d'être aussi silencieux et discrets que possible et ils ne regardaient pas autour d'eux sauf quand tout le monde était en train de parler et que les convives n'étaient pas sur leurs gardes. La première impression de Ralph fut que tous ces hommes faisaient la même taille et avaient la même forme et la même couleur, qu'ils étaient tous grands, secs et brun-rouge, et cette observation, de façon générale, était exacte, mais, tandis que le repas progressait, il remarqua que l'un d'eux était très blond, qu'un autre avait une belle figure et des cheveux auburn, qu'un troisième avait le nez écrasé comme un boxeur. De même, leurs voix lui avaient d'abord paru impossibles à distinguer les unes des autres, mais il finit par entendre des différences de timbre et même, légèrement, d'accent.

La conversation ne s'arrêtait jamais mais elle semblait être constituée presque uniquement de remarques sans lien les unes avec les autres. Les hommes ne se coupaient pas la parole, mais ils ne s'écoutaient pas. On répondait aux questions, mais généralement en les reformulant de manière à mettre en avant une tout autre idée qu'on voulait mentionner. Au tout début du repas, Oncle Claude demanda à Homer Armitage, le contremaître, s'il ne pensait pas que ce serait une bonne idée d'installer une section de clôture électrique le long du pré où il gardait un de ses taureaux de compétition et Homer répondit:

— J'ai jamais été très convaincu par les clôtures électriques. Si le courant saute, qu'est-ce que tu fais? Le vieux Terry en avait installé une par le passé mais je suis pas sûr qu'il en ait eu pour son argent. Je crois pas avoir entendu quoi que ce soit à ce sujet, juste qu'il l'avait installée. J'ai vu le vieux Terry aujourd'hui et il a dit qu'il avait vu des traces de wapiti à un kilomètre de Wolf Forks dans notre direction. Il a dit que les traces étaient claires et nettes et je pense que je vais y monter ce dimanche si le temps est bon.

Oncle Claude et Homer demeurèrent silencieux, l'un réfléchissant à sa clôture électrique, l'autre au jour où il irait chasser. Puis l'un des ouvriers, qui s'appelait Mondys, déclara en se tournant dans la direction de Homer qui était maintenant penché sur son assiette :

— C'est là-haut vers Wolf Forks que Bernard Tobey a son alambic.

— J'ai connu Bernard Tobey à Glenwood, dit l'homme à côté de lui. Il était coiffeur pour hommes, à l'époque. J'imagine qu'il en a eu marre de boire de l'eau de Cologne en guise de rhum.

— Il y a des gens qui apprécient Tobey et d'autres pas, dit Mondys. Un qui l'aime pas, c'est Agnew Prescott. Ces deux-là, ils se détestent comme des chiens et ça fait un bail que ça dure.

— Kenyon, dit un autre homme, tu as entendu dire que Prescott a envoyé ses taureaux à Denver hier soir ?

— Non, j'étais pas au courant, dit Oncle Claude. Moi j'y emmène pas les miens avant l'automne. Je me demande si je devrais pas mettre Anxiété Avancée en vente.

— Mais t'es complètement siphonné ! s'exclama Homer, surpris et inquiet. Mais enfin, c'est le meilleur taureau que t'aies jamais eu dans ce ranch !

— T'as peut-être raison, répondit Oncle Claude. Je crois que je vais pas le vendre. Je me demande si ce serait pas une bonne idée d'installer une ligne de clôture électrique autour de son pré.

Ils étaient tous allés à une vente de chevaux pendant l'après-midi, mais chacun en donna un compte rendu différent. Aucun n'avait vu les mêmes personnes ni les mêmes chevaux que les autres et personne n'avait entendu les mêmes enchères, si bien qu'on avait l'impression qu'ils avaient assisté à huit ventes aux enchères à huit endroits différents. Et pourtant, chacun comprenait de quoi parlaient les autres. Homer, qui ne savait pas que l'étalon aux yeux bleus avait été vendu à un type pour sept mille dollars (alors que, pour Oncle Claude, c'était le grand événement de la journée), commenta :

— Tu parles de cette horrible vieille carne que Bill Prescott avait vendue à Roger Campbell par ici il y a de ça un moment ? Tu parles de ce poulain qui était de cette petite jument sauvage, celle que B. F. Ward avait ramenée d'Idaho ?

Ils connaissaient tous le nom et la lignée de chacun des chevaux de la région et ils en parlaient comme si c'étaient des personnes, un peu à la manière, se dit Ralph, des pêcheurs quand ils parlent des bateaux. Ils évoquèrent Ruth, une jument qui était utilisée pour rassembler le bétail; son maître l'avait un jour mise avec un cheval d'attelage quand son second cheval avait perdu un fer; et Poncho, un chic petit alezan qui avait envoyé valdinguer Prescott un jour où il était plein comme une barrique; et Sturnelle, qui était une vraie mocheté pour sa part mais qui avait donné naissance à deux beaux poulains.

Les enfants étaient fatigués après le long voyage aux multiples étapes à travers les montagnes depuis Denver, où ils avaient dit au revoir à leur mère larmoyante. Le train ne ressemblait à aucun de ceux qu'ils avaient pu voir auparavant. Au lieu de petits compartiments avec des serviettes blanches sur le dos des sièges et une petite étagère près de la fenêtre où le porteur mettait les verres de limonade, il n'y avait que des rangées de sièges couleur vert bronze au dossier raide, et si durs qu'au bout d'un moment vous aviez l'impression que vos os allaient vous transpercer la peau. Les fenêtres étaient sales et le wagon rempli de fumée. Tous les villages qu'ils traversaient, et où ils faisaient de longues pauses pendant que le fret était débarqué, étaient absolument identiques. Les bâtiments, le long des trottoirs couverts de planches, avaient de grandes façades rectangulaires sur lesquelles on pouvait lire en lettres délavées: «Pension pour Chevaux», «Loge des Odd Fellows», «Certification des métaux précieux». Des chiens sous-alimentés erraient dans les rues à la recherche de nourriture en fouillant les ornières qu'ils connaissaient déjà par cœur. Il semblait n'y avoir aucun arbre dans ces villages, bien que les grandes montagnes touffues à l'arrière-plan soient couvertes d'une dense forêt. Le train grimpait petit à petit au prix de grands efforts, traversant les montagnes de part en part en passant par un nombre incalculable de tunnels. Ils ne se parlaient presque pas mais chacun était conscient de l'appréhension de l'autre, et ils ne mangèrent aucun des bonbons Martha Washington que leur mère leur avait achetés. Molly faillit pleurer une fois, quand ils s'arrêtèrent dans un village nommé Blackriver et qu'un homme qui portait un bandana autour du cou braqua son regard sur eux à travers la vitre puis se tourna pour cracher son jus de chique en direction d'un chat. Elle ressentit la même surprise et la même angoisse que la fois où elle s'était réveillée un matin et avait découvert sur son oreiller une sauterelle qui la regardait.

Ils furent éblouis en découvrant les montagnes et le ranch. Ils n'avaient pas osé s'attendre à quelque chose d'aussi monumental; cela dépassait tellement ce qu'ils pouvaient concevoir qu'ils eurent aussitôt le réflexe de se recroqueviller. Ralph regardait les fusils dans l'armoire, bien plus gros que ce qu'il avait imaginé en consultant les catalogues, et tout à coup, alors même qu'il était venu en premier lieu pour apprendre à monter à cheval, il eut peur. Depuis des mois, lui et Molly s'étaient dit qu'ils ne manqueraient pas de défier les prescriptions de leur mère («S'il y a un poney Shetland au ranch, vous avez l'autorisation de monter dessus si quelqu'un est avec vous», avait-elle dit. Un poney Shetland, c'est ça!) et de désobéir à Mme Brotherman qui, dans ses nombreuses lettres, avait promis et répété qu'elle se montrerait inflexible et s'assurerait que les enfants ne s'approcheraient pas des armes à feu ni des chevaux. Dès l'instant où ils avaient fait la connaissance de l'intendante au visage triste et à l'air si doux, ils avaient su qu'ils pourraient sans peine la pousser à changer d'avis, et rien que cela avait suffi à calmer leurs ardeurs. Pourtant, même s'ils ne se sentaient plus trop hardis mais plutôt apeurés, leur détermination était toujours intacte. Ils savaient pertinemment, l'un comme l'autre, qu'ils essaieraient de s'esquiver, qu'ils inventeraient des maux de tête, qu'ils saigneraient du nez, qu'ils se retrancheraient derrière leurs livres, mais qu'en fin de compte ils ne pourraient pas échapper à Oncle Claude; ils allaient apprendre et ne pouvaient rien faire pour l'éviter.

C'était la présence de la distinguée Mme Brotherman qui avait finalement persuadé Mme Fawcett d'autoriser Ralph et Molly à venir au ranch. Ils n'avaient cessé de harceler leur mère à ce sujet après le départ de Claude et avaient fait des crises de colère à chaque fois que celle-ci avait suggéré d'autres possibilités, comme le Puget Sound ou le lac Tahoe. Puis, quand le Dr Haskell avait remarqué que l'air de la montagne serait bénéfique à leur catarrhe, Mme Fawcett avait enfin écrit à son demi-frère en lui demandant s'il y avait dans sa maison une personne de la gent féminine et digne de confiance qui pourrait s'assurer que les enfants prennent leur bain, portent des sous-vêtements propres et restent en bonne santé. Elle avait confiance en Mme Brotherman parce que celle-ci venait de Salem, dans le Massachusetts, et que Grand-Père Bonney était né à Boston. De plus, Mme Brotherman était mère et veuve comme elle, et on pouvait donc s'attendre à ce qu'elle soit plus responsable qu'une vieille fille sans enfants ou qu'une femme avec un mari.

Ralph et Molly s'étaient préparés à ne pas aimer l'intendante et à se rebeller contre elle. Ils s'étaient imaginé une femme robuste, désagréable et rougeaude qui aurait les habitudes autoritaires d'une directrice d'école; ils avaient donc été stupéfaits et presque déçus, cet après-midi-là, de découvrir qu'il s'agissait d'une dame fragile et abattue, qui semblait considérer que tout dans le monde était infiniment triste et qui ne parlait presque qu'à l'imparfait. Elle ne disait pas: «Je pense que tu vas vouloir te laver avant le dîner», mais: «Je pensais que tu voudrais te laver.» Elle était la veuve d'un pasteur swedenborgien qui était venu dans l'Ouest pour mourir au soleil de la tuberculose. Après son décès, elle n'était pas repartie dans l'Est, parce qu'on disait que sa fille avait une «prédisposition» à développer la même maladie. Winifred avait quatorze ans et était une grande et adorable jeune fille qui n'avait pas l'air délicate du tout. Elle était très brune et avait les yeux clairs. Ses cheveux étaient sombres et épais et elle les portait coupés court, en petites boucles serrées tout autour de la tête. Elle avait son propre cheval, un hongre alezan qui s'appelait Noël parce que ça avait été le cadeau de Noël que lui avait offert Grand'Pa Kenyon l'année de ses douze ans. Grand'Pa Kenyon lui avait donné des fixations en argent pour la bride et une cravache en peau de serpent.

Winifred était la première personne de la maisonnée qu'ils avaient rencontrée. Ils se tenaient debout à l'ombre d'un peuplier, tout souillés par la fumée du train, pitoyables, déjà nostalgiques de leur maison, pendant qu'Oncle Claude récupérait leurs valises à l'arrière de la voiture. Le trajet depuis la gare jusqu'au Barre-K avait été difficile. Oncle Claude avait demandé à trois reprises si leur mère et leurs sœurs étaient en bonne santé; par deux fois, il avait dit qu'il était content de les voir; et ceci, ajouté aux réponses monosyllabiques des enfants, avait constitué la totalité de leur conversation. À présent, dans l'ombre de cet arbre estival, ils se sentaient condamnés à l'échec. Incapables de prendre la mesure des gigantesques chaînes de montagnes qui entouraient complètement la vallée du ranch comme des rangées de mauvaises dents, sur le qui-vive à cause du vacarme déferlant de la rivière impétueuse qu'ils ne pouvaient pas voir, effrayés par le remue-ménage continu des bruits d'animaux (beuglements de vaches, hennissements de chevaux, cris d'oiseaux), ils avaient trouvé un certain soulagement à fixer leur attention sur un objet précis, cette fille qui était arrivée sur son cheval et avait traversé le pont qui enjambait le ruisseau marécageux du côté ouest de la maison. Elle sauta prestement à terre et fit passer les rênes autour du poteau d'attache, de l'autre côté de l'allée où ils se trouvaient, et quand elle se dirigea vers eux Oncle Claude leur raconta d'où venait Noël, comme si cela pouvait aider à établir un lien entre elle et Ralph et Molly. Mais, à côté de ce cheval reluisant qui frappait le sol de son sabot délicat et agitait sa queue élégante, les cadeaux que Grand'Pa leur avait donnés semblaient dérisoires et sans valeur. Malgré tout, Ralph se souvint que Grand'Pa avait eu l'intention de lui rapporter un singe d'Australie. Et ainsi, quelques instants plus tard, il serrait la main de Winifred, en remarquant au passage, avec un frisson de plaisir, que le blue-jean qu'elle portait avait des taches de fumier, et il songea avec mépris à Leah et Rachel qui de toute leur vie n'avaient jamais sali leurs vêtements.

— Je suis drôlement contente de vous rencontrer, dit-elle en souriant.

Elle avait de petites dents blanches et régulières. Ralph et Molly furent surpris par ses paroles et par sa façon de parler lente et sans accent. On leur avait appris que l'expression qu'elle venait d'utiliser était vulgaire. On était censé dire: «Je suis enchanté de faire votre connaissance.»

Molly demanda d'une voix forte:

— Tu es qui, toi?

La jeune fille eut l'air étonnée mais elle sourit de nouveau et répondit:

— Je suis Winifred Brotherman. Je sais qui vous êtes.

— J'imagine que tu n'écris pas de poèmes, si? demanda Molly.

Ralph aurait préféré qu'elle évite ce genre de sujets de conversation. Elle avait récité *Gravier* au contrôleur alors que le train sortait tout juste de Los Angeles et même s'il lui avait souri et répondu que c'était un poème très joli et très chouette, il était évident qu'il s'en fichait pas mal.

— Eh bien, non, dit Winifred. Je crois bien que c'est pas quelque chose que je fais. Je dois filer maintenant pour m'occuper des vaches.

Elle monta à cheval et s'éloigna, en passant au-dessus de la rivière cette fois. Ralph espérait que Molly et Winifred deviendraient amies pour qu'il puisse passer tout son temps avec Oncle Claude, et quand il eut fini de défaire sa valise il alla dans la chambre de sa sœur et lui dit:

— Je trouve que Winifred est vraiment sympa, pas toi?

— Elle a les mêmes cheveux que dans les dessins de Nell Brinkley[27], répondit-elle.

Puis elle ne dit plus un mot.

À présent, à observer Winifred aller et venir entre la cuisine et la salle à manger dans ses mocassins silencieux, Ralph commençait à l'admirer et, en jetant un regard de côté, il vit que Molly, elle aussi, la

27 — Illustratrice américaine de la première moitié du XXe siècle.

suivait des yeux avec fascination. Soudain, une vague de pitié pour sa sœur le submergea et il toucha instinctivement la main qu'elle avait posée sur ses genoux. C'étaient ses vêtements qui lui faisaient pitié : elle portait une robe à fleurs en batiste, ample en bas et smockée à la taille et au cou, et cet habit si mignon rendait encore plus ridicules ses bras maigres et couverts de taches de rousseur, son petit visage moche encadré par des cheveux noirs dont on ne pouvait rien faire, comme le remarquait souvent Mme Fawcett. Molly, en sentant sa main, se tourna et le regarda bien en face et lui sourit avec mélancolie. Ralph ne soutint son regard qu'un instant puis il détourna les yeux et regarda Oncle Claude, et il vit que celui-ci était en train de les observer avec curiosité ; il lui sembla que ce regard était une remise en question de sa valeur ou de sa virilité et, abruptement, malgré la présence de ces étrangers secs et rougeauds qui, le repas terminé, étaient maintenant en train de se curer les dents soigneusement, il demanda :

— Oncle Claude, quand est-ce que tu vas m'apprendre à monter à cheval ?

Mme Brotherman, tout en rangeant sa serviette dans un rond de serviette en bambou, regarda vaguement dans la direction des tiges de houblon. Son oncle sourit. Il affichait de nouveau ce sourire charmeur qui faisait flageoler Ralph jusqu'à la moelle, et dont le souvenir lui était resté depuis le mois de septembre précédent. Il était aussi aimable qu'un petit enfant et répondit :

— Si on fait ça demain dès le lever, est-ce que c'est assez tôt pour toi ?

Puis il se leva et ouvrit la marche en direction du salon, et il tapota l'épaule de Ralph en passant. Les autres le suivirent en file indienne, et tous marchaient le dos avachi comme s'ils risquaient de perdre l'équilibre dans leurs bottes à hauts talons. Ralph avait très envie de se joindre à eux mais Mme Brotherman, de sa voix morose, dit qu'elle était certaine que lui et Molly étaient fatigués et qu'ils devaient aller se coucher sans attendre et Ralph se rendit compte qu'il était effectivement si fatigué que la seule idée de monter l'escalier et de se déshabiller lui paraissait insurmontable.

Avant de se coucher, il tint un conciliabule avec Molly, qui vint dans sa chambre et s'assit sur un banc, les jambes entre les bras. Elle avait ôté ses lunettes et ressemblait à un lapin aux yeux noirs.

— Tu as déjà entendu parler d'un animal nommé Anxiété Avancée, toi ? demanda-t-elle.

— Oui, j'ai trouvé ça bizarre, moi aussi, dit Ralph. Mais qu'est-ce que tu ferais toi si tu étais un homme et que ton nom c'était Mondys ?

— Je le mettrai avec les immondices !

— Oui, avec les ordures, comme une vieille chaussure!

Ils rirent, enchantés de leur plaisanterie à deux. Ralph avait fini par se dire que Molly n'était pas en train de devenir folle, après tout, même si pendant un mois au cours de l'hiver elle avait été persuadée qu'elle allait se faire kidnapper et avait porté chaque jour un masque d'Halloween dans le bus pour aller à l'école. Elle était juste différente des autres gens, se disait-il. Il l'aimait bien quand ils étaient seuls, mais elle l'embarrassait en public à cause de ces choses bizarres qu'elle avait l'habitude de dire. Par exemple, ce même après-midi, elle avait dit à Mme Brotherman:

— Quelle est votre opinion au sujet du faux Armistice[28]?

Et quand Mme Brotherman avait répondu qu'elle n'en avait pas vraiment, Molly avait dit:

— Oh, bien sûr, vous ne vivez pas en Californie donc vous ne pouvez pas avoir vu la *Gazette de Los Angeles*.

Elle voulait parler du vieux journal qu'ils avaient à la maison avec le mot «PAIX» imprimé en lettres de dix centimètres de haut sur la couverture, mais comment Mme Brotherman aurait-elle pu le savoir?

— Ça te plaît ici? demanda Ralph.

— Je ne sais pas. Je te le dirai plus tard. Je n'aime pas ce qu'on mange, par contre. Les haricots verts sont le fléau de mon existence.

— J'aime bien la peau de chamois.

Molly fronça les sourcils et resta silencieuse un moment, puis elle dit:

— Tu sais, je crois que je ne vais pas apprendre à monter à cheval demain. Je pense que je vais attendre quelques jours, parce que j'ai une idée pour une nouvelle au sujet d'un kidnappeur amateur.

Comme il regrettait son accord bien trop hâtif avec Oncle Claude! Il entendit un cheval s'ébrouer dans le pré juste sous sa fenêtre et ses mains devinrent aussi froides que la glace.

— T'es vache! dit-il à Molly avec colère. T'es vraiment vache! T'inventes toujours des excuses!

Il savait qu'il n'était pas très raisonnable; Molly n'avait jamais parlé d'apprendre à monter, mais cela lui paraissait injuste qu'elle arrive toujours à échapper à tout en disant qu'elle voulait écrire quelque chose.

---

28 — Le 7 novembre 1918, les journaux américains annoncèrent par erreur la signature de l'armistice mettant fin à la Première Guerre mondiale, ce qui déclencha des célébrations fastueuses dans de nombreuses villes pendant toute la soirée – et un certain malaise le lendemain quand l'erreur fut découverte.

— Tant pis pour toi, dit-il. Si tu ne viens pas demain, tu ne pourras plus jamais m'accompagner nulle part.

— Ma littérature a plus d'importance pour moi que ta petite personne, Ralph Fawcett, répondit-elle froidement.

Et elle quitta la pièce en s'arrêtant dans l'embrasure de la porte pour imiter des oreilles d'âne en faisant : « Hi han ! »

Durant les premières semaines de ce premier séjour chez Oncle Claude, Ralph et Molly ne furent pas heureux, et la plupart du temps ils étaient terrifiés. Le paysage lui-même était effrayant. Sur les cimes, au-dessus de la limite des arbres, la neige était accumulée en d'épaisses balafres ; au nord se trouvaient deux longs glaciers qui parfois brillaient d'une lumière rose à travers la brume ; cette couleur venait de bactéries qui vivaient dans la neige du glacier et en apprenant cela Ralph ressentit un curieux dégoût, sans savoir pourquoi. Sous la limite des arbres et au-dessus des broussailles d'armoise desséchée qui poussaient sur les contreforts, les forêts de conifères étaient denses, leur bleu-vert sombre interrompu ici et là par un petit bosquet de trembles dorés ou une éclatante prairie d'altitude, où Winifred allait souvent cueillir des ancolies. Les montagnes étaient tout à la fois distantes (les sommets étaient souvent voilés de nuages) et oppressantes dans leur façon d'entourer tout le paysage. Les enfants avaient l'habitude de passer l'été en bord de mer, et la mer, même pendant une tempête, était quelque chose que l'on pouvait embrasser du regard en un seul coup d'œil ; ses périls, dans le même temps, demeuraient tout à fait hors de vue, si bien que les requins, les raies venimeuses, les ouragans, les épisodes de calme plat, tout cela semblait faire seulement partie des légendes et ils n'avaient pas besoin de les inclure dans leurs impressions ; et même la fois où ils firent une excursion dans un bateau à fond transparent et qu'ils virent les poissons tout dorés et verts et énormes, qui regardaient en direction des passagers, ils n'eurent pas l'impression que tout cela était réel mais que c'était seulement comme dans un film.

Tandis que dans les montagnes, le danger s'affichait partout sur les pics rugueux. Avec les jumelles d'Oncle Claude, ils pouvaient regarder directement la corniche d'où un cheval de bât avait glissé et était tombé en hurlant vers une mort atroce. Ils savaient à quel endroit un citadin aventureux avait gelé en plein été quand il avait perdu son chemin au milieu d'un nuage alors qu'il escaladait une arête. Les contreforts grouillaient de serpents à sonnettes. À l'aube, les coyotes les réveillaient et ils pouvaient les voir par la fenêtre, petits chapardeurs indistincts sur la crête de la colline au sud de la maison ; leur hurlement faisait un son froid et misérable, qui ressemblait parfois d'une façon insupportable à une voix humaine scandalisée.

La maison, spacieuse et vaste et construite en briques blanches, était tournée vers le nord et donnait sur le torrent rapide qu'on appelait la rivière Caribou et qui coupait le pré en deux parties égales. Sur les rives poussaient des peupliers et des saules pleureurs, et des buissons d'aronias et d'amélanchiers formaient au milieu des arbres de denses taillis. C'était là que les castors construisaient leurs ingénieux barrages et c'était là que les hiboux, à minuit, lançaient en hululant leur avertissement : il n'y avait aucun endroit qui ne fût habité par quelque chose de vivant. Un pont conduisait au pré situé de l'autre côté de la rivière, où broutaient les vaches laitières et où poussaient des massettes-quenouilles d'un mètre cinquante de haut, et où les enfants voyaient des hérons bleus. Du côté ouest se trouvait un grand champ de fléole dépourvu d'arbres, fermé d'un côté par le ruisseau qui longeait la route rouge ; sa clôture ouest était parallèle à la voie ferrée où le train, mêlant wagons de voyageurs et wagons de fret, passait en début de soirée en faisant tinter sa cloche solitaire. Les contreforts qui menaient aux alpages étaient au sud et la vue qu'on en avait depuis les fenêtres du rez-de-chaussée était interrompue par une rangée de huit peupliers noirs de Lombardie. Le pré était situé entre la maison et la route, et la grange et les nombreuses remises du côté est.

Pour Ralph, tous les objets et toutes les personnes, à l'exception de Mme Brotherman, faisaient penser à Grand'Pa, et il imaginait que les autres ranchs du vieil homme (où Oncle Claude allait désormais se rendre une fois par an au mois de septembre) devaient être semblables, si ce n'est que celui-ci était le seul situé en montagne. Les hommes étaient adroits, affables, endurcis ; ils vivaient dans le moment présent et à grande échelle. Quand ils s'enivraient le samedi soir, ils le faisaient avec abandon et se comportaient exactement comme les personnes ivres dans les films. Leur façon de contourner la loi paraissait naturelle. Il semblait en fin de compte tout à fait raisonnable qu'ils chassent à toutes les époques de l'année sauf pendant la saison de la chasse, durant laquelle, comme le faisait remarquer Oncle Claude, « il y avait trop de risques de se faire tirer dessus par un de ces citadins venus de Denver. » Les agents des impôts et les garde-chasses n'intimidaient personne ; c'étaient des étrangers qui ne venaient pas de la région, et ils ne pouvaient pas contrôler les centaines de cachettes à alambic qu'il y avait dans les montagnes, pas plus qu'ils ne pouvaient attraper les braconniers quand ceux-ci voulaient de la viande sauvage et entendaient bien l'obtenir.

Ralph pensait à la maison de Covina et à son foisonnement de petits objets, de petits vases et de boîtes posées sur de petites tables à dorures, et de petites babioles qui pendaient dans les coins ; puis il songeait aux grandes pièces dépouillées du ranch où les meubles étaient lourds et solides comme s'ils étaient cloués au sol, et où les seuls objets de petite taille étaient les catalogues de chez L. L. Bean et Montgomery Ward, les boîtes de cartouches de chevrotine, les étuis à mouches pour la pêche, les morceaux de cuir et de métal qui n'avaient pas d'utilité particulière mais qu'on laissait sans y toucher, semaine après semaine, sur le manteau de la cheminée et sur les tables. Il pensait à la nourriture délicate qu'ils mangeaient à la maison, puis aux tétras et aux vesses-de-loup et au fromage de tête qu'on leur servait ici, et Ralph se disait que chaque fois que Grand'Pa était reparti de chez eux il avait dû être affamé.

Mais le contraste le plus stupéfiant de tous était celui entre Fuschia et Magdalene. Fuschia était jeune et jolie et aimable, mais si respectueuse qu'elle les appelait « mademoiselle Molly » et « monsieur Ralph ». Mais Magdalene ! C'était la première Noire qu'ils aient vue de près, mis à part les porteurs de bagages dans les trains Pullman. Molly eut si peur quand la vieille femme prit sa main dans la sienne, qui était noire et osseuse et dont la paume était rose comme celle d'un singe, qu'elle voulut repartir aussitôt à la maison. Magdalene semblait avoir des centaines d'années ; elle paraissait si vieille que si elle avait vécu encore un siècle ou deux elle aurait toujours eu l'air pareille. Sa peau n'était pas jaunâtre pour montrer qu'elle avait du sang blanc ; c'était plutôt comme si elle s'était délavée et était devenue d'un gris bleuâtre. Ses lèvres étaient violettes et elles étaient si fripées qu'on aurait dit d'étroits rubans en gros-grain ; ses yeux marron étaient méchants et attentifs comme ceux d'un tamia, et le duvet hirsute sur sa petite tête ressemblait à de la neige sale. Elle n'était pas gentille du tout ; elle bouillonnait sans cesse d'une rage intérieure ou d'un motif d'amusement infâme au sujet de quelque chose de sexuel ou de fâcheux, et elle s'exprimait essentiellement par des jurons obscènes ou blasphématoires. Mais elle était prodigieusement sage. Elle savait quand il allait pleuvoir et quand une personne allait tomber malade et quand une vache allait s'échapper à travers une clôture. Sa sagesse avait quelque chose d'antédiluvien et de cosmique et elle la puisait dans un almanach qui avait été écrit un million d'années avant la chute de l'homme. Elle était, d'après Molly, l'épouse du Skalawag du Ravin. Elle avait sa propre petite cabane entre la grange et le dortoir et elle élevait des lapins blancs dans un clapier attenant. Personne ne voyait jamais l'intérieur de sa maison, mais les enfants imaginaient que l'odeur devait être effroyable, car non seulement les lapins en étaient très proches, mais elle cuisinait des choses étranges sur son poêle, des choses comme des queues de castor et les poumons et les testicules des veaux qu'on venait d'abattre.

Au sommet d'une colline, à environ un kilomètre et demi derrière la grange, Magdalene faisait paître ses propres chèvres; elle les trayait tous les matins avant le lever du soleil puis de nouveau le soir pendant que les autres finissaient leur dîner. Un après-midi, Ralph la rencontra alors qu'elle passait au coin du corral, une chèvre morte sanguinolente jetée sur l'épaule. Dans sa main libre elle portait une petite hache qui luisait du sang épais de la jugulaire. Ralph lui demanda pourquoi elle avait tué sa chèvre et elle répondit:

— J'avais faim, voilà pourquoi, espèce de petit charançon, alors je suis allée là-bas et je lui ai fracassé la tête.

Oncle Claude ne se souvenait pas de l'endroit où Grand'Pa Kenyon l'avait trouvée, et elle refusa toujours de dire aux enfants où elle avait vécu avant. Un jour, alors qu'ils lui demandaient où elle avait été élevée, elle dit:

— J'ai pas été *élevée*. Un oiseau vacher m'a pondue dans les buissons d'armoise et le soleil m'a fait éclore.

Ils savaient, en revanche, qu'elle avait deux fils, nommés Salem et Jordan, et une fille nommée Psalmetta. Un jour, Jordan lui fit parvenir une bouteille de parfum Ben Hur et, bien qu'elle ait fait mine de la dédaigner en riant comme une hystérique, elle se la versa sur tout le corps et la cuisine empesta. Cela sentait comme ces chocolats bon marché fourrés de pâte rose qu'ils achetaient à Covina, quatre pour un penny.

Le territoire de Magdalene, c'était la cuisine, et elle n'allait jamais dans les autres parties de la maison car, en plus d'apporter la nourriture à table, Winifred faisait les lits et le ménage. Magdalene n'aimait pas que quelqu'un vienne l'importuner dans sa cuisine. Cela ne la dérangeait pas que les hommes viennent y accrocher leurs jambières de cuir ou même prendre une tasse de café en milieu de matinée s'ils étaient en train de travailler à proximité de la maison; et elle tolérait que Ralph et Molly regardent dans les placards et l'observent faire des tourtes, tant qu'ils ne demandaient rien à manger, même si de temps en temps elle leur donnait des morceaux de patate crue, en précisant toujours: « Je connais un cheval qu'est mort en en mangeant. » Mais elle ne supportait pas que Mme Brotherman (qu'elle appelait « Mme Bo-Bo » ou « Mme Budmanny ») ou Winifred lui tournent autour et si, un matin, elle se rendait compte que quelqu'un avait fait du caramel avec son sucre, dans sa casserole, sur son poêle, après le moment où elle était partie se coucher dans sa cabane, elle se lançait dans une bordée de jurons qui durait la moitié de la journée.

Molly se mit en tête qu'elle ressemblait à Magdalene et, pendant un moment, elle se dit qu'elle était probablement sa fille. Elle n'avait jamais su comment s'était passée sa petite enfance exactement, car Leah lui avait dit que pendant les premières années de sa vie elle faisait seulement la taille d'une boîte de talc et qu'ils la rangeaient sur le manteau de la cheminée, à côté des cendres de Grand-Père Bonney. Tout ceci n'était, bien sûr, qu'un énorme bobard, mais malgré tout il y avait certains détails de ces premières années qui l'intriguaient. Par exemple, elle se souvenait clairement être montée à dos d'éléphant et plus elle regardait Magdalene plus elle était convaincue que c'était elle qui faisait le cornac. Mais elle ne lui posa pas la question car les Noirs, c'était en substance comme les Mexicains, et si on ne gardait pas ses distances ça finissait toujours par être la panade. Mais elle l'observait et elle l'écoutait et dans son journal elle l'appelait « Mme Skalawag ».

La seule partie du ranch qui ressemblât un tant soit peu à la maison était le séjour de Mme Brotherman, situé directement au-dessus du salon. Mme Brotherman et son séjour sentaient toujours la pomme, ce qui donnait aux enfants l'impression d'un Halloween sans fin. Partout se trouvaient de petits paniers et des bols sur les tables et les étagères suspendues, remplis de pommes de variétés McIntosh, Winesap et Golden. Tout aussi vive que l'odeur, quasiment, était l'impression de grand âge dans cette pièce, qui venait de l'ameublement et du bric-à-brac, mais également de l'accent bostonien de Mme Brotherman et de sa syntaxe étrange. Même s'ils vivaient très proches des Brotherman (les chambres des enfants Fawcett se trouvaient à l'autre bout du couloir), ils étaient si rarement invités dans ce séjour qu'il garda toujours pour eux un air d'étrangeté, et comme ils ne purent jamais s'y habituer au point de ne plus y prêter attention, le parfum fruité ne cessa jamais de les surprendre. Il en était de même de la fraîcheur de la pièce et de ses meubles qui étaient posés sur un tapis terne aux motifs de rosier cent-feuilles, entre des murs au papier peint jaune auquel étaient accrochées des rangées bien droites de couronnes de laurier vert foncé, qui jetaient des ombres obliques et équivoques. Au centre de la pièce, il y avait une grande table ronde avec un pied trapu unique. Elle était couverte d'une pièce de velours bleu dont les quatre coins descendaient droit jusqu'au sol, alourdis et décorés de glands en fils dorés. Sur la table se trouvait une boîte à couture en écailles de tatou que Ralph trouvait si écœurante qu'il était pris de tremblements quand Mme Brotherman lui demandait d'y attraper ses ciseaux. Il y avait sur la table une boîte à musique qui jouait d'abord *Ô ma maîtresse*, puis *Pourquoi le ciel est-il d'azur?* Un buste de Socrate était posé sur une étagère et un portrait de George Washington était accroché au-dessus de la cheminée. Il y avait deux fauteuils à ailettes couverts de chintz, avec des pièces de dentelle qui protégeaient les accoudoirs et le dos, et il y avait aussi un terrarium avec un toit pentu où poussaient des plants de fougères, de pain-de-perdrix et de gaulthérie. Elle avait un éteignoir en argent et un bol émaillé rempli de pommes de pin aromatiques, un vase Van Briggle de fleurs éternelles, et un coussin à sofa, souvenir du parc du Jardin des dieux[29]. Il n'y avait rien qui fût ébréché ou abîmé ou taché ou poussiéreux; seul le passage du temps avait altéré l'apparence de ces choses en les vidant de leurs couleurs, tout comme il les avait vidées des joues et des cheveux et des yeux de Mme Brotherman. Elle entretenait presque autant de mystère que Magdalene au sujet de sa vie passée mais un jour, en un bref éclat d'exubérance, elle leur raconta qu'avant la naissance de Winifred elle et M. Brotherman étaient allés à Manitou Springs pendant deux semaines, et elle leur montra une photographie d'elle et son mari, assis sur un rocher, tenant à la main deux tasses pliables remplies d'eau minérale. À l'arrière-plan, on voyait une bouteille d'eau gazeuse en ciment de trois mètres de haut. Tous deux fixaient l'objectif d'un air lugubre. Les enfants voyaient bien que cet homme décharné au visage étroit avait l'air aussi triste que son épouse; ils en conclurent qu'elle était donc née comme ça et que ce n'était pas son veuvage qui l'avait, à lui seul, jetée dans un crépuscule éternel. Ils passaient souvent des heures avec elle à l'aider à désherber son jardin d'ornement qui était renommé pour ses roses; elle faisait sécher les pétales pour des pots-pourris et les donnait à des dames qui venaient parfois lui rendre visite dans son séjour pendant les après-midi chauds et boire du thé glacé et manger des gâteaux secs au gingembre.

Ils se mirent à apprécier Winifred de plus en plus, bien qu'au tout début ils aient eu quelques doutes à son sujet parce qu'elle les avait

29 — Parc public près de la ville de Colorado Springs.

emmenés se baigner dans le bassin derrière la grange et leur avait dit qu'elle irait dans l'eau sans mettre de maillot. Mais elle n'en fit rien, bien sûr, et ils finirent par comprendre qu'elle les faisait juste marcher. Ils fondèrent une agence de détectives privés et trouvèrent des indices dans les contreforts ; ils pensaient que Mondys tenait un tripot clandestin dans une gorge de la montagne et ils accumulèrent de nombreuses preuves contre lui, mais il réussit à leur échapper tout l'été.

Ralph n'arrivait pas à se faire une opinion bien arrêtée au sujet d'Oncle Claude. Une chose était sûre, il n'était pas aussi sympa que Grand'Pa. Il riait méchamment des maladresses des enfants et il les racontait ensuite à table. Un jour, la pauvre Molly demanda qui trayait toutes les vaches qu'il y avait dans l'alpage et il rit si fort qu'elle finit par éclater en sanglots. Mme Brotherman lui expliqua que ce ranch faisait de l'élevage pour la viande, pas pour le lait, mais Molly resta inconsolable et en voulut à Oncle Claude pendant trois jours.

Et pourtant, de temps à autre, il donnait à Ralph une tape amicale ou l'invitait à monter avec lui dans le pick-up pour aller en ville, et dans ces moments-là il souriait et affichait sur son visage expressif la même sorte de générosité que Grand'Pa. Ces sorties en ville, malgré tout, n'étaient jamais une grande réussite. Le soleil brillait si fort sur l'asphalte qu'Oncle Claude était trop concentré sur sa conduite pour pouvoir discuter, et donc Ralph gardait les yeux fixés sur les champs où paissaient les vaches Hereford aux museaux blancs et sur les maisons aux façades mornes et sans peinture qui se dressaient ici et là le long de la route, sans aucun arbre pour les protéger, lugubres et poussiéreuses au milieu de champs sans herbe. Puis, pendant le trajet du retour, Oncle Claude était plongé dans ses pensées car il s'efforçait de ne pas oublier les nouvelles qu'il venait d'apprendre et les achats qu'il avait faits, et même s'il discutait volontiers à ce moment-là, Ralph n'avait pas vraiment envie d'apprendre que le cheval de Bernard Tobey avait un problème à l'épaule ou que Shorty Peterson avait embauché un jeune Mormon qui avait été baptisé cent vingt-cinq fois ou que Roger Campbell, toujours prêt à faire le fier mais incapable de se débrouiller tout seul, avait refusé de rendre à Oncle Claude sa bride hackamore, en prétextant que c'est celui qui a un objet qui en est le vrai propriétaire.

Ralph avait parfois l'impression qu'Oncle Claude essayait d'une manière ou d'une autre de prendre une revanche sur leur mère.

À chaque fois qu'il les emmenait faire du cheval, il leur disait en riant tandis qu'il sautait en selle: «Je parie que votre mère aurait une sacrée frousse si elle vous voyait maintenant.» La seule pensée de ce qu'elle pourrait effectivement faire si elle était au courant suffisait à les exciter et les terrifier à la fois. Elle les enverrait sans doute au pénitencier. Lui et Molly ne montaient que les chevaux les plus vieux et les moins dangereux, mais il y avait toujours quelque chose qui ne se passait pas comme prévu. Oncle Claude leur raconta que les chevaux avaient un sixième sens qui leur permettait de juger si un cavalier avait peur, et si c'était le cas ils pouvaient parfois lui jouer des tours, uniquement parce qu'ils étaient ronchons ou qu'ils voulaient faire les malins. Par exemple, le vicux cheval blanc Ouvre-l'œil, que montait Molly, se mettait à faire semblant d'être à moitié aveugle, et il faisait exprès de trébucher dans des trous de taupe, ce qui la propulsait vers l'avant et la forçait à s'agripper désespérément au pommeau, le visage tout rouge et les yeux écarquillés. Et Studebaker, le cheval noir que montait Ralph, refusait de s'engager dans les cours d'eau.

— Donne-lui des éperons! lui criait Oncle Claude.

Avec hésitation, Ralph poussait alors du talon dans les flancs du cheval.

— Plus fort! Montre-lui ce que t'as dans le ventre!

Et Ralph se mettait alors à talonner encore plus fort, mort de honte et terrifié à l'idée d'être jeté à l'eau. Puis Studebaker commençait à s'ébrouer et à donner des coups de tête vers l'arrière et à se cabrer, si bien que Ralph devait se cramponner à la selle pour ne pas tomber; mais, à l'inverse de Molly, il n'attrapait pas la corne parce que Winifred lui avait dit qu'il n'y avait que les citadins qui faisaient ça.

Même si, de plus en plus fréquemment, il prenait du plaisir à passer à cheval à travers les prairies luxuriantes, le long des routes rouges, près de la rivière où les fleurs d'amélanchiers, au parfum de cannelle, lui effleuraient le visage, ou dans le pré des vaches au coucher du soleil, Ralph ne se départait jamais totalement de l'inquiétude qu'il ressentait à se trouver si haut au-dessus du sol, à la merci d'une intelligence aussi capricieuse que celle qui habitait la longue tête noire de l'animal. Et lorsqu'il commença à seller son cheval lui-même, il dut lutter durement pour retenir ses larmes quand il mit le mors dans la bouche énorme de Studebaker, avec ses énormes dents rectangulaires et sa langue jaune-vert. De temps à autre, Oncle Claude le félicitait et il prenait confiance en lui, mais il était si dur avec Molly («Tu te tiens comme un sac de patates sur cette banquette», lui disait-il par exemple) qu'elle les accompagnait rarement et préférait rester à la maison pour aider au jardin ou écrire. Elle était en train de rédiger un article pour *La Bonne Ménagère* intitulé « Mon été au Barre-K ».

Dans les derniers jours de juin, une série d'accidents tragiques eurent lieu, se succédant les uns aux autres comme s'ils suivaient un plan infernal. Un cheval, effrayé par les pétarades d'un moteur de voiture, trébucha et tomba sur la chaussée trempée par la pluie, se brisant la patte et écrasant le pied de son cavalier, Homer Armitage. Abasourdi de douleur, Armitage réussit à reprendre assez ses esprits pour abattre le cheval d'un coup de fusil, puis il passa une demi-heure étendu au milieu de la route, où un automobiliste finit par le découvrir. Les hommes du Barre-K transportèrent le cheval mort dans une remorque jusqu'à l'endroit où les coyotes se rassemblaient le plus souvent après avoir attaqué le poulailler, et ils empoisonnèrent la chair avec du cyanure. Plus tard, une pie emporta un morceau de cette viande dans la cour, où le chien préféré d'Oncle Claude, une femelle beagle, le mangea et mourut, tordue de convulsions. Ralph n'oublia jamais la fureur de son oncle quand Magdalene vint lui annoncer la nouvelle pendant le déjeuner. Il se leva et alla droit vers l'armoire à fusils puis il traversa la cuisine à grands pas.

— À mon avis il va aller dégommer une pie, dit Mondys. Ça peut se comprendre.

Tout le monde resta silencieux, à l'affût du tir.

Il n'y eut qu'un seul coup de feu de la carabine .22, mais Oncle Claude ne revint pas finir son déjeuner, et quelqu'un dit qu'il était sans doute allé enterrer le chien. Quand le repas fut terminé, Ralph sortit dans la cour et là, à côté de la laiterie, il vit neuf pies qui formaient un cercle autour d'une dixième, morte. Les pies jacassaient à l'unisson, et leurs voix rugueuses pareilles à celles des faucons venaient déchirer le silence de midi. Leurs plumes impeccables, noires comme le charbon et blanches comme la neige, leur donnaient l'allure de pleureuses professionnelles en habit de cérémonie. Ralph s'approcha, mais elles ne s'envolèrent pas ; au lieu de ça, deux d'entre elles se tournèrent vers lui et lui firent face en l'invectivant à grands cris perçants et en sautillant sur place, pleines de colère. Le tapage continua jusqu'à ce qu'un des hommes sorte de la maison et pénètre leur cercle en tapant du pied, puis attrape l'oiseau mort et le jette dans le ruisseau avec dégoût en criant aux autres :

— Fermez-la, espèces de vautours.

Elles quittèrent alors les lieux, mais pendant longtemps elles se tinrent en une rangée serrée sur la barrière, sans oublier de lancer de temps à autre une plainte rauque.

Ralph savait qu'Oncle Claude avait prévu de réparer la clôture ce jour-là. Après avoir laissé passer un temps raisonnable, il monta sur Studebaker et se dirigea en direction du pré le plus éloigné, derrière la grange. Il avait hésité au moment de se mettre en selle, en partie parce qu'il n'était jamais allé aussi loin à cheval tout seul auparavant, et aussi parce qu'il n'était pas certain de vouloir déranger Oncle Claude dans sa tristesse, exactement comme après l'enterrement de Grand'Pa. Mais il se dit que les circonstances étaient si semblables qu'ils pourraient peut-être trouver un terrain d'entente amicale, comme la fois précédente.

Il faisait chaud au soleil et il avait oublié de prendre son chapeau; l'éclat de la lumière sur la prairie l'éblouissait comme si elle se reflétait sur de l'étain. Une brume de chaleur violette cachait les sommets des montagnes vers lesquelles il se dirigeait. Il était stupéfait par le silence et par sa solitude et par le trot régulier de son cheval qui, ce jour-là, se comportait parfaitement bien et passa même la rivière à gué sans avoir besoin d'y être forcé, même si Ralph, pour un public invisible, lui donna des éperons et sentit les molettes dentées tourner doucement contre la chair coriace. Il n'eut peur qu'une seule fois, car il songea tout à coup qu'Oncle Claude avait peut-être fini la clôture dans la matinée et qu'il était maintenant allé réparer ailleurs; il se sentit bien embarrassé à l'idée ne pas pouvoir mener à bien sa mission; il aurait l'air d'un bel imbécile lorsqu'on lui demanderait pendant le dîner où il était allé et qu'il serait obligé de répondre: «Oh, je suis juste allé faire un tour à cheval», parce qu'ici personne ne faisait jamais rien sans avoir un objectif précis en tête.

Il monta la crête et là, de l'autre côté d'un grand champ de luzerne, il vit Falcon, le cheval de son oncle, qui broutait tranquillement près de la clôture. Falcon, un jeune palomino qui était le plus élégant de tout le ranch, était très convoité par tous les autres chevaux, mais c'était Studebaker qu'il avait choisi pour être son ami proche et en début de soirée, dès qu'ils étaient dessellés, ils trottinaient ensemble dans l'allée puis partaient à pleine vitesse sur la route pour disparaître dans les contreforts. Quand on les mettait à paître avec d'autres chevaux, ils se montraient froids et distants et, si l'un d'eux approchait trop près, Studebaker se cabrait et ruait.

Studebaker, en apercevant Falcon, hennit dans sa direction, ce qui envoya des vagues de vibrations dans tout son corps, puis, bien que Ralph ait tenu les rênes serrées, il se mit à courir à grandes enjambées, puis à pleine vitesse. Ralph fut saisi de la plus grande terreur qu'il ait jamais ressenti. Le vent chaud giflait ses joues et ses oreilles, et ses pieds arqués dans les étriers, comme ses genoux qui enserraient le cheval, lui faisaient si mal qu'il aurait pu hurler de douleur. Aveuglé par la vitesse et par le soleil, il n'arrivait pas à voir où était son oncle mais il vit Falcon, gigantesque, blond, sa crinière couleur crème ondulant dans le vent, qui arrivait au galop dans leur direction, en hennissant avec passion. Dans sa détresse soudaine, Ralph parcourut en vain du regard le champ et hurla le nom de son oncle. En un instant, depuis un endroit qu'il ne parvenait pas à identifier, son oncle cria « Falcon ! » et le palomino ralentit en poussant un dernier hennissement plein de déception. Mais Studebaker n'y prêta pas attention et continua à foncer. Alors Oncle Claude, surgi tout à coup de nulle part, arriva en courant à travers le champ, tête nue, en braillant des mots que Ralph ne comprenait pas, et, quand il se trouva à quinze mètres d'eux, Studebaker changea d'allure et se mit au galop, mais il fit un brusque écart pour éviter l'homme et, ce faisant, il se cabra, pas très haut mais abruptement et par surprise, si bien que les pieds de Ralph quittèrent les étriers, ses mains poisseuses de sueur lâchèrent les rênes et il alla s'écraser dans le trèfle doux et odorant, ses lunettes finissant leur course, intactes, à côté de son nez. Il ferma les yeux et écouta le bruit des sabots qui s'éloignaient et les hennissements déments de salutation et de réponse, et il écouta son oncle s'approcher de lui en courant :

— Espèce de petit abruti, est-ce que t'es blessé ?

Il ne savait pas s'il était blessé et il s'en fichait maintenant qu'il était en sécurité sur le sol, mais l'agacement dans la voix d'Oncle Claude lui fit mal. Oncle Claude s'agenouilla près de lui et Ralph ouvrit les yeux. Le visage anguleux et tanné par le soleil, quand Ralph le regarda, était d'abord si sévère qu'il se dit : « Maintenant il va me renvoyer à Covina. » Mais ensuite l'expression d'Oncle Claude changea et laissa place à ce sourire si rare, et il dit :

— Tu ferais mieux de vérifier que t'es pas blessé. Ce fichu canasson devient imprévisible quand il est pas loin de mon cheval.

Ralph s'assit avec précaution et remonta la jambe de son Levi's. Ses jambes étaient intactes, mis à part un gros bleu sur son genou gauche. Son coude était râpé et il avait une bosse sur la tempe gauche, mais c'étaient ses seules blessures. Il avait la tête qui tournait, malgré tout, et la prairie ondoyait comme un banc de poissons sous le plein soleil; puis il se rendit compte qu'il n'avait plus ses lunettes sur le nez et il les chercha à tâtons, comme s'il ne voyait plus rien.

Oncle Claude les trouva pour lui et les lui tendit en disant:

— Qu'est-ce qu'ils ont tes yeux pour que t'aies besoin de porter ces machins?

— Je sais pas. Je les porte depuis que j'ai eu la scarlatine. Et les saignements de nez viennent de là aussi.

— Tu vas devoir les porter toute ta vie?

Il y avait une intensité étrange dans sa voix. C'était la première fois qu'il posait une question vraiment personnelle à Ralph.

Celui-ci répondit:

— Je sais pas. Le Dr Haskell ne m'a jamais dit.

Lui et Molly s'étaient tellement habitués à leurs lunettes que ça ne les dérangeait même pas particulièrement quand les autres enfants les appelaient «Quatre Yeux»; de fait, il y avait des moments où ils trouvaient un certain plaisir à leur infirmité, qui les distinguait des autres et qui servait aussi d'excuse pour ne pas jouer au baseball ou à l'épervier, un jeu auquel, avant d'avoir la scarlatine, ils étaient tellement mauvais qu'ils étaient choisis en dernier dans les équipes.

— Eh bien, ça te va sacrément mieux quand tu les portes pas, dit Oncle Claude.

— Merci, répondit Ralph, même s'il se rendait compte que c'était ce que sa mère aurait appelé «un compliment à double tranchant».

— Mais pourquoi tu es venu jusqu'ici, au fait?

— Je suis venu pour voir si je pouvais t'aider à enterrer Juanita, dit-il.

— Eh bien, c'est gentil, dit Oncle Claude.

Et Ralph, perdant de nouveau confiance en lui, malgré le sourire, se dit qu'il employait le mot «gentil» de façon dédaigneuse.

— C'était pas bien difficile. C'était un petit chien.

— Ken Burkhardt a jeté la pie que tu as tuée dans le ruisseau.

— Ah oui? dit Oncle Claude.

Mais il avait l'esprit ailleurs; Ralph ne parvenait pas à garder son attention. Il se souvint d'un jour où lui et Grand'Pa étaient dans le champ de noyers un dimanche matin; pour une raison ou une autre, il n'avait pas été envoyé au catéchisme ce jour-là et il exultait de cette sensation de vacances, mais il n'arrivait pas à faire parler Grand'Pa. Il lui demanda une histoire, mais le vieil homme refusa, sans énervement mais plutôt d'un air distrait. Ralph s'était senti obligé de le forcer à parler et il s'était donc mis à poser des questions: est-ce que c'était vrai que si on avalait un pépin de citron un citronnier vous poussait dans l'estomac? Est-ce qu'il aimait les céréales Post Toasties? Est-ce qu'il avait déjà vu un bison en dehors d'un zoo? Est-ce qu'il ne trouvait pas que les singes ressemblent beaucoup à des personnes? Est-ce qu'il faisait beaucoup de rêves? Au début, Grand'Pa avait répondu de façon laconique, mais sans méchanceté, mais tout à coup il avait planté la férule de son shillelagh dans le sol en s'exclamant brusquement:

— Bon sang, mon garçon, tu vois donc pas que j'ai quelque chose qui me préoccupe?

Ce jour-là, il ressentait un désir identique, même s'il se souvenait de l'impression de chaleur et d'étourdissement qu'il avait ressentie après avoir été rabroué par Grand'Pa, et quand il vit son oncle allumer une cigarette et s'allonger de tout son long dans la luzerne en se couvrant les yeux d'un mouchoir, il demanda:

— Où est-ce que tu l'as enterrée?

— Par là-bas, dit Oncle Claude en montrant vaguement la direction de la rivière. Près de là où c'est pas profond.

— Oh! j'ai dû passer juste à côté.

Il y eut un silence. Studebaker et Falcon s'étaient calmés à présent et ils broutaient côte à côte au milieu de la prairie. Tout n'était pas vraiment silencieux; il y avait les bruits constants et sous-jacents du paysage, mais ils étaient si entremêlés que seul un son soudain, comme le chant fugace d'une sturnelle, vous faisait prendre conscience que tout, partout, bruissait et vrombissait. Et alors ce son isolé, que ce soit le chant d'un oiseau ou un clapotis dans la rivière, faisait l'effet d'une tache de peinture éclatante sur un tissu gris.

Ralph demanda:

— Est-ce que tu vas te prendre un nouveau chien?

— Bien sûr que je vais me prendre un nouveau chien. Elle va me manquer, cette petite chienne de chasse, mais je suis pas le genre de gars qui va pleurnicher au funérarium pour un chien.

— C'est quoi un funérarium, Oncle Claude?

— C'est l'endroit où les négros vont pleurer quand quelqu'un meurt.

Oncle Claude se mit à parler plus volontiers après ça. Il raconta à Ralph qu'il y avait des villages en Oklahoma où l'on ne trouvait que des Noirs et à l'entrée il y avait des panneaux qui disaient: «Homme blanc, sois sorti de ce village avant le coucher du soleil.» Il dit que Ralph pourrait venir avec lui à l'automne quand il irait faire la tournée des ranchs de Grand'Pa; ça lui ferait plaisir d'avoir de la compagnie.

— J'ai pas encore fini l'école, dit Ralph. Je suis pas sûr de continuer au-delà de la cinquième. Toi t'es allé jusqu'à quelle classe?

— La quatrième. Je serais pas allé si loin si ta mère avait pas été là. M. Kenyon lui répétait tout le temps qu'on peut pas faire une bourse en soie avec une oreille de truie mais elle le croyait pas. Je pense bien qu'elle le croit maintenant, avec la façon dont ce pasteur m'a humilié l'année dernière.

— Je vais te raconter un truc rigolo à propos de cette fois-là, Oncle Claude.

Et il raconta ce que Molly avait dit à M. Follansbee. Oncle Claude rit si fort que la boucle de son ceinturon montait et descendait sur son ventre comme un haricot sauteur.

— Oh, cette Molly ! s'exclama-t-il. C'est un sacré numéro.

— Tu l'aimes bien ? demanda Ralph.

— Évidemment que je l'aime bien. Parfois elle est un peu trop compliquée pour moi mais elle est drôle comme un croque-mort. Parfois je crois qu'elle le fait pas exprès.

Il se redressa et rit encore, puis ajouta :

— Allez, viens m'aider à réparer cette longueur de clôture. Dès que j'ai fini d'un côté, elle craque de l'autre. J'arrive pas à y croire.

Tout l'après-midi, Ralph travailla comme un adulte, en tenant les poteaux en place pendant qu'Oncle Claude clouait le fil barbelé. Il était heureux au début, mais petit à petit la chaleur commença à l'agacer ; l'odeur de la luzerne devint écœurante ; une douzaine de fois, il demanda à son oncle quelle heure il était. Il était démoralisé à l'idée de devoir de nouveau monter ce tocard de Studebaker. Oncle Claude avait dit, pendant qu'ils travaillaient sur le premier poteau :

— Faire une chute comme ça, c'est pas si grave, mais la première fois que ça t'arrive ça te trotte pas mal dans la tête.

Ralph avait répondu :

— Oh, mais j'ai pas eu peur !

Il aurait voulu que le temps passe plus vite pour pouvoir se retrouver de nouveau en sécurité à la maison, mais quand il pensait au moment où il faudrait se remettre en selle, il tremblait de tous ses membres et espérait que le soleil ne se coucherait jamais.

Pourtant, quand ce moment arriva, il n'avait plus peur. Claude mit un bon moment à attraper Falcon, qui s'était mis en tête de courir en cercle comme un cheval de cirque, mais il finit par être plus malin que lui et le ramena à l'endroit où se trouvait Studebaker, qui pour une fois ne prêtait pas attention à son ami. Les chevaux se comportaient presque comme deux personnes qui se faisaient momentanément la tête. Ralph monta en selle et il se rendit compte intuitivement qu'il contrôlait parfaitement son cheval. Il donna un coup d'éperons au moment de franchir la rivière, et Studebaker bondit en avant en sentant la piqûre, puis, après avoir traversé le cours d'eau, il reprit une allure régulière. Oncle Claude lui montra l'endroit où il avait enterré Juanita et dit :

— Je sais pas pourquoi j'ai gaspillé une balle pour tuer cette pie. C'est pas une pie morte qui va me ramener mon chien.

Il dit qu'un jour il emmènerait Ralph en amont de la rivière, au crépuscule, pour voir s'ils pourraient attraper le castor qui avait bâti le barrage sur le bras ouest qui se séparait de la rivière en faisant un angle droit. Il continua alors à parler d'excursions de chasse qu'il avait faites et d'excursions de chasse qu'il avait envie de faire. Cette année, il allait manquer son expédition jusqu'à la montagne des Oreilles d'Ours parce qu'il allait devoir faire la tournée des ranchs. Sur cette montagne, il chassait le wapiti et le daim, et c'était là-bas qu'il avait tiré le mouflon dont la tête ornait la salle à manger.

Il y avait deux choses qu'il n'avait jamais vues : des ours et des pumas. C'est sûr que ce n'étaient pas des bêtes qu'on aurait envie de manger, mais ça lui ferait quand même plaisir d'en voir. Il y avait quinze ans de ça, avant qu'Oncle Claude n'arrive ici, il y avait eu un tas de pumas dans ces montagnes, mais ils semblaient avoir tous disparu à présent. En tout cas, il ne connaissait personne qui en ait déjà vu.

— À quoi ils ressemblent ? demanda Ralph.

— Comment je pourrais le savoir ? Je viens juste de te raconter que j'en ai jamais vu.

— Eh bien, j'aimerais bien en voir un.

Il aurait aimé être en train de marcher tout seul dans la montagne un jour et tomber tout à coup sur la tanière d'un puma. Il abattrait la mère et les petits puis il ferait venir Oncle Claude pour les lui montrer. Il pouvait parfaitement imaginer Oncle Claude dire, le souffle coupé : « Eh bien, j'en crois pas mes yeux. »

Chapitre 5

Un après-midi d'hiver, quand Ralph avait quatorze ans, les Follansbee étaient venus leur rendre visite et lui et Molly se tenaient assis sur la banquette de la fenêtre en saillie, vêtus de leurs habits du dimanche et de leur solennité du dimanche. En regardant le portrait de son Grand-Père Bonney, Ralph lisait sur son visage de la vacuité et de l'orgueil; il voyait les mains potelées et les trouvait indolentes et inutiles et il était sûr que, dans une poignée de main, elles auraient paru molles. Il comprenait maintenant pourquoi Grand'Pa Kenyon, quand il avait utilisé le mot «marchand», l'avait prononcé comme si c'était une malédiction. Il décida qu'il y avait deux catégories de gens dans le monde. Il appelait les premiers les «hommes Kenyon», et en faisaient partie ceux qui, comme Oncle Claude, connaissaient les habitudes des animaux et se soumettaient à l'autorité des saisons et qui, en vieillissant, ne devenaient ni gros et chauves comme Grand-Père Bonney, ni osseux et dépenaillés comme M. Follansbee. Il appelait l'autre catégorie les «marchands Bonney», et celle-ci comprenait toutes les personnes qu'il avait connues dans sa vie, à l'exception des gens du Barre-K, de Grand'Pa, et de Molly. La distinction fondamentale entre les deux groupes était, d'après lui, leur attitude envers les chevaux et, réciproquement, celle des chevaux envers eux.

Cela faisait quatre ans à présent que Ralph et Molly partageaient leur année entre les hommes et les marchands. Leur vie ressemblait à celle des enfants de parents divorcés qui passent une saison tous les ans chez leur père et la plus grande partie de l'année chez leur mère, et qui se sentent ainsi coupés en deux et se rendent parfois compte que leurs souvenirs se mélangent, au point qu'ils ne savent pas avec certitude quels livres ils ont lus, quelles idées ils ont acquises, quels sons et quelles formes ils ont perçus dans leurs deux foyers différents. Leur propre relation, de la même manière, était double. Au ranch, ils s'ignoraient quasiment tout le temps mais à Covina, seuls avec leur mère maintenant que Leah et Rachel étaient en pensionnat, ils étaient toujours des amis très proches.

Ils avaient commencé à s'éloigner l'un de l'autre au ranch un jour de la fin du mois d'août, lors de leur tout premier été chez Oncle Claude, un jour au cours duquel toute l'existence de Ralph avait changé. Oncle Claude les avait emmenés, lui et Molly et Winifred, au sommet du glacier le plus proche. Ils progressèrent à cheval aussi loin qu'ils le purent, un peu en dessous de la limite des arbres, puis ils entravèrent les chevaux près d'une mine abandonnée et firent le reste du chemin en escaladant. Le terre-neuve d'Oncle Claude, Walter, faisait le pitre et se jetait dans toutes les flaques qu'ils croisaient, puis en émergeait en s'ébrouant et en toussant, tout tremblotant. Claude et Winifred étaient des alpinistes accomplis et résistants et ils firent toute l'ascension ensemble, sans faire de pause, en laissant Ralph et Molly loin derrière eux. Quand les enfants parvinrent enfin au sommet, épuisés, transis de froids, affamés et excédés, ils se mirent presque à pleurer en voyant que les autres ne les avaient pas attendus à cet endroit mais étaient allés encore plus loin et avaient escaladé un amas de rochers à proximité. Ils étaient assis sur le plus haut d'entre eux, côte à côte, et ils se mirent à rire en les voyant en bas et leur firent des signes, se tournant l'un vers l'autre pour se dire quelque chose que les enfants ne purent pas entendre. Ralph était trop abattu et trop fatigué pour trouver le moindre intérêt à la vaste coulée de glace dont il avait rêvé pendant des semaines, ni à la neige couleur fraise à la tête du glacier. Brûlant de rancœur à cause de la façon dont Claude les avait abandonnés, il regarda autour de lui d'un air dégagé, puis il rejoignit Molly. Elle avait commencé à cueillir des orchidées jaunes aux feuilles cireuses, qui poussaient là à profusion, car ils avaient promis d'en rapporter un bouquet à Mme Brotherman. En réalité, il était moins en colère que déconcerté, car il ne comprenait pas pour quelle raison Oncle Claude pouvait préférer la compagnie d'une fille à la sienne, pas plus qu'il ne comprenait comment Winifred pouvait rester avec un adulte plutôt qu'avec un enfant. Tout à coup, il se rendit compte avec stupéfaction que Winifred n'était vraiment plus une enfant mais qu'elle avait le même âge que Leah. Tandis qu'il en prenait conscience, il eut encore plus froid et se sentit encore plus fatigué qu'auparavant et il se serait allongé au milieu des fleurs si cela n'avait pas ressemblé à un signe de faiblesse aux yeux de ceux qui étaient assis sur le rocher. Il regarda avec aversion sa sœur chétive qui, assise sur les talons, cueillait des fleurs tout autour d'elle, et quand elle leva le regard vers lui, ses grands yeux humbles lui caressant le visage d'un amour plein de solitude, il eut envie de crier de désespoir, car cet amour était vraiment le seul qu'il eût, et il n'y voyait qu'un fardeau et une affliction. Elle tenait un journal dans lequel elle notait tout ce qu'il disait et tout ce qu'il faisait et elle insistait pour lui lire chaque page le soir avant de se coucher. Au début, il avait été flatté, mais maintenant il ne ressentait que de l'embarras. Elle était particulièrement expansive sur le sujet de son habileté au tir, un domaine où, en vérité, il n'excellait pas vraiment. Molly refusait d'apprendre à tirer et elle n'aimait pas toucher les fusils, même s'ils n'étaient pas chargés, car leur mère les avait souvent avertis que c'étaient toujours les fusils qui n'étaient pas chargés qui faisaient feu. Mais elle décrivait en détail comment Ralph maniait sa carabine .22, sous la tutelle de Winifred, comme s'il était un champion. Son premier gibier fut seulement un rat à queue touffue corpulent qui était entré dans la réserve à pommes de terre creusée dans le flanc de la colline, mais par la suite il tira deux lièvres et un tétras. Molly écrivit dans son journal qu'il avait tué trois hyènes tachetées des montagnes Rocheuses.

En général, elle le laissait assez tranquille, mais elle collait souvent Winifred, pour qui elle avait un faible. Cependant, il avait toujours conscience de sa présence et il était toujours tourmenté par le soupçon qu'elle se sentait laissée de côté. La moitié du temps, pourtant, c'était lui qui était laissé de côté, comme à ce moment-là où Winifred avait volé Oncle Claude.

Plus tard, quand ils eurent mangé leur repas composé de sandwichs au saumon et de barres chocolatées Baby Ruth, Oncle Claude proposa à Ralph de le laisser regarder dans ses jumelles pour voir s'il arriverait à apercevoir des voitures passer le col de Cuthbert, et quand celui-ci enleva ses lunettes, Oncle Claude dit :

— Pourquoi tu les enlèves pas pour de bon, ces machins ?

Et Ralph fit ce qu'il suggérait. Il commença par ne pas les porter pendant une heure, puis pendant deux heures, puis pendant des journées entières sauf quand il partait s'entraîner au tir. Au départ, cela lui provoqua des maux de tête horribles, et ces maux de tête à leur tour finirent par le faire vomir, puis se tordre lamentablement sur la banquette dans le séjour de Mme Brotherman, un linge mouillé sur le front. Mais il tint bon, et au bout de quelques semaines ses maux de tête devinrent irréguliers et il fut capable de voir presque aussi bien qu'avec ses lunettes. Molly essaya de faire la même chose, mais en vain : sa vue était bien plus mauvaise que celle de Ralph et, sans ses lunettes, elle était aussi aveugle qu'une taupe. Après cela, plus rien ne fut pareil. Par exemple, Oncle Claude l'emmena un jour près d'un bras de rivière qui avait été gonflé par les pluies et où une vache était en train de mettre bas, et au moment où il vit apparaître l'horrible petit sabot, il ressentit une jubilation douloureuse et il essaya de se souvenir de ce que Maisol et Maisako avaient dit ce jour-là près des pastèques. Il n'était pas gêné du tout, seulement rempli d'émerveillement étonné devant le veau humide et désorienté qui venait enfin de naître et qui se tenait tout de suite debout, alors qu'il était si petit et faible qu'il chancelait piteusement sous la grosse langue rose de sa mère. Mais quand il raconta la scène à Molly, elle se boucha les oreilles avec les doigts et lui hurla dessus :

— Menteur ! T'es qu'un menteur ! Un horrible menteur !

Et elle se mit à saigner du nez.

Oncle Claude le laissait toujours aider à découper les bêtes quand il le faisait lui-même. Il tuait le bœuf d'un coup de feu dans le crâne puis jetait son pistolet au sol et se précipitait pour trancher la gorge de la créature. Il s'écartait ensuite pendant que le sang sortait à gros bouillons et attendait que les réflexes cessent et que les pattes délicates arrêtent de s'agiter. La plus grande partie de ce travail était répugnante, mais il y avait une chose qu'il aimait bien, c'était l'écorchage de la carcasse après qu'on l'eut suspendue. La peau serrée et tendue se détachait comme une coquille d'œuf sous son couteau affûté et il était toujours surpris qu'il n'y ait pas de sang du tout et qu'une fois la peau retirée on ne voie rien d'autre qu'une seconde peau de graisse blanche. On aurait dit une personne en sous-vêtements d'hiver. Il détournait la tête quand Oncle Claude commençait à vider l'animal, car les entrailles bleues étaient chaudes et fumaient dans l'air et, quand elles glissaient hors de la carcasse, elles puaient comme des latrines. Parfois, par accident, le couteau plongeait dans l'estomac et alors de l'herbe verte en sortait en faisant des renflements fétides et gluants comme la matière qui se forme autour des tiges de zinnias quand on les laisse trop longtemps dans l'eau. Ralph emportait la langue et le foie dans un seau jusqu'à la cuisine et la vieille Noire assoiffée de sang les couvait du regard avec la même avidité qu'un oiseau charognard.

Cela faisait maintenant quatre étés que Ralph était le compagnon permanent de son oncle. De temps à autre, ils allaient en ville en début de soirée pour rendre visite à l'un des amis d'Oncle Claude.

Ils s'asseyaient autour de la table de la cuisine pour boire du thé glacé ou parfois de l'alcool fait maison ; Ralph prenait un Coca-Cola ou un Orange Crush qu'Oncle Claude achetait au drugstore sur le chemin. Ils parlaient de meurtres, de chasse, de chevaux, de citadins de passage. Certains soirs, cependant, Oncle Claude allait en ville tout seul, sans dire à personne ce qu'il allait faire, et au fond de lui, en secret, Ralph soupçonnait qu'il allait dans une rue bien précise dont il ne s'autorisait pas à imaginer la nature exacte. C'était une rue qui ne comportait qu'un pâté de maisons et de chaque côté se trouvaient de petites bicoques blanches d'une pièce chacune ; au bout de la rue, il y avait une maison plus grande en briques rouges où vivait une femme nommée Marie-Bibine qui une fois avait interpellé Ralph tandis qu'il se hâtait à la tombée du jour pour retrouver Oncle Claude au bureau de poste, et lui avait demandé d'aller pour elle au drugstore et de lui prendre un paquet de Lucky et un Coca à l'ammoniaque. Il n'avait même pas refusé ; il était parti en courant, le cœur battant la chamade. Souvent, pendant ces nuits où Oncle Claude disparaissait mystérieusement, Ralph pensait que lui aussi, avant d'assister à la naissance du veau, avait été comme Molly et avait férocement refusé de savoir quoi que ce soit à propos de ces choses-là, mais maintenant, même s'il savait que c'était mal, cela lui procurait parfois une sensation de chaleur, comme un chocolat chaud par une nuit froide.

Winifred ne l'aimait pas beaucoup et il ne savait pas pourquoi. La toute première année, il avait essayé de l'amadouer en lui faisant des compliments, en lui racontant des blagues, en lui apprenant des nœuds de scouts, mais elle était toujours distante avec lui. Et puis un jour ils s'étaient vraiment disputés. Ils étaient partis chasser et il avait tué un chien de prairie mais elle n'avait rien touché. Ils s'assirent pour se reposer sur une butte près de la rivière et Ralph, sans réfléchir, lui demanda si elle avait déjà entendu l'histoire de la fois où Grand'Pa Kenyon avait tué un homme. Comme il était très possessif vis-à-vis de Grand'Pa, il avait supposé qu'il était tout à fait impossible qu'elle soit déjà au courant ; sa question était toute rhétorique et il s'attendait à ce qu'elle soit stupéfaite et impatiente d'en savoir plus. Il oublia même pendant un instant que Molly aussi était au courant, ainsi que Leah et Rachel et les Follansbee ; il avait l'impression d'offrir à Winifred un cadeau précieux et tout neuf, si bien qu'il fut complètement pris de court quand elle répondit qu'elle avait déjà entendu cette histoire alors que Ralph « suçait encore son pouce ». Elle lui parla avec tant de férocité qu'il rougit profondément. Molly se tourna vers Winifred, folle de rage.

— C'était pas ton grand-père ! C'était le nôtre !

Winifred sauta sur ses pieds, les yeux brillant de colère, et répondit :

— C'était autant mon grand-père que le vôtre. Il n'était même pas de votre famille, sales petits snobs !

En se remémorant tout cela à présent, tandis qu'il regardait le portrait, il se demanda s'il n'y avait pas une opération qui permettrait de se purger du sang Bonney qu'il y avait en soi. On pourrait ensuite recevoir une transfusion d'Oncle Claude. Le terrible danger pour lui était de devenir gros comme sa mère ; c'était horrible qu'elle l'ait nommé comme Grand-Père Bonney et qu'elle répète à tout bout de champ qu'elle voulait qu'il soit exactement comme lui en grandissant. Parfois il la haïssait vraiment, tout comme il avait des moments de haine intense envers M. Follansbee quand, pendant le sermon, il savait qu'il ne croyait pas en Dieu. Tout particulièrement, il haïssait sa mère lorsqu'il lui faisait de la peine et qu'elle se mettait à pleurer. Les larmes ne l'émouvaient pas, et il ne se sentait pas touché quand elle pleurnichait qu'il était tout ce qui lui restait au monde, mais il ne supportait pas le spectacle qu'elle offrait : son joli visage semblait déformé par un œdème rougeâtre et elle faisait des bruits de tuyauterie comme un chaton qui chouine. Elle appartenait à la catégorie des marchands Bonney, jusqu'au bout des ongles.

Ralph manipulait avec délicatesse les symboles qui peuplaient son existence, comme par superstition. À proximité du portrait de Grand-Père Bonney et de son urne, il marchait précautionneusement afin de ne pas réveiller son fantôme et quand, le jour anniversaire de la mort de Grand'Pa Kenyon, il alla avec sa sœur et sa mère mettre des fleurs sur sa tombe, il concentra son attention sur les genévriers impersonnels qui serraient les pentes du petit monticule et il refusa de convoquer le souvenir de l'homme vivant, tout comme celui du cadavre dans le salon. Car il croyait que s'il veillait à ne pas préférer (même dans ses pensées les plus secrètes) l'un des deux hommes morts à l'autre, alors Grand-Père Bonney ne se traînerait pas jusqu'à lui pour hanter et décolorer les journées qu'il passait chez Oncle Claude, où toute son existence était une trahison de sa mère. Elle savait, bien sûr, qu'il montait à cheval et qu'il utilisait des armes à feu et qu'il côtoyait des machines dangereuses, et cela la faisait pleurer considérablement et la même scène déplorable se rejouait toujours à Denver quand elle les déposait dans le train pour le Barre-K. Mais, en secret, elle était ravie de se débarrasser de ces deux enfants imprévisibles pendant l'été et de pouvoir savourer le tempérament joyeux et le visage adorable de ses deux aînées.

Ce jour-là, dans la lumière moite de la fin de journée, Ralph semblait incapable d'échapper à l'homme du portrait et il fut pris d'une terrible sensation d'écœurement physique. Il ferma momentanément les yeux et laissa les voix pénétrer lentement son esprit. Sa mère était en train de parler de lui et disait :

— Vous savez, monsieur Follansbee, la seule déception qu'a connue mon père dans sa vie fut de ne pas avoir étudié le droit à Harvard. Mon vœu le plus cher est que Ralph puisse le faire.

M. Follansbee, qui avait des « problèmes de digestion », fit un petit rot et s'en excusa machinalement. Il répondit :

— Voilà un excellent projet, Rose. Et toi, fiston, qu'en penses-tu de ton côté ?

Il n'attendait pas de réponse ; c'était un orateur et il ne cherchait aucunement à avoir une vraie conversation. Il fit un discours comme s'il était en chaire, en le parsemant d'expressions latines sans s'inquiéter de l'endroit où elles tombaient, et en faisant référence à des sujets tout à fait secondaires, comme un ami à lui nommé Dr Lucius Kennedy qui vivait à Somerville, une conversation fort bienvenue qu'il avait eue avec un certain M. James Brooks sur un banc dans le Boston Common, et un avocat de Pasadena très renommé dont on avait découvert récemment qu'il possédait un alambic à proximité de Carson City. Il conclut, en s'adressant directement à Ralph, qu'il serait un fils bien ingrat s'il n'accordait pas à sa mère son vœu le plus cher. Il désigna du doigt le portrait et dit :

— C'est lui qu'il faut imiter, mon garçon. Car il était un homme parmi les hommes, un homme dont la devise tenait en un seul mot : Honnêteté.

Depuis la scène qui avait eu lieu dans cette même pièce le jour des obsèques de Grand'Pa, M. Follansbee, plein de rancune, n'avait cessé de chercher des moyens de les irriter, lui et Molly. Il faisait référence de façon indirecte aux « contes du Far-West », à Paul Bunyan et au baron de Münchhausen[30] et il pinçait la joue cireuse de Molly en disant :

— Coucou, coucou, ma petite fée. Fais attention de ne pas t'envoler.

Il parlait à présent du sang valeureux qui coulait dans les veines de Ralph (comme s'il avait lu dans son esprit !) et il poursuivit en parlant de l'amour qui lie un fils à sa mère. La gêne de Ralph – le pasteur gardait les yeux impitoyablement rivés sur lui – le rendait si fébrile et agité qu'il ne pouvait pas garder ses pieds et ses mains en place, si bien

30 — Personnages connus pour leurs aventures extraordinaires et invraisemblables.

qu'il leur faisait faire une contredanse ridicule. Il tenta en vain de se représenter Oncle Claude, mais la seule chose qu'il voyait dans son esprit était sa mère, penchée sur lui avec inquiétude tandis qu'il restait allongé, frappé par la scarlatine, et le haut de son chemisier gris en soie qui s'ouvrait et laissait voir sa poitrine. Puis, à une seule reprise, son image fut remplacée par celle de Grand-Père Bonney, Tennyson et le président Cleveland, qui marchaient d'un pas lourd, bras dessus bras dessous, en direction du banc de sable.

Quand M. Follansbee se fut arrêté, Mme Fawcett dit :

— Je sais que beaucoup de choses pourraient arriver durant les années qui le séparent de son entrée à l'université, mais je crois que cela n'a jamais fait de mal à personne de voir les choses avec un certain recul. D'ailleurs, ce n'est dans guère plus de deux ans. Quand le moment sera venu, je vendrai cette maison et nous irons habiter à l'Est.

— Pas moi, dit Molly.

Mme Fawcett sourit.

— Molly ne veut jamais faire comme les autres.

— Une individualiste farouche, dit M. Follansbee avec un petit rire. Eh bien, Molly, que veux-tu faire dans ce cas ?

Ralph savait qu'elle était à deux doigts de lui tirer la langue.

— Je veux rester ici avec Grand'Pa.

Ce fut un choc pour tout le monde. Cette enfant était d'une profondeur insondable et parfois Mme Fawcett en avait véritablement peur. Pour une raison étrange, le temps ne faisait rien à l'affaire et ne l'aidait pas à développer les mêmes préoccupations et émotions que les autres enfants. Ralph, par exemple, même s'il était exceptionnellement sensible et, sur certains points, excentrique, avait des centres d'intérêt normaux. Même si elle aurait préféré que l'objet de son admiration fût quelqu'un d'un peu plus cultivé et raffiné que Claude Kenyon, Mme Fawcett reconnaissait sans peine qu'il était bénéfique pour lui d'être en compagnie d'un homme adulte, et par ailleurs il commençait à ressembler à… eh bien, pour le dire franchement, à un être humain. Mais la pauvre Molly, bien qu'elle eût grandi soudainement et qu'elle fût plus grande que toutes ses camarades, avait toujours le même visage que quand elle avait huit ans. Et ces choses qu'elle pouvait parfois dire !

Mme Fawcett répondit d'une voix peu assurée :

— Molly, ma chérie, il ne faut pas dire des choses qui nous rendent tristes.

Molly la dévisagea et sa lèvre se retroussa. Mme Follansbee vint à leur secours en demandant de sa voix de femme d'intérieur quelle sorte de maison Mme Fawcett voudrait acheter dans l'Est. Celle-ci répondit qu'elle s'installerait quelque part dans le Connecticut, près de Tante Rowena, et que pendant l'hiver elle louerait une maison à Cambridge pour que Ralph n'ait pas à vivre la vie instable des dortoirs d'étudiants. Il était prévu, soit dit en passant, que Molly irait en pensionnat près de Boston puis entrerait soit à Radcliffe, soit à Wellesley[31]. Mme Fawcett dit :

— J'aimerais bien qu'une de mes filles, au moins, sorte diplômée de l'université, et les deux autres ne me laissent guère d'espoir – dans leurs lettres elles ne me parlent que de soupirants.

C'était l'heure du thé et Mme Fawcett se leva pour approcher la table roulante depuis la salle à manger. En passant devant son fils, elle se baissa et l'embrassa sur le dessus de la tête et, de sa petite main au parfum doux, lui caressa la joue. Et ensuite, comme par acquit de conscience, elle passa les doigts dans les cheveux de Molly. Le pasteur et son épouse sourirent avec bienveillance en regardant la scène, échangèrent le regard chagrin de ceux qui n'ont pas eu d'enfants, et l'homme rota, et la femme soupira. Pendant les quelques minutes où Mme Fawcett s'absenta, les Follansbee abandonnèrent leur ton pieux et passe-partout et demandèrent à Ralph et Molly d'un air indifférent et condescendant – Mme Follansbee s'adressant à eux en parlant très fort – s'ils n'étaient pas impatients d'aller à l'université.

Molly répondit :

— On n'ira pas à l'université, ni lui ni moi, et c'est quelque chose qu'on a décidé depuis avant votre naissance.

M. Follansbee fit claquer sa langue avec amusement.

— Et qu'est-ce que vous allez donc faire, mes chers petits Mathusalem ?

— On va se marier et rester exactement où on est, avec Grand'Pa, répondit-elle.

Puis elle se tourna vers son frère et dit :

— Pas vrai ?

Elle ne le croyait jamais quand il lui expliquait que le mariage n'était pas ce qu'elle croyait. Pendant leur premier été au ranch, elle avait voulu épouser Studebaker et, longtemps auparavant, elle avait dit à tout le monde à l'école qu'elle était fiancée à Schöneshund. Les Follansbee la regardèrent avec horreur et Ralph lui glissa à l'oreille :

— Ne dis pas un mot de plus. Je t'expliquerai plus tard.

Il y avait toujours une longue pause embarrassante quand l'eau était portée à ébullition sur le brûleur à alcool, et personne ne semblait

31 — Prestigieuses universités privées pour femmes.

pouvoir trouver quelque chose à dire. Ce jour-là, comme toujours, il y eut un silence chargé d'anticipation, et l'estomac de M. Follansbee fit un bruit qui ressemblait à une voix acariâtre. L'écœurement submergea Ralph. S'ils pouvaient seulement débarrasser le plancher, avec leurs horribles corps de Bonney!

Il but une gorgée de thé et dit:

— Le lait a tourné, Maman. Il est aigre.

— C'est impossible, répondit-elle. Je l'ai versé moi-même dans la cruche. M. Vogelman l'a apporté ce matin.

Il but de nouveau et répéta:

— Je te dis qu'il est aigre.

De la salive aigre remonta à l'arrière de ses dents et jusque dans sa bouche et il déglutit aussi fort qu'il le put. Il tenta de penser à autre chose mais le lait et son odeur occupaient tout son esprit. En tremblant comme un vieil homme, il remit sa tasse sur le chariot à thé et demanda:

— Est-ce que je peux me retirer? Je ne me sens pas bien.

— Je te dis que le lait est frais, insista sa mère. Assieds-toi, mon fils. C'est très impoli de se comporter ainsi.

— Mon frère ne va pas tarder à vomir, dit Molly d'un air morne, comme pour énoncer une évidence.

Il se mit les deux mains sur la bouche et partit en courant vers la porte. La bile qu'il avait régurgitée forma de petites flaques mousseuses sur le tapis et dans tout l'escalier, jusqu'aux toilettes. Quand il eut terminé, il alla dans sa chambre et se coucha sur son lit, les yeux grand ouverts, et regarda le ciel vert s'assombrir et les nuages roses se scinder, dessiner de nouvelles formes, puis disparaître hors de sa vue. Il ne savait pas ce qui avait pu l'engourdir de cette manière et il savait que le lait n'avait pas tourné. Mais il lui semblait être devenu impotent, comme quand on lui avait enlevé les amygdales et qu'on avait placé sur son nez le masque d'éther. Il n'avait jamais oublié l'odeur bleue et épicée; à présent, six ans plus tard, il pouvait se la remémorer avec précision, et il eut de nouveau un haut-le-cœur.

Il ne trouvait aucun plaisir à songer au Barre-K. L'été suivant, il s'approcherait encore un peu plus de la fin de ces étés, un peu plus encore de la Nouvelle-Angleterre, une image abstraite et vaporeuse qu'il ne pouvait pas davantage se représenter que les contrées du sommeil. Il savait que sa mère ne le laisserait plus revenir au ranch, une fois qu'elle serait installée dans le Connecticut. Il ne supportait pas l'idée de ne plus jamais revoir Oncle Claude et le ranch lui-même et les montagnes que lui et Molly aimaient comme s'ils les possédaient. Parfois, il allait nager nu dans un trou d'eau froide, couleur d'ambre, de la rivière Caribou, derrière la grange. (Comme cela semblait loin, ce jour où lui et Molly avaient été horrifiés d'entendre Winifred dire qu'elle irait à l'eau sans mettre de maillot!) Seul dans cette nature sauvage qui bruissait et vrombissait, il faisait semblant d'être un Indien. Plus tard, en revenant vers la maison, il s'arrêtait sur l'arête à l'ouest de la grange et, balayant du regard les bâtiments et les prés, il imaginait qu'il était l'associé d'Oncle Claude; il se voyait dans la voiture de queue d'un train en partance pour le Mexique, avec devant lui des wagons entiers remplis de bétail, il imaginait leurs discussions dans le bureau pour décider ce qu'il fallait acheter et ce qu'il fallait vendre. Le temps passant, comme il grandissait et gagnait en carrure, les gens le prenaient pour le frère de Kenyon, le plus jeune fils de Grand'Pa. Souvent, il partait grimper avec Molly et Winifred. Ils s'aventuraient à la recherche de barrages de castors et se remplissaient les poches, sans raison aucune, des éclats de bois qui jonchaient le sol autour des arbres abattus par les animaux. Ils dénichaient des pignons de pin à la saveur douce, qui leur couvraient les mains d'une résine à l'odeur de médicament. Winifred leur avait appris à escalader sans perdre leur souffle et à monter dans les cheminées que formaient les rochers rouges et pointus comme des flèches de cathédrale, une main sur chaque paroi, les semelles en caoutchouc de leurs chaussures couinant sous la pression contre les prises précaires. À chaque fois qu'ils allaient dans la montagne, une chose hors du commun se produisait: ils tombaient sur le cheval sellé d'un ranger, en train de brouter dans un champ d'ancolies, ou sur un vieil homme qui cherchait de l'or dans un cours d'eau. Un jour, ils avaient trouvé une bouteille de whisky vide, entièrement recouverte d'aiguilles de pin, dans un endroit si reculé qu'ils n'arrivaient pas à imaginer quelle sorte de personne avait pu la déposer là. Depuis une falaise qu'ils aimaient particulièrement, ils observaient la vallée en contrebas et ils pouvaient voir le campement prétentieux des citadins à l'ouest de chez Oncle Claude, installé dans une étendue désolée de chênes nains et d'armoise. Un train de bétail, crachant un nuage de fumée blanche aux contours bien dessinés, s'enfonçait dans les rives rouges comme une taupe, disparaissait, et lançait un adieu ténu et mécontent. Il y avait toujours la possibilité de voir un puma; cela n'était jamais arrivé, mais ils avaient souvent vu des aigles.

On lui arracherait le souffle même de la vie si on le privait de tout cela! Ces derniers temps, il s'était senti envahi par des colères sauvages de toutes sortes et par une inquiétude qu'il ne pouvait nommer mais qui le taraudait sans cesse, si bien qu'il n'arrivait pas à rester concentré sur ce qu'il lisait et que parfois il n'arrivait même pas à suivre un film. Il ressentait par moments de la répugnance pour la partie charnelle de son être et les changements qui y avaient lieu : quand sa voix mua, il crut qu'il allait mourir de honte, et quand Molly se moquait de lui, il en ressentait une humiliation abjecte. Il prenait de la carrure, à présent ; il n'était plus aussi pâle et ses yeux, au regard assez franc, s'étaient éclaircis. Il aurait pris plaisir à sa nouvelle apparence s'il n'y avait pas eu Molly, avec son visage plein de laideur et sa silhouette dégingandée et cette démarche voûtée, les épaules arrondies, qu'elle avait adoptée et à cause de laquelle ses ennemies l'appelaient « le crabe ». Quelque chose clochait chez elle, et même s'il l'aimait toujours, il se disait de plus en plus fréquemment qu'il aurait préféré qu'elle n'existe pas.

Le ciel s'obscurcit brusquement et quelques minutes plus tard il se mit à pleuvoir. Le bruit calme de la pluie sur les baies turquoise sous sa fenêtre l'apaisait. Il se tenait allongé, immobile comme une pierre. Il pensa : quelque chose tourmentait Grand'Pa Kenyon ce jour-là – peut-être savait-il qu'il allait mourir – et c'est pour ça qu'il avait tapoté d'un air absent la branche du buisson avec son shillelagh. C'est bien le genre de chose dépourvue de sens que l'on fait quand quelque chose nous préoccupe grandement.

Dès que Ralph quitta la pièce, Molly reposa sa tasse sur le chariot à thé et dit :

— Si vous voulez bien m'excuser, voici venu l'intermède au milieu des occupations de la journée qu'on appelle l'heure des enfants.

Mme Fawcett secoua la tête et soupira :

— C'est bien simple, elle n'est jamais heureuse si Ralph n'est pas avec elle. S'il dort, ne le réveille pas.

M. et Mme Follansbee dirent : « Au revoir, Molly », et Molly répondit : « À plus », et elle dut donc revenir sur ses pas et faire une révérence et répondre convenablement. Elle enjamba soigneusement les taches de régurgitation de Ralph que les grandes personnes avaient choisi d'ignorer. Ce n'était que de la salive et elle était déjà en train d'imprégner le tapis.

Elle n'avait aucunement l'intention d'aller dans la chambre de Ralph. Il était parfaitement clair qu'il ne l'épouserait pas et elle soupçonnait qu'il allait épouser Oncle Claude. Elle suivit le couloir jusqu'à la cuisine. Fuschia ne préparait pas le dîner le dimanche soir mais elle laissait une marmite de soupe à mijoter à l'arrière du poêle. C'était tout ce qu'ils mangeaient, hormis des toasts de pain grillé avec du beurre de cacahuète et une pastille au chocolat chacun. La page des bandes dessinées du journal était posée sur le réfrigérateur et elle lut *Comme chez nous*. L'épisode du jour était très drôle. Un père et ses deux enfants nettoyaient leur jardin et ils finissaient couverts de terre. Ils devaient passer devant la porte du salon pour monter à l'étage se laver mais la mère avait des invitées. Alors ils prenaient un drap sur la corde à linge et le père leur disait qu'ils allaient tous se mettre dessous et que les invitées auraient juste l'impression de voir un éclair blanc passer devant la porte. Mais cela ne marchait pas du tout parce qu'ils perdaient leur chemin et entraient dans le salon au lieu de passer devant. Elle rit pendant un moment puis, en se regardant dans le miroir au-dessus de l'évier, elle dit, en ne bougeant presque pas les lèvres: « Ha. Ha. Hi. Hi. »

Molly se glissa par la porte de derrière sans faire de bruit. Bouge, qui était vieille et insensible à présent, était couchée sur la première marche sans prêter attention à la pluie, mais Molly lui jeta à peine un regard en murmurant: « Salut, ronron minette. »

Elle alla dans la remise, où les cuves de blanchiment étaient entreposées et attendaient la récolte suivante. Il y avait une odeur chimique dans la pièce et cela, combiné à l'obscurité et au crachin sur les vitres, lui fit penser à *Docteur Jekyll et Mister Hyde* et elle se mit à avancer comme si elle marchait tout en dormant. Elle alla droit vers les fioles remplies d'acide sur les étagères, que Miguel leur avait bien dit, à elle et Ralph, depuis qu'ils étaient tout petits, de ne jamais toucher, et elle retira les bouchons pour faire apparaître la vapeur âcre et bleue qui montait de la chaleur cachée au creux des récipients. Une seule goutte sur la peau, leur avait-il dit, leur ferait aussi mal qu'un tisonnier chauffé à blanc, et il avait pris un compte-gouttes et en avait déposé sur un vieux bout de tissu pour leur montrer à quelle vitesse le produit pouvait ronger n'importe quelle substance. Miguel avait suivi un cours de chimie par correspondance et la remise ressemblait presque à un laboratoire, avec des éprouvettes partout, teintées de violet et de vert et d'une couleur bileuse; il y avait un bec Bunsen et une série de béchers aux formes bizarres et attirantes. Il faisait des expériences avec toutes sortes de choses; un jour, il avait laissé Molly et Ralph regarder quand il avait mélangé sa salive avec quelque chose et elle était devenue d'un vert éclatant. Ralph lui avait demandé si l'acide pouvait brûler les verrues, mais Miguel avait répondu que non.

Il y avait une éprouvette sur laquelle était écrit « H_2SO_4 » et Molly savait que c'était la plus dangereuse de toutes[32]. C'était ça qu'ils utilisaient pour éclaircir les noix. Elle retira le petit bouchon de liège plat et renifla la méchante odeur. Puis elle tendit sa main gauche au-dessus d'une bassine et versa le contenu du tube dessus. Au début, cela ne lui fit pas mal du tout ; cela piquait un peu comme le savon liquide au sous-sol de l'école, mais cette même fumée bleue se mit à monter de sa main et presque aussitôt de grosses cloques boursouflées apparurent, aussi blanches et opaques que des champignons, et une odeur différente et horrible se fit sentir. C'est cette odeur, plutôt que les cloques, qui la fit paniquer et se jeter vers l'évier où se trouvait un robinet d'eau froide. Mais plus elle faisait couler l'eau sur sa main, plus les cloques augmentaient de volume, et quand elle retira sa main et la renifla l'odeur était pire que jamais. Alors elle se mit à pleurer, non pas de douleur, mais de terreur devant l'odeur de sa propre destruction, et elle se tint là, debout, figée dans le désespoir de cette pièce remplie d'ombres, pleine du bruit de la pluie.

Elle sortit de la remise en courant comme si elle était poursuivie et revint dans la cuisine en sanglotant :

— Maman ! Maman ! Je me suis fait mal !

Ralph était dans la cuisine en train de se couper une tranche de pain aux raisins secs et donc elle comprit qu'il n'avait pas dû être très malade, et en l'entendant il sursauta et laissa tomber le couteau par terre.

— Regarde, dit-elle en gémissant, regarde ce qui m'arrive.

La douleur n'était pas très forte ; c'était de savoir que l'acide était en train de la ronger, tout comme les Follansbee étaient en train de ronger du gâteau, tout comme Ralph était sur le point de ronger du pain aux raisins secs, et pleine de répulsion elle n'entendait plus son frère qui lui demandait :

— Mais enfin, qu'est-ce que c'est, Molly ? Qu'est-ce que t'as fichu, bon sang ?

Elle s'assit à table et posa la tête sur son bras droit en étendant le bras gauche devant elle pour que Ralph puisse voir la brûlure et elle pleura sur son sort. Ralph la fixait des yeux et répétait d'un ton impatient :

— Mais dis-moi donc ce que c'est !

Jusqu'à ce qu'enfin elle parvienne à répondre :

— L'acide de Miguel.

32 — Acide sulfurique.

Et alors il partit en criant dans le couloir en direction du salon au moment où elle levait la tête, et il se mit à hurler :

— Au secours ! Au secours !

Molly était allongée sur le sofa du cabinet de travail de son père et refusait de répondre à toutes les questions qu'ils lui posaient. Les yeux mi-clos, elle les voyait debout en ligne à côté d'elle ; sa mère portait une robe rose dont le bas était plissé en accordéon et ses joues, sous l'effet de l'émotion, étaient aussi roses que le tissu tandis qu'elle demandait avec insistance :

— Explique à ta maman, mon bébé. Maman n'est pas fâchée contre sa petite fille.

Mais Molly savait que ce n'était pas vrai car elle entendait la colère dans sa voix aussi nettement qu'elle la voyait dans les yeux de M. Follansbee, qui étaient verts comme les casiers des poissons à l'aquarium. Il se tenait au bout du sofa et regardait sa montre de temps en temps. Il avait promis à Mme Fawcett qu'il resterait jusqu'à l'arrivée du médecin, mais il s'inquiétait de ne pas avoir assez de temps pour dîner correctement avant la réunion de la Epworth League[33]. Mme Follansbee, qui avait déclaré qu'elle était « glacée jusqu'à la moelle », reniflait dans son mouchoir et répétait régulièrement que le meilleur remède du monde contre les brûlures était le beurre. Molly pensa malicieusement : mais alors l'acide rongerait le beurre ; l'acide mangerait un sandwich main-beurre. Ralph se tenait à la tête du sofa et elle ne pouvait pas le voir, mais de temps à autre il lui caressait le front et disait :

— Bientôt tu n'auras plus mal.

Enfin, ils entendirent la voiture du Dr Haskell dans l'allée et Molly dit :

— Je ne veux pas que vous restiez ici.

— Jeune fille… commença M. Follansbee.

Mais Mme Fawcett lui fit signe de se taire d'un geste de la main et dit :

— D'accord, ma chérie, si tu es sûre de ne pas avoir peur.

— Ralph peut rester, dit-elle.

Et Mme Fawcett regarda M. Follansbee et dit :

— Vous voyez ?

Et ils quittèrent la pièce.

Molly et Ralph aimaient bien tous les deux le Dr Haskell, qui ne prenait pas leur mère très au sérieux et qui avait un joli visage anguleux et des cheveux roux bouclés. Quand ils avaient eu la scarlatine, il avait apporté à Molly une friandise marron en forme de rêne, et à Ralph un ours. Il approcha une chaise et, en jetant un œil à la main de Molly, lui dit :

---

33 — Association d'entraide pour jeunes adultes de l'Église méthodiste.

— Molly, tu me casses les pieds. J'allais tout juste m'asseoir pour dîner et je devais manger des gaufres.

— Je déteste les gaufres, dit Molly, et le Dr Haskell rit.

— Bon, dis-moi ce que tu as fabriqué cette fois-ci, dit-il en lui prenant la main et en touchant les cloques doucement avec son doigt.

Elle aurait pu dire la vérité sans se sentir gênée, lui dire qu'elle l'avait fait exprès pour punir Ralph, mais, même si elle aimait bien le Dr Haskell, elle ne lui faisait pas entièrement confiance. Un jour, il avait dit à Mme Fawcett qu'elle et Ralph étaient « nerveux », et après ça leur mère avait été encore plus sévère qu'avant et leur répétait : « Je crois que vous avez besoin de vous reposer. Il ne faut pas se fatiguer pour être nerveux ensuite, n'est-ce pas ? » Le mot « nerveux » avait fini par devenir pour elle aussi dégoûtant que le mot « corps ». Et donc à présent, si elle disait la vérité, elle n'avait aucune garantie que le Dr Haskell n'irait pas tout raconter – d'ailleurs, elle n'était même plus sûre de pouvoir se fier à Ralph – et elle répondit :

— Je suis allée dans la remise pour chercher ma gomme à dessin.

Ralph demanda aussitôt d'un air soupçonneux :

— Pourquoi elle serait dans la remise ?

— J'ai pensé que Miguel l'avait peut-être empruntée.

Elle n'était plus tranquille à présent et son cœur battait fort.

— J'étais en train de la chercher mais il faisait noir comme dans un four et tout à coup j'ai fait tomber une petite bouteille de produit et ça s'est versé sur ma main.

Le Dr Haskell alla à la porte et appela dans le couloir pour demander une bassine d'eau chaude. En revenant, il dit, l'air de rien :

— Et la bouteille n'était pas fermée par un bouchon ?

— Non, dit Molly, elle ne l'était pas.

Le docteur fit claquer sa langue.

— C'est une sacrée négligence de la part de Miguel. Il faut que nous le signalions à ta mère.

— Oh, non ! s'écria-t-elle. Non, s'il vous plaît ! Miguel va me tuer. Ce n'était pas de sa faute.

Le médecin vit clair dans son jeu et il répondit, le regard pétillant :

— Pour cette fois, je veux bien ne rien dire. Mais si cela se produit de nouveau, Molly…

Et son sourire disparut aussi soudainement qu'un lampadaire qui s'éteint.

— Mais qu'est-ce que t'as fait ensuite ? demanda Ralph.

Molly se souvint de la bassine où il devait encore y avoir de l'acide, et du bouchon qui était posé juste là, à côté d'une rangée d'éprouvettes, et elle eut peur tout à coup et se mit à avoir horriblement mal à la main. Elle répondit en geignant:

— J'ai mis ma main sous le robinet d'eau, mais ça n'a rien fait.

— Je pense bien que non, dit le Dr Haskell.

Mme Fawcett arriva avec la bassine dont la vapeur lui enveloppait le visage et demanda:

— Ce n'est pas grave, au moins, n'est-ce pas, docteur? Je ne peux vous dire combien de fois je leur ai dit et répété de faire attention à ces fioles d'acide.

— Rien de très grave. Il y a un risque d'infection, malgré tout, si nous ne surveillons pas la blessure.

— D'infection! s'écria Mme Fawcett, qui sortit de la pièce en chancelant, la main sur la poitrine.

Et le cœur de Molly dit: « Youpi, youpi! »

Pendant plusieurs semaines, on craignit que Molly perde sa main. Elle portait autour de sa blessure un moule de paraffine, car le Dr Haskell redoutait qu'en étant exposée à l'air la lésion forme une croûte, et qu'alors l'acide continue à ronger la chair insidieusement. Au bout d'un certain temps, l'odeur devint si désagréable que, dans son lit, elle gardait le bras tendu loin d'elle et tournait la tête vers le mur, un sachet de lavande épinglé sur l'oreiller. Cela ne lui faisait pas très mal, mais elle était obsédée par l'idée atroce d'être consumée vivante.

Elle n'alla pas à l'école pendant quelques jours et, comme il tombait une pluie froide, elle resta à l'intérieur à lire *La Maison d'Âpre-Vent*[34]. Ce n'était pas comme quand elle était malade, car elle n'était pas obligée de rester au lit mais pouvait circuler dans toute la maison. Parfois elle s'installait au salon, parfois dans la chambre d'amis, mais le plus souvent elle se mettait dans le cabinet de travail de son père. Les gens n'allaient que rarement dans cette pièce, hormis pour utiliser le téléphone, et ainsi elle n'était pas interrompue au milieu d'un paragraphe par quelqu'un qui lui demandait: « Comment ça va, Molly? » ou bien: « Est-ce que tu veux un bol d'Ovomaltine? » Les gens n'arrêtaient pas de la regarder et elle savait que personne ne croyait que ça avait été un accident. Dès le départ, Ralph n'en avait pas cru un mot et, le soir même, il était venu dans sa chambre et lui avait dit en chuchotant:

34 — *Bleak House* (1853), roman de Charles Dickens.

— Si tu dois faire des trucs débiles, essaie au moins de les faire intelligemment. Je suis allé dans la remise et j'ai récupéré le bouchon.

— Je l'ai fait pour te punir, dit-elle.

— Qu'est-ce que je t'ai fait ?

— Tu as dit qu'on allait pas se marier et qu'on resterait pas dans cette maison.

— Molly ! dit-il, excédé.

Puis, plus gentiment :

— Je n'ai jamais dit ça.

Mais même si elle lui demandait chaque jour s'ils allaient se marier, il changeait toujours de sujet, d'une manière ou d'une autre. Elle finit presque par en conclure qu'elle allait devoir épouser le Dr Haskell.

Un jour, Mme Fawcett vint dans le cabinet de travail pour coudre. Elle ne l'avait jamais fait auparavant, mais Molly pouvait voir à la façon dont elle fronçait les sourcils en se penchant sur les boutons qu'elle voulait lui dire quelque chose d'important. Molly lui jetait de temps en temps un regard par-dessus son livre.

— Molly, finit-elle par dire, à quoi passes-tu ton temps quand vous êtes chez Oncle Claude ? Est-ce que tu joues avec d'autres enfants de ton âge ?

— Bien sûr que non, dit Molly. Tu t'imagines qu'il habite où ? En ville ?

— Mais alors qu'est-ce que tu peux bien faire ?

— Je nage. Je me promène. Je monte Ouvre-l'œil. Je parle avec Magdalene.

— Magdalene ? Ah oui, la cuisinière. Je ne parlerais pas trop avec une négro si j'étais toi, Molly.

« Mais tu le ferais, se dit Molly, si toi-même tu étais très probablement une négro, et la propre fille de Magdalene. » Elle demanda :

— Et toi, qu'est-ce que tu fais pendant que nous ne sommes pas là ?

— Eh bien, comme d'habitude, répondit Mme Fawcett avec surprise. Tu sais, Molly, je me dis parfois que Ralph et toi êtes plus heureux quand vous êtes chez votre oncle qu'à la maison.

— Je ne crois pas au bonheur, répondit Molly.

Mme Fawcett se mordit la lèvre.

— Voilà une idée bien inconséquente. Tu es une jeune fille bien inconséquente, Molly.

Elle avait quelque chose derrière la tête. Elle dit alors deux choses mystérieuses. Elle déclara :

— Eh bien, je pensais auparavant que c'était une mauvaise idée de te laisser y aller, mais à présent je pense que c'est l'endroit idéal pour toi, à ton âge. Il doit y avoir plein de petits veaux et d'agneaux et de poulains très futés, et tout le reste.

Molly ne savait pas ce que son âge venait faire là-dedans ; les poulains et les agneaux étaient beaucoup plus jeunes qu'elle. Et la deuxième chose fut :

— J'espère que tu n'essaies pas de suivre Ralph tout le temps.

Molly répondit par un mensonge :

— Je suis avec lui chaque minute de chaque jour de chaque semaine de chaque mois.

Elles ne dirent plus rien pendant un moment et Molly se remit à lire l'histoire de l'homme qui entrait en combustion spontanée parce qu'il avait bu trop de gin. Peu de temps avant l'arrivée du bus scolaire, Mme Fawcett lâcha enfin le morceau. Elle dit :

— Molly, je me demandais si toi et Ralph n'auriez pas envie de passer une année entière chez Oncle Claude ?

— Pourquoi ça ? demanda Molly.

Elle n'était pas certaine du tout d'avoir envie de passer toute une année au ranch. Pour commencer, la bibliothèque municipale était bien trop éloignée.

— Eh bien, je me posais la question parce que, Molly, il faut que je te dise... mais je ne veux pas que tu sois déçue, parce que ton tour viendra. Je vais emmener Leah et Rachel faire le tour du monde.

— Quand ? demanda Molly anxieusement en refermant son livre.

— Dès que Rachel aura fini l'école. Au printemps prochain.

Leah était sortie du lycée l'année précédente, mais elle vivait chez Tante Rowena afin de profiter des opportunités culturelles de New York.

Molly pensa aux images du Taj Mahal et des pyramides et du rocher de Gibraltar qui étaient dans son livre de géographie et que ses cruches de sœur allaient voir en vrai, et elle jeta *La Maison d'Âpre-Vent* par terre et tapa des deux pieds sur le sol.

— Tu vas voir si je m'en fiche ! hurla-t-elle. Attends un peu que je le dise à Ralph !

— Voyons, voyons, dit sa mère. Ne fais pas de scène, Molly. N'ai-je pas dit que ton tour viendrait ?

— Je serai trop vieille à ce moment-là.

— Est-ce que tu préférerais aller en pensionnat plutôt que chez Oncle Claude ?

— Non. Je veux rester ici si j'ai pas le droit de faire le tour du monde.

— Mais ce n'est pas possible, Molly, ma chérie, dit Mme Fawcett nerveusement, parce que la maison va être vendue.

Elle avait tout manigancé dans leur dos. Elle ne se contentait pas de préparer un avenir atroce, elle devait aussi s'assurer que l'horreur commence dès maintenant. Molly regarda fixement sa main couverte de bandages dans laquelle elle sentait de temps à autre une douleur lente et sourde. Le Dr Haskell avait dit qu'elle était hors de danger à présent et elle était contente de ne pas perdre sa main, mais elle était aussi contente que la brûlure laisse une vilaine cicatrice. Sa mère continuait à parler et à expliquer qu'il était nécessaire qu'elle emmène les filles faire le tour du monde parce qu'elle n'appartenait pas à une société où elle aurait pu les présenter; ce voyage était un substitut, certes, mais il lui semblait qu'il convenait très bien. Quant à Ralph et Molly, elle pensait que cette année dans les montagnes serait excellente pour leur forger le caractère et elle était heureuse de voir que Molly avait la sagesse de ne pas vouloir aller en pensionnat. Dans un collège public, on apprend beaucoup sur ses propres responsabilités et sur la démocratie. Heureusement que Leah et Rachel avaient un excellent tempérament et n'étaient pas devenues des snobs; malgré tout, elle se rendait compte à présent que les envoyer dans un établissement aussi prisé avait été une expérience risquée.

— Mais, Molly, ma chérie, avant de partir, je veux avoir avec toi une longue conversation au sujet de certaines choses.

— À quel sujet? Allez. Vas-y.

— Pas maintenant, pas encore. Bonté divine, Ralph est en retard. Les routes doivent être difficilement praticables.

Elle déposa son ouvrage et se leva. En quittant la pièce, elle dit:

— Il y a ton dessert préféré ce soir, de la tarte au citron.

Quand le mois d'avril arriva et que Molly regarda pour la dernière fois le printemps s'installer à Covina, elle ressentit une nostalgie très forte, comme si elle n'était déjà plus là et qu'elle ne revoyait qu'en pensée les doux bourgeons d'orangers dans le champ des Freudenburg, les palmiers, la pelouse de lippia bourdonnante d'abeilles, les ouvriers avec leurs yeux de biche. Elle se rendit sur les deux tombes de son père et de Grand'Pa Kenyon et resta assise pendant plusieurs heures à l'ombre d'un tulipier en fleurs dans le cimetière. Elle se sentait fébrile quand elle imaginait des enfants inconnus allongés sous l'arbre-ombrelle et des femmes inconnues en train de casser les noix.

De temps à autre, elle était accablée d'inquiétude et sa mélancolie devenait si pesante qu'elle ressentait tout à coup du mépris pour sa propre personne, et elle la balayait d'un revers de la main comme on chasse une araignée. Un jour, pour se prouver qu'elle n'était pas une pleurnicheuse, elle prit une souris à pattes blanches qui avait été attrapée vivante dans un piège et la noya dans une bouteille de lait à moitié remplie d'eau, observant avec une satisfaction féroce les gestes et les couinements qui devenaient de plus en plus lents et de plus en plus assourdis, et qui finirent par cesser complètement tandis que le petit corps tacheté se mettait à gonfler et que les dents acérées apparaissaient au coin de la bouche en un rictus furibond.

Ralph était aussi triste et jaloux qu'elle. Ils se disputaient souvent. Elle se demandait parfois si elle l'aimait autant qu'avant. Un jour, ils rentraient ensemble de l'école à pied quand une fille sur une bicyclette passa devant eux. Elle s'appelait Ardis Westerlund et elle était renommée à l'école car elle s'y était déjà évanouie plusieurs fois. Elle était frêle et mignonne et avait de longs cheveux jaunes maintenus par une pince ronde; sa mère l'habillait comme Alice au Pays des merveilles. Cette année-là, elle avait donné à Ralph une carte pour la Saint-Valentin et un jour Molly les avait vus en pleine conversation près des barres parallèles pendant la récréation, et quand la cloche avait sonné elle avait vu Ralph porter la main à sa bouche et envoyer à Ardis un baiser. Ce jour-là, tout en filant devant eux, elle cria:

— Je déclare Molly la plus jolie fille de l'école!

Molly et Ralph s'arrêtèrent tous les deux et Molly rugit:

— Et toi, pourquoi tu t'arrêterais pas de respirer, pour voir?

Mais Ardis Westerlund était déjà loin, en train de passer comme un éclair devant le Ravin.

Ralph eut un geste convulsif pour prendre la main de Molly, mais elle le repoussa et dit d'une voix froide et monocorde:

— Je sais que je suis laide. Je sais que tout le monde me déteste. Je préférerais être morte.

Incapable de plaire, incapable de tendresse, elle restait immobile dans l'éclat vif du soleil. Elle savait que la lumière rendait sa peau jaune encore plus jaune, avec ses centaines de grains de beauté brillants couleur bronze. Elle pouvait voir son image aussi clairement que dans un miroir. Une robe chasuble en tissu indian-head bleu pendouillait mollement sur son corps; son chemisier à volants en organdi était froissé et sali après la longue journée d'école; un de ses genoux bosselés était couvert d'une grosse croûte à cause d'une blessure deux semaines plus tôt; une de ses branches de lunettes était rafistolée avec du ruban adhésif. Molly n'était pas seulement laide, elle avait l'air faite maison, comme si elle avait été fabriquée et assemblée par quelqu'un qui n'avait jamais fait ça de sa vie.

Elle ferma les yeux et vacilla. Ralph la secoua :

— Allez, viens, Molly, il faut rentrer à la maison.

— Je n'ai pas de maison, dit-elle en lâchant son sac d'école, et ses livres et ses crayons et ses feuilles de papier se répandirent dans la poussière à ses pieds.

— Écoute, Molly...

— Va-t'en. J'aurais préféré qu'ils me coupent la main.

— Très bien ! s'écria-t-il en élevant la voix. Très bien ! Pourquoi tu t'arrêterais pas de respirer toi aussi, pour voir ?

Molly sourit de ce sourire si particulier qui avait le don d'agacer son frère au plus haut point. Il cracha à ses pieds et hurla :

— Je te déteste. Bon sang, je te déteste ! Tu peux rester ici toute la nuit pour ce que j'en ai à faire !

Quand il fut parti en courant sur la route, elle ramassa ses livres et ses papiers et essuya les crayons couverts de poussière sur sa jupe.

—

Chapitre 6

Sur le chemin du retour vers l'Ouest, Mme Fawcett et ses deux filles aînées retrouvèrent Ralph et Molly à Denver, à la fin du mois de juin, après la cérémonie de fin d'études de Rachel. Comme au cours des années précédentes quand elle était seule avec les deux plus jeunes, ils descendirent à l'hôtel Brown Palace. Pendant que Leah et Rachel et Mme Fawcett faisaient des emplettes et que Molly visitait le muséum d'histoire naturelle, Ralph resta assis dans le hall de l'hôtel où, quand on regardait en l'air, on voyait des tas de galeries les unes au-dessus des autres jusqu'à la coupole à frettes, et il imaginait l'époque des chercheurs d'or et d'argent, quand des villes entières apparaissaient dans les montagnes pour quelques années d'opulence puis étaient abandonnées. Le train qui les emmenait au Barre-K traversait plusieurs de ces villes fantômes: les grandes maisons victoriennes, aux poutres pourries et fléchissantes et dont les fenêtres avaient été arrachées et les porches démolis, laissaient encore entrevoir leur élégance passée, et il y avait quelque chose de profondément lugubre à voir une coupole dont la bordure de style gingerbread demeurait intacte mais qui penchait sur le côté comme un chapeau sur le crâne d'un ivrogne. Des taches dorées étaient toujours visibles sur les colonnades des salles d'opéra dont les ouvertures avaient été couvertes de planches; les saloons et les tripots, aussi exténués que la mort elle-même, portaient toujours leurs noms tapageurs: La Corne d'or, La Pépite d'or, Le Dollar d'argent, La Lune d'argent. Les anciennes mines ouvraient tout grand, entre les pyramides de minerai, leurs gueules béantes et obscures. L'herbe poussait dans les rues, toutes les maisons étaient vides, et même les arbres avaient l'air morts.

Le Brown Palace avait appartenu à cette époque, et même s'il était toujours aussi flamboyant avec sa profusion de marbre, de grands plants de caoutchouc, de miroirs aux cadres dorés et de fresques, il ne parvenait pas à faire ressentir l'esprit de l'Eldorado aussi clairement que les salles d'opéra en ruines. Il ressemblait à n'importe quel hôtel de Los Angeles, et les hommes d'affaires assis dans les fauteuils modernes en cuir, occupés à fumer de bons cigares, étaient corpulents et avaient le visage pâle: ce n'étaient pas des hommes de l'Ouest. Il arrivait occasionnellement que des ranchers fassent leur entrée dans l'hôtel, reconnaissables entre tous à leur allure et leurs visages taillés à la serpe, avec leurs grands chapeaux couleur chamois, et qu'ils traversent le hall d'entrée d'un pas ample, tels des chiens excités; mal à l'aise dans leurs vêtements de ville, ils choisissaient les sièges situés derrière les plants de caoutchouc afin qu'on ne les voie pas. Les autres, les acheteurs et les marchands de sucre, étaient souvent en compagnie de femmes qui étaient trop jeunes pour être leurs épouses et Ralph, malgré lui, trouvait cela plaisant, tout comme il trouvait plaisant que sa mère et Leah et Rachel soient l'objet de regards admiratifs et libidineux quand elles entraient dans la salle du restaurant.

La veille de leur départ, la famille se retrouva dans la chambre de Mme Fawcett pour une réunion d'adieu. Mme Fawcett parla de son chagrin à laisser derrière elle ses deux petits bébés, mais elle promit avec enthousiasme qu'eux aussi auraient leur voyage autour du monde, à cette date la plus distante de toutes: «un jour». Elle se félicita de sa propre bravoure à passer ainsi une année sans eux, mais elle déclara qu'elle savait que c'était pour leur bien.

— Cela vous fera beaucoup de bien de vous retrouver seuls. Grand-Père Bonney avait l'habitude de dire: «La solitude est la chose la plus tonifiante du monde. Se sentir seul, c'est un poison qui est introduit dans la solitude par les mauviettes et les goujats.» Et je sais que vous n'êtes ni l'un ni l'autre. Molly, tu dois demander à Winifred de brosser tes cheveux avec un peigne fin après les avoir lavés. Et quand nous rentrerons (vous allez voir comme le temps passe vite), nous nous retrouverons tous ensemble dans un adorable nouveau foyer dans le Connecticut.

Molly, qui n'avait cessé de pinailler sur tout depuis plusieurs jours, répondit:

— Combien de fois dois-je t'expliquer qu'il est incorrect d'utiliser le mot «foyer» de cette manière? C'est «maison» que tu veux dire.

Mme Fawcett sourit patiemment.

— Très bien, ma chérie. Une maison, puisque tu sais visiblement bien plus de choses que ta mère. Puis-je poursuivre ce que j'étais en train de dire avant que tu ne m'interrompes?

— Molly, tu es en train de devenir une intello snob, dit Rachel en sortant un poudrier blanc et or qu'elle avait reçu à l'occasion de son diplôme.

— Devenir? dit Molly. J'en suis une depuis avant même mon premier anniversaire.

Ralph, quoiqu'il soit entièrement d'accord avec Molly au sujet de la différence entre «maison» et «foyer» et qu'il en ait, d'ailleurs, fait la remarque en premier, détestait le petit sourire satisfait qui s'affichait sur les lèvres fines et méchantes de sa sœur, et il détestait la façon dont ses yeux myopes fixaient le monde sans ciller. Ce regard déconcertant faisait souvent bégayer nerveusement les gens au milieu d'une phrase ou les faisait rougir, et il arrivait régulièrement que leur mère, en public, la réprimande:

— Molly, ma chérie, tu ne dois pas fixer les gens. C'est tout aussi impoli que de montrer du doigt.

Et à l'école, ces yeux auxquels rien n'échappait intimidaient les enseignantes, qui déjà étaient intimidées par son intelligence et son talent pour écrire des rédactions féroces et satiriques. Tout le monde disait que c'était le cerveau de la famille mais, comme Mme Fawcett n'accordait guère d'importance au cerveau, elle pensait que c'était surtout là un handicap et elle disait fréquemment à Molly qu'il y avait d'autres choses dans la vie que les livres. Mais qu'y avait-il d'autre, se disait Ralph, pour cette pauvre fille maigrichonne au dos voûté, déjà misanthrope à l'âge de douze ans? Il était étrange qu'elle lui ressemble autant. Elle avait les mêmes cheveux rêches, raides et noirs, les mêmes sourcils épais, et le même nez proéminent, qui avait l'air aussi solide et incassable que la pierre. Mais chez une fille une telle rudesse n'était pas synonyme de beauté, comme c'était le cas chez lui ou Oncle Claude, et rien ne pouvait venir adoucir ses traits – et d'ailleurs, selon toute probabilité, elle n'aurait jamais permis qu'on change son apparence, si cela avait été possible, car elle trouvait un plaisir hargneux à son manque de beauté. Elle se tenait souvent devant le miroir dans l'entrée et, quand quelqu'un passait à côté, elle désignait son reflet du doigt et disait:

— Reconnais que je suis plus jolie que Mary Pickford[35].

35 — Star du cinéma muet (1892-1979).

Maintenant qu'il regardait ses sœurs aînées, avec leurs visages fins et délicats, leurs cheveux brillants, leurs robes à fleurs en pongé, et qu'il percevait leur délicieuse odeur de savon et de talc, si propre, il aurait voulu que Molly ne soit jamais née. Il tenait toujours les deux autres en mépris, mais il était si conscient de leur beauté qu'il désirait parfois, à sa plus grande horreur, poser ses lèvres sur la peau blanche et douce de leur cou ou sur les longues veines vertes de leurs bras. Depuis un moment, elles ignoraient totalement Ralph et Molly et elles parlaient de choses ésotériques comme « le carnaval d'Hiver », « le match Yale-Harvard », « le bal des lycéennes à Saint-Georges » et « le bal des débutantes d'Olivia ».

Mme Fawcett continua à jacasser, rejointe de temps à autre par Leah ou Rachel (à un moment, Rachel dit : « Mais, Mamounette, je trouve que notre séjour serait vraiment trop riquiqui si nous ne restions pas à Paris au moins deux mois. » Ralph et Molly échangèrent un regard et tous deux formèrent le mot « Mamounette » avec leurs lèvres, sans un bruit). Il faisait chaud. Le pantalon de Ralph restait collé à la chaise vernie et il buvait lentement de l'eau en se servant dans un pichet de l'hôtel couvert de condensation. Il regardait avidement ses sœurs et le désir de les embrasser devenait presque irrésistible, si bien qu'il avait parfois besoin de se rendre aveugle en fixant tout droit le lustre illuminé du plafond. Puis, tout à coup, il pensa à Winifred Brotherman et, en l'espace d'un instant, il se retrouva à patauger pour la première fois dans les affres du vrai amour. Pendant plusieurs minutes, il resta assis, parfaitement immobile ; puis, quelque part dans l'hôtel, un groupe de jazz commença à jouer *Le Joli Cœur de Sigma Chi*. Le son des bois qui déversaient tout ce qu'ils avaient sur le cœur, les amoureux qu'il imaginait danser les yeux fermés, les lumières tamisées autour de lui, l'odeur des cheveux parfumés des filles et l'haleine des garçons, adoucie par le gin, tout cela le faisait trembler comme un arbre. Il pensa à elle telle qu'il l'avait vue un jour, l'été précédent, étendue sur la pelouse, tenant d'une main distraite une bouteille de Coca-Cola à moitié bue. Le soleil, tandis qu'il la regardait, semblait rendre sa peau plus foncée, et les boucles de ses cheveux paraissaient avoir été façonnées dans du métal. Il avait pris plaisir à la regarder, et maintenant il comprenait pourquoi il était resté si longtemps à sa fenêtre à l'observer en contrebas, tandis qu'Oncle Claude attendait qu'il lui apporte le couteau pour écorcher le castor.

Prétextant un mal de tête causé par le film qu'ils étaient allés voir pendant l'après-midi, il alla dans sa propre chambre, de l'autre côté du couloir, et il s'allongea dans le noir, les mains croisées sur la poitrine. La musique était plus forte ici que dans la chambre de sa mère. À chaque fois que le tempo changeait, la scène qu'il voyait dans son esprit changeait avec lui. Sur les airs de fox-trot, il les imaginait en train de danser, bien qu'il ne sache pas danser lui-même; sur les valses, il les voyait assis dans l'obscurité de la voiture d'Oncle Claude, devant la salle de danse, ou bien en train de passer le col de Cuthbert pour arriver jusqu'à une route peu fréquentée, où ils se garaient et s'embrassaient pendant des heures. Cela ne ressemblait pas du tout à ce qu'il avait ressenti pour Ardis. Cette histoire-là avait été une romance douce et immatérielle, et les seuls événements marquants étaient qu'un jour elle lui avait donné une carte de Saint-Valentin et avait rougi et avait dit que quelqu'un d'autre avait dû la signer de son nom à elle, et qu'un jour il lui avait envoyé un baiser de loin. Ils s'étaient aimés dans leurs silences et dans ces regards en biais qu'ils avaient échangés dans la salle d'étude. Il ressentait quelque chose qui ressemblait presque à du confort conjugal quand il se disait que Winifred avait trois ans de plus que lui. Il ne lui vint pas à l'idée qu'un autre avait peut-être déjà jeté son dévolu sur elle; il avait l'impression que ce qu'il ressentait n'était pas un brusque miracle, mais quelque chose qui avait été préparé pour lui depuis qu'il était petit garçon et que, pour cette raison, cela avait dû être également préparé pour elle simultanément. Comme c'était curieux que pendant toutes ces années il n'ait presque pas prêté attention à elle! Et comme c'était curieux qu'elle ait semblé ne pas beaucoup l'aimer!

Vers onze heures, il y eut un entracte et, quand la musique s'arrêta, son esprit vagabonda avec perversité vers le front haut et froid de Leah, et, comme s'il était déjà marié et qu'il trompait déjà son épouse, il la sentit, avec exultation, prisonnière de ses bras tandis qu'il posait d'abord ses lèvres puis le bout de sa langue sur la petite veine bleue qui ornait ce front, telle la signature d'un artiste. Puis, quand la musique reprit et qu'il revint vers Winifred, il façonna à partir de sa sœur et de souvenirs d'autres filles, vues dans des films et dans des livres, la rivale à qui il ferait allusion au cours des premiers jours qui suivraient leurs retrouvailles. Il ne voulait rien rater et quand il se souvint, avec douleur dans un premier temps, qu'elle serait partie à l'université, il se réjouit de savoir qu'ils échangeraient des lettres d'amour et qu'elle reviendrait pour les vacances de Noël et au printemps. Il tournoyait encore et encore dans cet amour instantané; le sentiment qui l'envahissait lui piquait le sternum à la manière d'une aiguille. Il voulait se reclure dans un espace confiné pour pouvoir y songer à son aise. Il voulait l'attraper et le manger comme une pomme pour que personne d'autre ne puisse l'avoir.

Devant le train, Mme Fawcett et Leah et Rachel versèrent toutes des larmes, car les départs et les quais de gare requièrent du chagrin et elles respectaient toujours les usages. Elles avaient apporté des cadeaux d'adieu. Ceux de Mme Fawcett et de Rachel étaient des boîtes de bonbons, mais Leah ne leur donna rien d'autre qu'une enveloppe qu'elle mit dans la main de Molly en lui disant de ne pas l'ouvrir avant le départ du train. En les embrassant toutes au moment de se dire au revoir, Ralph ressentit une pointe de jalousie en pensant au bateau sur lequel elles allaient naviguer, mais il ne manqua pas, à l'inverse de cette entêtée de Molly, de leur souhaiter *bon voyage** après que leur mère eut demandé: «Eh bien, n'allez-vous donc pas nous souhaiter *bon voyage*?» Lui et Molly firent au revoir de la main depuis la plateforme d'observation du train jusqu'à ne plus voir trois silhouettes distinctes mais un seul groupe, puis ils retournèrent aux sièges verts rouillés où ils avaient laissé leurs cadeaux. Ils ouvrirent d'abord l'enveloppe. Sur une feuille de fin papier à lettres japonais dont l'en-tête représentait deux dames en train de boire le thé, Leah avait écrit:

> *Chère petite Molly et cher Ralphy,*
>
> *Maman m'a fait promettre de ne pas vous le dire mais elle ne peut rien y faire maintenant puisqu'au moment où vous lirez ceci je serai en route pour la Chine!!!!!! Au troisième doigt de ma main gauche, je porte à présent fièrement une bague en diamant! Maman dit n'importe quoi (ça, on le sait tous!) et prétend que je dois attendre une année entière avant d'annoncer mes fiançailles et que c'est pour ça que je dois faire tout le tour de ce fichu monde. Évidemment, elle exagère, mais je dois dire que j'ai hâte de découvrir le Taj Mahal, et bien sûr la Terre sainte. Jardin d'Éden, me voilà! Exactement là d'où j'étais partie (toutes mes excuses à la Californie)*[36].

36 — Référence à «California, Here I Come!», célèbre chanson tirée de la comédie musicale *Bombo*, donnée à Broadway en 1924.

Si vous êtes sages et que vous ne soufflez pas un mot de tout cela, je vous rapporterai une malle remplie de cadeaux et je vous écrirai tous les jours pour vous raconter ce que nous avons vu et les aventures que nous avons vécues.

Pour l'heure, c'est ici que je m'arrête (de poisson),

Je vous embrasse fort,

Leah

P.-S. : le Donneur de la Fameuse Bague de Fiançailles s'appelle Robert Appleton et il est en dernière année à Dartmouth. Je donnerais n'importe quoi pour voir la tête que vous ferez quand vous lirez ça.

Molly parcourut la lettre avec attention, phrase par phrase, férocement, et quand elle arriva au passage où Leah parodiait *Californie, me voilà !*, elle mit la main devant sa bouche et dit : « Vite, Brigitte, apporte la bassine, beurk ! Ah non, trop tard, apporte la serpillière[37]. » Depuis peu, elle s'était beaucoup attachée au mot « bourgeois », et elle l'utilisait comme si c'était la pire insulte qui puisse exister. Elle avait un jour déclaré à sa mère qu'elle considérait que le club Sorosis était « le summum du bourgeois », et au sujet d'Ardis Westerlund (après s'être remise de l'injure que celle-ci lui avait adressée) elle avait dit : « Pourquoi devrais-je me préoccuper de cette petite mégère bourgeoise minable ? » Et donc la lettre de Leah, et Leah elle-même, et le voyage autour du monde, tout cela était à présent, décréta-t-elle, les choses les plus bourgeoises dont elle ait jamais entendu parler de toute sa vie. « Aussi bourgeois que Bonney », déclara-t-elle d'un ton qui n'attendait pas de réplique.

Ralph était profondément troublé par l'effet que la lettre avait produit sur lui, car il avait presque l'impression d'être cocu et, par-dessus le marché, il avait honte de savoir que Leah, aujourd'hui fiancée et bientôt mariée, était précisément le personnage qu'il avait prévu d'utiliser pour éveiller la jalousie amoureuse de Winifred. Il ressentait également une immense culpabilité, pétrie de terreur, comme s'il avait dépouillé sa propre sœur, et à présent, comble du

37 — Reprise de la chanson populaire et enfantine *Hasten Jason, get the basin.*

péché, cette lettre, dans laquelle elle reconnaissait clairement qu'elle avait une relation avec un garçon, attisait encore sa tentation et le faisait penser au front haut, et à l'image de ses propres lèvres en train de s'y poser. La turpitude tournoyait autour de lui comme un papillon de nuit qu'il ne parvenait jamais à attraper.

Pour s'assurer de ne pas trahir ses pensées, il changea rapidement de sujet et dit :

— Ça va me faire plaisir de retrouver ce bon vieux Studebaker !

— Et moi de revoir Ouvre-l'œil !

Ils étaient maintenant véritablement heureux à l'idée de revenir au ranch et ils échangèrent avec plaisir des remarques perfides sur leur mère et leurs sœurs, et remarquèrent qu'un des meilleurs aspects de cette situation était qu'ils n'auraient plus jamais à écouter M. Follansbee de toute leur vie. Ils parlèrent de ce qu'ils allaient faire chez leur oncle et de souvenirs anciens, puis Ralph, pendant une pause de la conversation, baissa les yeux sur la main de Molly, qui était encore boursouflée et bleutée, et la montra du doigt en demandant :

— Mais pourquoi tu as fait une chose pareille ?

— J'en ai assez de discuter maintenant, répondit Molly.

Et elle ouvrit *Les Misérables**, si bien que Ralph se retrouva de nouveau seul face à ses pensées infâmes.

Ils n'avaient fait qu'une quinzaine de kilomètres mais il était déjà las, et Molly était plongée dans son livre, ne s'interrompant que de temps à autre pour zyeuter la boîte de bonbons ouverte sur le siège à côté d'elle et y choisir, avec une régularité exaspérante, une friandise à la gomme. Ce voyage rendait toujours Ralph nostalgique, pas vraiment de certaines personnes ni de certains lieux, mais de la propreté et du confort des maisons bien rangées. Car, dans le train, ils croisaient toujours les voyageurs les plus pitoyables du monde. Ce n'était pas le cas des ranchers de retour de Denver ou d'Omaha, aux vêtements froissés mais encore correctement vêtus ; ni des cavaliers de rodéo qui revenaient de Pendleton et se rendaient à la fête des Cow-Boys de Cheyenne ; ni des citadins avec leurs chemises en soie bigarrées et leurs énormes chapeaux Stetson, mais c'était le cas des autres, ceux qui n'appartenaient à aucune catégorie. Chaque année, il y avait immanquablement un groupe constitué d'une jeune femme émaciée et de trois ou quatre jeunes enfants qui mangeaient des biscuits secs tirés d'une boîte tapissée de papier huileux et qui geignaient en faisant des bruits avec leur nez. Des années de dur labeur et de malnutrition donnaient à ces femmes un air canin au niveau de la bouche et des yeux ; leur peau était marron et vieillie ; si certaines de leurs dents avaient été remplacées, les fausses étaient en or, mais généralement il n'y avait que des trous là où d'autres avaient pourri et étaient tombées. Les groupes se ressemblaient beaucoup, mais il ne pouvait s'agir toujours du même, car les enfants gardaient la même taille. Les cheveux de la mère étaient toujours d'un marron rougeâtre et pendaient autour de son visage comme des cordelettes sales, mais ceux des enfants étaient blonds et filasse et leurs sourcils étaient si clairs qu'on les voyait à peine. Parfois ils avaient des maladies de peau ou des taches de naissance ou bien des dents de Hutchinson[38]. Si un autre passager se mettait à discuter avec la mère, tout le wagon finissait en général par apprendre qu'ils étaient allés à Denver consulter un médecin, et le problème était toujours quelque chose de grave comme une mastoïdite ou un rhumatisme articulaire aigu. Ils descendaient quelques heures avant Ralph et Molly dans une ville désolée et dépourvue d'arbres, où un dépôt couleur moutarde et un château d'eau couleur moutarde brillaient au soleil, et où de petites maisons (pourvues de toilettes extérieures dont la porte menaçait de se détacher) s'étalaient péniblement sur les pentes desséchées des contreforts. Les arrêts étaient si longs qu'il était souvent possible de les suivre des yeux tout le long de la route de terre battue et jusqu'à leur maison. Ils se déplaçaient si lentement qu'on avait l'impression qu'ils n'étaient pas du tout heureux d'être de retour chez eux. Cette scène donnait toujours très soif à Ralph, et quand le train se remettait en marche, il allait à l'arrière du wagon et buvait plusieurs verres d'eau tiède.

Ce jour-là, la femme portait un haut chapeau beige qui semblait posé sur sa tête comme un seau; il était parsemé de taches de moisissure. Elle était vêtue d'une robe de soirée sans manches en georgette couleur azur, dont la partie inférieure, festonnée, était plus longue à l'arrière qu'à l'avant. Une fleur de crinoline orange décorée d'un pistil pointu et très réaliste était épinglée sur son épaule, et elle portait un collier ras de cou en perles roses. Quand le train commença à prendre de l'altitude et que la température baissa, elle enfila un manteau de satin noir dont le col était orné d'une pièce qui ressemblait à du coton grillé. Elle fumait en utilisant un porte-cigarette en os et éteignait ses mégots en les écrasant sur le sol du wagon avec le talon de sa chaussure de tennis.

Il n'y avait que deux enfants cette fois-ci, une petite fille d'environ trois ans et un garçon un peu plus âgé. De leurs yeux bleu pâle, ils

38 — Dents courtes, espacées et échancrées, signe de syphilis congénitale.

fixaient d'un air éteint les autres passagers et ils mangeaient des biscuits secs en gardant la bouche ouverte; oublieux de ce qu'ils étaient en train de faire, ils laissaient tomber au sol les boîtes qu'ils avaient sur les genoux et en répandaient le contenu de tous côtés. Ils restaient silencieux la plupart du temps, mais de temps en temps, sans raison apparente, ils se mettaient à geindre très fort comme s'ils avaient mal quelque part, puis ils s'arrêtaient aussi brusquement qu'ils avaient commencé. D'un air absent, ils tiraient sur les franges du col de leur mère et elle les rabrouait d'un ton froid en leur disant: «Lâchez-moi, vous deux.»

Il tenta de lire *La Fille du Limberlost* mais n'y parvint pas. Il s'attaqua aux mots croisés dans le *Denver Post* mais abandonna quand il tomba sur «sobriquet de Ferdinand II». Il s'efforça, et en vain, de retrouver la sensation de ravissement de la nuit précédente et il se fredonna même à voix basse certaines des chansons que le groupe avait jouées: *Ver luisant*, *Fille de la nuit*, *Je regarde un trèfle à quatre feuilles*. Il se tenait à distance du visage de Leah mais celui-ci ne cessait de se présenter à lui et d'occuper son esprit, avec son air de poupée et son teint de porcelaine. Le train, le plus lent de toute la planète, semblait se hisser avec force jusqu'au sommet des pics

puis se précipiter vers les vallées en contrebas et à travers les longs tunnels, l'emportant ainsi, à cette allure folle, de plus en plus loin de Leah, de plus en plus proche de Winifred, que sa conscience lui ordonnait maintenant d'aimer afin de purger son cœur de l'image impie de sa sœur.

À midi, ils allèrent dans le wagon de tête, à l'extrémité duquel un petit buffet était installé. Un Noir sympathique vendait des sandwichs au jambon sec ainsi que du café au parfum étrangement beurré. De l'autre côté de l'allée, quatre ranchers étaient assis autour d'une table et buvaient du whisky dans des gobelets en carton. Plus loin dans le wagon se trouvait un petit homme aux cheveux blond roux, avec une petite bouche acrimonieuse et des yeux bleus globuleux. Il portait un tour de cou en soie couleur cerise et une ceinture tressée noire et jaune; son Levi's rigide était tout neuf et il avait retroussé le bas des jambes pour laisser voir ses bottes noires dont le haut était décoré de motifs marqués au fer rouge. Lui aussi avait une bouteille avec lui, mais il ne s'embarrassait pas de gobelet; au lieu de ça, il portait la bouteille à sa bouche et buvait goulûment et bruyamment. Molly continuait à lire en mangeant son déjeuner, après avoir déclaré au moment de leur arrivée dans le wagon que Napoléon était un homme qu'elle aurait aimé connaître, platoniquement. Ralph regardait par la fenêtre dans les profondeurs des gorges de la rivière du Loup, qui était haute et écumante après les gros dégels. Le train ralentit tellement dans une côte particulièrement raide qu'il put voir une grosse marmotte en train de manger calmement quelque chose sur un rocher au bord de la voie. Ils entrèrent ensuite dans une vallée étincelante où les champs dessinaient un motif en damier, et à cet endroit la rivière était plus profonde et avait une couleur dorée, sombre et obscure.

Quand ils s'arrêtèrent à Peacetown, un gros homme à l'air germanique déclara, après avoir observé le paysage :

— C'est pas ici que vit Luke Fisher ? Là-bas, je veux dire, derrière ces peupliers ? Il me semble bien que si.

Ses compagnons acquiescèrent dans un premier temps, puis eurent un doute, puis dirent que non, et enfin il fut établi que Fisher vivait à quarante-trois kilomètres de là, plus à l'est. Mais cela ne dissuada pas celui qui avait parlé le premier de continuer à évoquer Luke Fisher, exactement comme l'aurait fait un des hommes à la table d'Oncle Claude.

— Il s'est drôlement bien débrouillé avec ses enfants après la mort de sa femme, ça c'est bien certain. Ils sont devenus aussi invivables que des putois, tous autant qu'ils sont, sauf le plus âgé et l'autre, là, Milton. Vous avez entendu parler de cette fois où il travaillait pour Roger Campbell et qu'il a lâché un étalon au milieu des chevaux de selle ? Vous voyez de quel étalon je parle ? C'était une vraie mocheté à la robe pie, avec un seul œil bleu. Campbell l'avait acheté à Prescott et il l'a revendu à un citadin aristo par ici il y a un moment de ça, pour sept mille dollars. Et donc, ce Milton (Milt, qu'ils l'appelaient) était chargé de s'occuper des chevaux de Campbell là-bas un été. À l'époque, Campbell avait sacrément plus de citadins dans son ranch que maintenant, me demandez pas pourquoi parce que j'en sais rien. Enfin bref, j'imagine que ce Milt a mis la main sur une bouteille de tord-boyaux et se l'est descendue un samedi soir, parce que le lendemain matin, le dimanche, quand les citadins sont arrivés pour monter sur leurs chevaux, la seule chose qu'ils ont trouvée dans le corral c'est cette mocheté d'étalon qui envoyait des coups de sabot à qui mieux mieux tout autour de lui. Il avait de bons chevaux, Campbell. Je lui ai acheté un poulain un jour, ça a peut-être été le meilleur cheval que j'aie jamais eu. C'est Ken Burkhardt qui l'a maintenant, vers le ranch de Kenyon.

Il n'était pas inhabituel que Ralph entende le nom de son oncle dans ces conversations. En fait, il ne se souvenait pas d'une seule fois où Oncle Claude n'avait été mentionné en lien avec une chose ou une autre, et cela lui donnait un sentiment de sécurité et de fierté. Son nom était aussi connu ici, et faisait tout autant partie du paysage, que celui du président Hoover. Parfois lui et Molly faisaient exprès de parler fort pour faire savoir qui ils étaient et pour que les hommes leur adressent la parole, mais cela n'arrivait jamais ; pourtant, ceux-ci connaissaient de vue les enfants, et quand ils descendaient à White Woman, il y avait toujours quelqu'un pour regarder par la fenêtre et dire : « Ah, voilà le pick-up de Kenyon, les enfants n'auront pas besoin de marcher jusqu'à la maison. »

Entre deux rasades, l'homme solitaire se coupait les ongles avec un canif et sifflait faux entre ses dents. Il termina son whisky tandis qu'ils étaient assis là, et après avoir glissé la bouteille sous son siège, il sourit aux hommes assis de l'autre côté de l'allée centrale. Son sourire n'était rien d'autre qu'un réajustement de la position de ses lèvres ; c'était le large sourire d'un chien qui halète et laisse voir ses crocs. Il avait l'accent du Texas et dit :

— Mes excuses si je m'interpose au milieu d'une conversation privée, les gars, mais je me demandais si par hasard quelqu'un parmi vous n'aurait pas une bouteille de bibine en rab que je pourrais vous acheter. Je comptais bien faire plus de provisions que ça mais je ne suis pas de Denver et j'ai pu dégoter que ce demi-litre. Le truc, c'est que je connaissais pas le mot de passe.

Il y eut une pause durant laquelle il garda la bouche ouverte. Les quatre hommes l'examinèrent avec attention des pieds à la tête, et même s'il était évident qu'ils ne l'appréciaient guère, l'un d'eux attrapa malgré tout sa valise dans le porte-bagages et en sortit une bouteille d'un demi-litre dépourvue d'étiquette. Le Texan lui tendit trois dollars d'argent et l'homme les empocha sans un mot.

L'étranger but une rasade puis, s'adressant aux hommes qui ne l'avaient pas quitté des yeux, il dit :

— Bon, sans vouloir vous vexer, ça vaut pas trois dollars, en fait ça vaut même pas deux dollars. À la rigueur on pourrait en donner soixante-quinze cents. Doux Jésus, on se fait bien avoir, coincés comme on est entre ces enfoirés du gouvernement et ces enfoirés qui font de l'alcool de contrebande.

Le visage des hommes qui l'écoutaient demeura impassible. À ce moment-là, le grand germanique demanda :

— Vous venez d'où ?

— Eh bien, monsieur, depuis soixante-quinze heures et quarante-cinq minutes, je viens de l'hôpital San Fernando, à San Anton'. Je viens de passer six fichus mois allongé sur un lit. Je me suis cassé la jambe en maîtrisant un bœuf à mains nues pendant un rodéo, le jour de Noël.

Il était guéri à présent et il se rendait à Laramie pour monter un spectacle pour un millionnaire et ses amis, qui lui avaient parlé du Madison Square Garden.

— Vous imaginez un rodéo en intérieur? demanda-t-il. Moi pas, mais, pardi, j'imagine sans peine tout l'argent que ces New-Yorkais gardent dans les poches de leurs jeans.

Il n'avait jamais traversé cette région auparavant, expliqua-t-il, mais à Reno, au mois de novembre précédent, il avait rencontré un homme qui venait d'ici. Il l'avait croisé à une table de jeu et il était prêt à jurer sur une montagne de bibles qu'il n'avait jamais vu de sa vie un type qui ait autant de chance.

— Son nom m'échappe, mais je le reconnaîtrais si je l'entendais. Enfin bon, cet homme était le plus chanceux que j'aie jamais vu de toute mon existence terrestre. Il a raflé cent vingt-cinq dollars avant de déclarer forfait, et si j'avais été à sa place j'aurais continué. Mais j'ai toujours été un bon pigeon.

On finit par se mettre d'accord sur le fait que ce joueur si chanceux était Homer Armitage et les détails de sa glorieuse carrière furent narrés: comment, à un jeu de poker Spit-in-the-ocean, il avait bluffé
pendant toute une manche alors que la mise totale atteignait vingt dollars; qu'il n'avait jamais, de mémoire d'homme, perdu un seul cent au Stud à cinq cartes; et que si une machine à sous affichait un jackpot une fois sur dix mille, c'était sur lui que ça tombait. L'étranger dit:

— Mais il triche, non?

Et il fit un grand sourire. Les quatre hommes se redressèrent sur leur siège et celui qui lui avait donné le whisky répondit:

— Vous feriez bien de faire attention à ce que vous dites, monsieur. Homer Armitage triche pas et vous êtes en train de parler à ses amis.

Molly leva les yeux de son livre et, tout en riant sans bruit, dit:

— C'est parti pour le rodéo, cow-boy.

Ralph, qui jusqu'alors n'avait rien trouvé d'amusant dans le fait que quelqu'un du coin défende un concitoyen face à un étranger, prit un air renfrogné, agacé de voir que, comme d'habitude, elle avait deux fois plus de vivacité d'esprit que lui, alors même qu'elle avait semblé être plongée dans son livre.

Après ça, le Texan but en silence, tétant sa bouteille comme un bébé, et les autres ne lui adressèrent plus la parole, mais ils continuèrent à parler de Homer. Quand ils eurent épuisé le sujet de sa chance aux cartes, l'un d'eux dit:

— J'ai entendu dire qu'Armitage avait racheté un quart des parts du ranch de Kenyon. S'il a assez d'argent pour faire une chose pareille, je vois pas pourquoi il s'achète pas sa propre ferme. C'est pas bon de travailler pour quelqu'un d'autre.

— Kenyon est un bon patron, dit un autre. Il paye bien les gars qui bossent pour lui.

Un homme aux cheveux jaunes et dont les yeux louchaient répondit :

— J'ai entendu dire que Kenyon va se marier.

— C'est pas vrai ? Avec qui ?

— J'en ai pas la moindre idée. C'est ce que ma femme a entendu et qu'elle m'a raconté. Elle en savait pas plus. Je lui ai posé la question.

— Eh bien, il serait temps. Ce serait pas la fille à Kennedy ? Celle qui tient l'école là-haut vers les Forks ?

— Bon Dieu, non. Celle-là, elle est avec Harmon Tucker.

— Ah, ça par exemple ! Je me demande bien qui c'est.

Molly referma son livre et se pencha au-dessus des assiettes vides et des verres :

— T'as entendu ça ? chuchota-t-elle. Tu sais ce que je pense ? Je pense qu'Oncle Claude va épouser Magdalene.

Il ne se laissa même pas agacer par sa remarque. La pensée qui l'avait immédiatement traversé était qu'Oncle Claude allait épouser Winifred, et tout à coup la passion débordante de la nuit précédente l'envahit de nouveau. Il distingua confusément, comme s'il regardait à travers des ondes de chaleur, le front de sa sœur qui se fronçait de surprise puis se détendait de nouveau tandis que ses lèvres se retroussaient en un sourire dont il ne pouvait saisir la signification. Il songea : qu'est-ce qui m'a trahi ? Mais Molly n'ajouta rien et commença à se préparer à rejoindre leur wagon. Pendant un moment interminable, il resta assis, immobile. Le train prenait de la vitesse, car ils avaient passé le col de Booth. Entre celui-ci et celui de Cuthbert, il roulerait pendant plus de trois heures et emprunterait quatorze tunnels, et justement il était en train de s'approcher de l'entrée du plus long d'entre eux. C'était le moment du voyage que lui et Molly attendaient toujours avec impatience. Parfois ils voyaient un homme qui se tenait dans une niche de la paroi, tandis que la faible lumière émise par la lampe de son casque éclairait son visage crasseux d'une lueur cadavérique. Une fois, une chauve-souris était venue cogner contre la vitre juste à l'endroit du coude de Molly.

Tandis que Ralph traversait le wagon-restaurant en chancelant, il entendit le train siffler, et le son se prolongea si longtemps qu'il comprit qu'ils approchaient de l'entrée du tunnel. Le temps qu'il franchisse le vestibule, les lampes du wagon avaient déjà été allumées. Elles n'étaient pas très puissantes et la noirceur du tunnel, même à l'entrée, était si complète que la lueur était crépusculaire. La fumée de charbon, rabattue sur eux depuis la locomotive, s'insinuait sous la porte de la plateforme d'observation. Il sentait déjà dans sa bouche la saveur désagréable du soufre. Il parvint finalement à rejoindre Molly. La femme avec les enfants se pencha dans l'allée à son passage et demanda d'une voix plate :

— T'aurais pas une allumette ?

Il rougit dans l'obscurité en secouant la tête, honteux de ne pas fumer. Il vit qu'elle ne portait pas d'alliance.

Il s'assit à côté de Molly, même si le siège d'en face avait été repoussé afin qu'ils puissent se placer l'un en face de l'autre. Une raison était qu'il voulait qu'elle cesse de lire sur son visage comme dans un livre ouvert ; une autre qu'il voulait la sentir près de lui. Il la voyait comme son dernier point d'appui tandis que le monde en dessous de lui s'effondrait dans l'abîme ; il serait si facile de perdre pied, de lâcher prise, et de plonger dans ce précipice où ses os iraient se loger dans les fentes des rochers. D'ignobles nappes de brouillard venaient le tourmenter et l'ignominie s'ouvrait sous ses pieds. Il n'y avait que Molly, songeait-il, qui ne le poussât pas à la dépravation.

Pour le moment, il était protégé par le coude de sa sœur et par son genou qui touchait le sien, et par l'odeur asexuée de son nouveau chemisier blanc, qu'elle portait avec un pantalon court de sport en satinette noire. Il voyait le tunnel comme une apothéose de son propre esprit noir et coupable, qui avait incestueusement désiré Leah (il tremblait en pensant à M. Robert Appleton) et la fille qui pourrait bien devenir sa tante par alliance – cet esprit qui avait remarqué avec délectation que la mère des enfants miséreux ne portait pas d'anneau de mariage. Il encourageait mentalement le train à accélérer. Il se disait qu'une fois ressorti au milieu des prairies d'un vert éclatant qui couvraient la vallée, il serait à l'abri des pensées qui l'assaillaient de toutes parts comme dans un cauchemar rempli de reptiles. Tant que Molly était là, à côté de lui, malgré tout, il pouvait tenir bon.

Puis tout à coup, il sut qu'il s'était trompé, qu'il n'était pas à l'abri. Il sentit qu'il faiblissait et qu'il était sur le point de tomber, et l'instant d'après il s'affaissa littéralement sur son siège jusqu'à ce que ses épaules soient au niveau de celles de Molly et il dit, de sa voix la plus basse :

— Molly, dis-moi tous les mots cochons que tu connais.

Il s'entendit prononcer cette phrase avec une forme de soulagement. Avant que Molly n'ait le temps de s'écarter ou de pousser un cri, ils émergèrent dans la lumière qui se répandait comme la gloire divine à travers les vitres sales. Le soleil était haut et les champs scintillaient. Tout autour d'eux, aussi loin qu'ils pouvaient voir, se dressaient les montagnes violettes aux contours bien découpés, sans aucune trace de brume. On ne pouvait déceler une seule impureté dans toute la scène.

L'enfance de Ralph et celle de sa sœur prirent fin à l'instant où le train entrait dans la vallée surchargée. C'était paradoxal, car dès lors ils allaient progresser dans un tunnel sans fin, maintenant qu'ils avaient entendu le diable lui-même parler à voix haute.

—

Chapitre 7

Quand ils entrèrent dans le long salon en fin d'après-midi, Mme Brotherman les attendait comme elle l'avait toujours fait les années précédentes. Elle se tenait assise, plus mince, plus triste et plus évanescente que jamais, près d'une table où elle avait posé une corbeille de pommes et un pichet de cidre. Ces journées du début du mois de juin étaient encore fraîches dans les montagnes une fois que le soleil était couché, aussi un feu avait-il été allumé dans la cheminée, et l'intendante, dont le sang s'était anémié avec les années, se penchait vers les flammes, blême, avec une avidité intolérable. Ralph gardait en mémoire la chaleur irritante de Denver : c'était tout juste la veille au soir que, couvert de sueur dans sa chambre d'hôtel, il avait écouté goulûment la musique du groupe de jazz, qui était elle-même imbibée de chaleur estivale et de moiteur. La pièce avait été nettoyée le jour même et elle étincelait, sans un seul grain de poussière, dans la lumière du feu et celle du soleil couchant, flamboyante, qui entrait par les fenêtres. Tous les catalogues et les magazines d'histoires de l'Ouest étaient soigneusement empilés, et il y avait quelque chose de féminin dans la façon dont étaient ordonnés sur la grande table vernie les sacs de Bull Durham[39], les boîtes de cartouches et celles en fer-blanc pleines de tabac à pipe – un ordonnancement qu'Oncle Claude, comme s'il ne pouvait s'en empêcher, anéantit aussitôt en se mettant à y farfouiller d'une main insouciante à la recherche de papier à cigarette.

Des odeurs familières parvinrent à Ralph après qu'il eut dit bonjour à Mme Brotherman et se fut assis pour observer un moment de silence

39 — Marque de tabac.

respectueux. C'étaient les odeurs de chair grasse en train de cuire avec des haricots, celle des pommes et de la résine dans les bûches de pin fendues; par-dessus toutes régnait l'odeur innommable de la maison elle-même, une odeur où se mêlaient celles du cuir, du cirage pour les harnais, des refouloirs huileux pour nettoyer les canons, des chiens et des peaux en train de sécher. À ces odeurs bien connues venaient s'ajouter les bruits: une vache en train de mugir pour appeler son veau, abattu le matin même; les chevaux de trait qu'on venait de détacher et qui hennissaient en courant follement en rond autour de leur pré; le fracas des seaux de lait là-bas vers l'étable; le tapage infernal du tracteur qui franchissait le pont au-dessus du ruisseau.

Il sentit le goût des pommes dans le cidre et il se demanda si le vin avait vraiment le goût du raisin. Il était souvent arrivé au cours des étés précédents qu'Oncle Claude lui donne un verre de rouge fait maison, mais le goût était seulement pâteux et vaguement aigre. Il avait apprécié, malgré tout, de pouvoir s'asseoir dans cette pièce avec lui et les autres hommes certains soirs qui sortaient de l'ordinaire (le samedi, ou bien quand une tempête approchait) et de les regarder se faire passer le gros pichet pour remplir les tasses, et dire en fanfaronnant qu'ils étaient en train de devenir ronds comme des queues de pelle, même si Ralph ne percevait pas de différence notable dans leur comportement.

À présent, Oncle Claude se tenait debout, une jambe jetée en travers du bout de la table, en train de rouler une cigarette. Il avait repoussé son chapeau en arrière et une mèche de cheveux noirs était posée sur son front comme une sangsue. Il n'était pas rasé et les petits poils bleutés lui creusaient les joues. Même s'il n'avait rien de changé mis à part cela, Ralph remarqua tout de suite ce détail, et cela le rendit attentif au personnage, non pas en tant qu'oncle ni en tant que modèle masculin (à boire du vin de contrebande), mais en tant qu'homme presque anonyme, assez âgé pour porter une barbe épaisse et pour épouser une fille. De fait, il n'avait jamais compris à quel point Oncle Claude était âgé jusqu'à ce jour-là, alors qu'ils revenaient de la gare, et que Molly lui avait demandé son âge; il avait répondu qu'il avait trente-six ans.

— Tu as le même âge que mon père, avait-elle dit.

De plus, Ralph se fit la remarque que si lui-même avait dû chercher le papier à cigarette, il n'aurait pas mis en désordre toute la table et il se demanda si un jour viendrait où il pourrait se montrer aussi désordonné sans en ressentir de la gêne. Alors que croissait ainsi en lui la rancœur, comme s'il avait formulé à voix haute la jalousie futile qui l'habitait, Oncle Claude demanda:

— Où est Winifred?

Ralph était certain d'avoir perçu quelque chose de possessif dans la voix de son oncle et quand Mme Brotherman lui répondit, il aurait juré qu'il l'avait vu rougir sous sa barbe de quatre jours.

— Elle est allée voir *Le Mouron rouge* avec un de ses soupirants.

Molly jeta à Ralph un coup d'œil rapide et méchant, puis baissa le regard en souriant, pleine de terribles secrets. Il semblait à Ralph que quelque chose était sur le point de se produire, et il lui vint à l'idée, assez inexplicablement, qu'une flèche allait être tirée d'un arc dissimulé et traverser toute la longueur de la pièce pour aller se ficher dans le cou du pronghorn accroché sur le mur sud. Mais ce moment de tension prit fin quand Mme Brotherman, tout en remplissant le verre de Molly, dit d'un ton humble:

— Comme c'est formidable pour vos sœurs et votre mère de partir faire le tour du monde. Je suis certaine qu'elles auront des histoires fabuleuses à raconter quand elles rentreront.

— Oui, sans doute, dit Molly, si vous aimez ce genre de sornettes et de calembredaines. Il se trouve que ce n'est pas mon cas.

— Sornettes et calembredaines, dit Oncle Claude en riant, en voilà une bonne, tiens! Où est-ce que tu vas les chercher?

— Dans un livre que j'ai lu quand j'étais enfant, répondit Molly. Un livre de Samuel Clemens[40].

— Écoutez-moi cette vieille grand-mère, dit Oncle Claude.

Ralph était bien incapable, même en se concentrant si fort qu'il finit par avoir mal à la tête, de ressentir la moindre émotion en entendant Mme Brotherman dire que Winifred était au cinéma avec un soupirant. Et pas simplement «son soupirant» mais «un de ses soupirants». Le mot avait quelque chose de moisi et démodé et lui faisait penser à sa mère, qui avait coutume de dire des choses comme «le jour où je suis allée à une fête des sucreries[41] avec un soupirant», ou «c'est un de mes soupirants qui m'a offert la cuillère souvenir de l'Alamo.» La seule chose qui éveillait son intérêt était que Winifred soit allée voir *Le Mouron rouge*, qui devait à son grand regret passer à Covina la semaine après leur départ. Il avait envie de montrer à Molly, d'une manière ou d'une autre, combien il était indifférent à tout cela, mais elle restait assise là, hors d'atteinte,

---

40 — Plus connu sous le nom de Mark Twain. L'expression (*hogwash and soul-butter* en anglais) apparaît dans *Les Aventures de Huckleberry Finn*, au chapitre 25.

41 — *Taffy-pull*: fêtes au cours desquelles des groupes d'adolescents des deux sexes se retrouvaient pour étirer à la main des bonbons au caramel (*taffy*).

enfermée en elle-même, le regard rivé sur les flammes, mâchonnant une pomme, aussi hostile au feu qu'au fruit lui-même. Il y avait une mince probabilité qu'il ait mal interprété son sourire dans le wagon-restaurant, et si c'était le cas, il ne pouvait rien faire d'autre que rester silencieux.

Oncle Claude et Mme Brotherman leur posèrent des questions pour savoir qui avait racheté le champ de noyers, quel était le nom du bateau sur lequel les voyageuses allaient naviguer, si Mme Fawcett avait parlé avec l'employé du cimetière de l'entretien de la tombe de Grand'Pa. Molly répondit par des monosyllabes porcins et regarda Ralph compléter poliment ses réponses puis demander à son tour des nouvelles de Homer Armitage qui, pour une raison mystérieuse, était en train de suivre un cours de sténographie par correspondance et qui, contrairement à ce que l'homme du train avait affirmé, n'avait pas acheté de parts dans le ranch ; il demanda aussi des nouvelles de Magdalene, qui avait gagné plus de cent dollars l'hiver précédent en attrapant des mouffettes dans ses pièges ; et des autres hommes, à qui, semblait-il, il n'était rien arrivé du tout.

— Alors, c'est pour quand le mariage ? demanda finalement Molly, tout en mordant un pépin de pomme entre ses incisives.

— Quel mariage ? demanda Oncle Claude.

— Le tien avec Magdalene.

— Molly ! s'écria Mme Brotherman, horrifiée.

Oncle Claude la regarda comme s'ils avaient tous les deux exactement le même âge.

— Si tu fais pas attention à ce que tu racontes, ils vont te mettre à l'asile. J'ai jamais vu de ma vie quelqu'un avec des idées aussi tordues.

— Bon, si ce n'est pas avec Magdalene, c'est avec qui que tu vas te marier ? Avec moi ?

— Ferme-la, Molly, dit Ralph, qui était au comble de l'embarras.

Puis, en s'adressant à Oncle Claude, il expliqua ce qu'ils avaient entendu dans le train.

— Ah, ben ça par exemple ! s'exclama Oncle Claude, ravi. Il se trouve qu'il y a rien de vrai là-dedans, mais merci à ces gars-là de me voir comme un coureur de jupons. C'est à peu près aussi exact que de dire que Molly a de la jugeotte.

— Mais alors tu vas pas te marier ? demanda Ralph avec une ardeur difficilement contenue.

— Ça, tu peux être sûr que non, dit Oncle Claude.

— Pourquoi il n'y a pas de sel pour les pommes ? demanda Molly sèchement, et elle jeta à Ralph un regard plein de colère.

Ralph se dit que les deux grandes personnes n'allaient pas tarder à soupçonner qu'il y avait un sujet de discorde entre lui et Molly, même si ni l'un ni l'autre n'étaient très rapides pour remarquer ce genre de chose – Oncle Claude parce qu'il affichait sans ambages ses sentiments sur son visage et s'attendait donc toujours à ce que tout le monde fasse de même, et Mme Brotherman parce qu'elle avait recouvert le monde qui l'entourait d'une tristesse lisse et imperturbable, à travers laquelle tous les événements étaient absolument semblables. Elle revint avec une chaleur attristée à la question de la croisière autour du monde et demanda à Molly si elle n'était pas fière des trois voyageuses.

— Mais pourquoi ? Pourquoi diantre devrais-je être fière d'elles ? J'aurais pu y aller aussi si j'avais voulu, et maintenant je regrette de ne pas l'avoir fait.

— Mais voyons, Molly, dit Mme Brotherman. Voyons, il ne faut pas dire ça. Ton oncle va s'imaginer que tu n'es pas heureuse ici.

— Je ne le suis pas, dit Molly.

Le visage d'Oncle Claude s'empourpra et Molly, effrontée et imperturbable, les dévisagea tour à tour, lui et Ralph, affichant clairement son hostilité. Ce n'était pas nouveau, elle n'avait jamais été proche d'Oncle Claude et elle lui en voulait d'avoir rompu le lien qui les unissait, elle et Ralph ; pourtant, si elle entendait la moindre critique contre lui à Covina, elle le défendait bec et ongles, essentiellement parce qu'il était le fils de Grand'Pa Kenyon et que Grand'Pa Kenyon demeurait dans son souvenir émerveillé le seul véritable héros de son existence. Ce jour-là, dans ce regard impitoyable, on pouvait lire quelque chose qui dépassait cette rancœur ancienne, mais Ralph ne parvenait pas à mettre le doigt dessus.

Mme Brotherman, confuse, déclara :

— Oh, ma petite chérie, tu es épuisée après ce long voyage. Prends une autre pomme, tiens.

Molly prit la pomme, sa troisième, et s'affala dans son siège pour la manger à petites bouchées, comme un écureuil, en marmonnant à un moment :

— Je préfère les bananes, évidemment.

Puis elle se retrancha dans un silence vigilant. Tout le monde, hormis ce monstre de franchise, se trouvait embarrassé par la situation ; avec ses cheveux noirs, sa posture délibérément difforme, sa façon de grignoter bruyamment, elle les avait tous plongés de force, tel un tyran, dans un silence maladroit, et puis soudain elle envoya un coup de pied dans le tibia de Ralph. Il eut tellement mal que sa gorge se noua, mais il ne dit rien même s'il sentit la peau de ses joues se contracter.

Oncle Claude les regarda avec étonnement tous les deux et demanda :

— Dites donc, vous deux, vous vous êtes pris le bec pendant le voyage ?

— Non, dit Molly sèchement, avant de se remettre à grignoter sa pomme.

N'importe qui d'autre aurait eu le plus grand mal à contenir ses larmes, mais la colère de Molly était froide et contrôlée et elle ne pleurait pas.

— Bon, mais alors, qu'est-ce qui te met autant en rogne ?

Il arrivait souvent qu'Oncle Claude ne sache pas, comme aurait dit Mme Fawcett, « s'arrêter à temps ».

— Ça n'est pas vos oignons, M. Kenyon, dit-elle. Un point c'est tout.

Oncle Claude était furieux. Un instant, Ralph crut qu'il allait l'attraper par les cheveux ou lui tordre le bras dans le dos, et de fait il commença à s'avancer vers elle, mais il se retint et fit comme s'il s'était simplement approché du feu pour y jeter sa cigarette. Puis, en l'ignorant complètement, il dit à Ralph :

— Monte donc avec moi sur la galerie, je veux te montrer quelque chose.

La galerie occupait toute la longueur du mur le plus court de la pièce. La table de poker et les chaises prenaient presque toute la place, mais à une extrémité se trouvait une sorte d'alcôve, appelée « le bureau », avec un secrétaire à cylindre dans lequel Oncle Claude conservait les actes d'enregistrement de ses taureaux à pedigree et toutes sortes d'autres documents ayant une importance historique, comme des concessions de terres signées par Buchanan et Lincoln[42], si vieilles qu'elles étaient devenues jaune foncé, ainsi qu'un prix de ball-trap appartenant à Homer Armitage et le certificat de naissance d'Oncle Claude, sur lequel il était indiqué comme deuxième prénom : « Aucun ». Au-dessus du secrétaire, caché dans l'ombre d'un pin tordu qui poussait près de la maison et venait frotter ses aiguilles contre la moustiquaire, était accroché un portrait de la grand-mère de Ralph. C'était une photographie prise par un artiste itinérant, avec comme arrière-plan un lac bleu dans le lointain et, plus près, un ailante en fleur. Elle portait un bonnet de dentelle sur ses cheveux dont les boucles brunes descendaient jusqu'aux épaules, et dans la main elle tenait un éventail de soie blanche. Mme Bonney-Kenyon

42 — James Buchanan, président des États-Unis de 1857 à 1861, et Abraham Lincoln, président de 1861 à 1865.

avait un fier visage écossais avec des lèvres minces et un petit nez fin dont l'extrémité remontait un tant soit peu. Aucun de ses enfants ni petits-enfants n'avait la moindre ressemblance avec elle mais, à vrai dire, ce n'était pas surprenant, étant donné que ses deux maris avaient eu une si forte personnalité. Ralph ne savait trop dire si elle semblait ne pas avoir le moindre humour ou si elle avait l'air abattue, ou si l'air de tristesse dans ses yeux couleur noisette, placés l'un près de l'autre, venait de son embarras à porter des anglaises si démodées autour de son visage quelconque. Tandis qu'il montait les escaliers derrière Oncle Claude, il jeta un regard au portrait, et il fut frappé de terreur en songeant qu'elle était morte en donnant naissance à l'homme qui le précédait.

Ils allèrent à la fenêtre située à l'opposé de la table de poker et Oncle Claude lui montra un taureau qui se tenait seul dans un petit pré. Il avait dans la mâchoire une excroissance velue de la taille d'un pamplemousse. Le vétérinaire n'avait pas encore pu venir l'opérer et la bête souffrait et le faisait bruyamment savoir. Ils le virent trépigner de mécontentement et frapper du sabot l'herbe autour de lui puis, en mugissant de douleur et de fureur, frotter l'énorme tumeur contre le tronc d'un peuplier. Il semblait les regarder droit dans les yeux avec hargne, comme s'ils étaient responsables de ses souffrances. Il y avait quelque chose d'horrible dans ce spectacle et Ralph en était fasciné. Son oncle, de la même manière, semblait à demi-hypnotisé, et durant ce bref instant où ils étaient absorbés par tant de brutalité, leur proximité fut si totale que Ralph en fut presque effrayé; il lui semblait s'être lancé dans une aventure dont les termes étaient si implacables qu'il ne pouvait plus changer d'avis et rentrer chez lui, comme s'ils se retrouvaient sur un petit bateau au milieu d'une mer immense. Il regarda le visage épais de son oncle, avec son petit menton; tandis que ses yeux sombres et transparents observaient le taureau, on percevait dans ce visage une sorte de stupidité pesante, une certaine opacité virile, un dévouement absolu à ses animaux et à leurs maux, leur santé et leur reproduction. Le taureau, en développant cette infirmité, avait temporairement été réduit à néant puisqu'il ne pouvait plus remplir son rôle de géniteur. C'était presque comme s'il s'était ridiculisé car, à n'en pas douter, c'est un sourire moqueur qui traversait le visage d'Oncle Claude. Cette découverte le terrifia, mais il prit la ferme décision de ne jamais se déshonorer devant cet homme comme l'avait fait le taureau, et comme l'avait fait Molly, en étant simplement la personne qu'elle était, plongée dans ses bouquins et souffreteuse. Malgré tout, ses sentiments envers Oncle Claude étaient ambivalents, et cette décision n'était pas le fruit d'une admiration renouvelée, mais plutôt de son désir de passer aussi inaperçu que possible en étant dépourvu de défauts. Sa propre masculinité était, dans la façon dont elle s'exprimait, si immonde que cela lui interdisait de ressentir la moindre fierté envers lui-même, et il lui était de la même manière impossible de la respecter chez qui que ce soit d'autre, et il était navré à présent d'avoir entendu Oncle Claude utiliser des mots cochons lors de ses conversations avec Magdalene. Était-il possible que Grand'Pa lui-même ait été ainsi ? Il rejeta en hâte cette idée offensante.

Mme Brotherman, dans un soupir monotone, était en train de raconter à Molly combien elle avait été malchanceuse au cours de l'hiver précédent avec ses plantes d'intérieur. À plusieurs reprises, Molly lui répondit quelque chose, mais Ralph ne parvenait pas à saisir les mots qu'elle prononçait aussi doucement qu'un secret. Pauvre Molly ! elle qui tenait si peu de la fleur, elle aurait dû s'intéresser à des choses comme les minéraux, mais elle adorait les fleurs et, parfois, quand son travail d'écriture n'avançait pas aussi bien qu'elle le voulait, elle se disait qu'elle pourrait devenir un pépiniériste. C'était toujours Leah et Rachel que Mme Fawcett envoyait chercher les pieds-d'alouette et les roses, mais Molly, elle, ramassait les œillets d'Inde et les soucis. Elles revenaient ensuite vers la maison en traversant la pelouse de lippia, Leah et Rachel en tête, les bras emplis de roses parfaitement épanouies dont les doux pétales venaient caresser leurs parfaits petits mentons, et Molly les suivait à l'arrière, à grandes enjambées étranges, serrant dans ses mains les tiges velues des fleurs rêches et sans parfum. Mais Mme Brotherman, délaissant le sujet de ses déconvenues hivernales pour parler plutôt de ce qu'elle espérait faire pousser pendant l'été, se mit à inclure Molly dans son plan d'attaque pour le jardin, et Ralph entendit à un moment sa sœur s'exclamer sans la moindre trace de cynisme :

— Mais, madame Brotherman, vous pensez réellement que nous pourrions arriver à faire pousser un rosier grimpant ?

Tout à coup, Oncle Claude posa la main sur l'épaule de Ralph et lui dit :

— Je suis sacrément heureux que tu restes pour un long moment cette fois.

Et Ralph, même s'il ne bougea pas, se sentit devenir froid et distant, comme s'il se méfiait de l'enthousiasme qui se faisait entendre dans la voix de son oncle, chevrotante comme celle d'un jeune garçon. Car à cet instant précis Ralph ne voulait pas du tout qu'on fasse attention à lui. Mais quand Oncle Claude poursuivit, il se rendit compte avec soulagement que ce n'était pas Ralph lui-même qu'Oncle Claude avait en tête, mais l'histoire qu'il s'apprêtait à lui raconter.

— Tu te souviens que j'ai toujours rêvé de mettre la main sur un puma? demanda-t-il. Tu te souviens, pas vrai? Eh bien, ça y est, j'en ai repéré un et je suis sur ses traces.

Il fit une pause et sourit en attendant que Ralph lui pose des questions, et celui-ci s'écria:

— Mais où ça?

Oncle Claude avait vu la femelle puma dans les contreforts, un peu avant d'arriver au pic Garland. Il ne l'avait vue qu'une seule fois, au début du mois d'avril, et il était retourné sur place à plusieurs reprises pour l'apercevoir de nouveau, elle ou son mâle. Il désirait tellement lui faire la peau qu'il avait perdu beaucoup du temps qu'il aurait pu consacrer à la chasse, se contentant de vadrouiller au hasard à sa recherche, et il n'avait pas tué de gibier du tout cette année, alors qu'il y en avait beaucoup et que les gars, eux, avaient fait de belles réserves. Elle était à peu près aussi grosse qu'un chien de bonne taille, expliqua-t-il, et elle ressemblait à s'y méprendre à un chat domestique démesuré. Il pensait si souvent à elle qu'il lui avait donné un nom; il l'appelait Boucle d'Or car, quand il l'avait vue courir ainsi dans la lumière du soleil, on aurait dit qu'elle était blonde comme une star de cinéma. Il avait dit aux gars, Homer compris, qu'il virerait sur-le-champ quiconque s'aviserait de la mettre en joue car si quelqu'un devait l'avoir ce devait être lui. La vieille Magdalene l'avait taquiné tant et plus en lui disant que c'était elle qui allait attraper cette femelle puma en utilisant de la chair de chevreau bien fraîche. Personne ne comprenait très bien pourquoi il était si obnubilé par l'idée de mettre la main sur elle, et lui-même ne savait pas vraiment l'expliquer.

— Mais, tu sais, de temps en temps, quand on est un homme, on se met quelque chose comme ça en tête, et alors il n'y a plus de repos possible jusqu'à ce qu'on l'ait obtenu.

Parfois il partait dans la montagne et y passait la journée entière, en emportant avec lui son déjeuner, et au coucher du soleil il la maudissait et s'adressait à son image comme si elle était une personne.

Il avait décidé d'autoriser Ralph à la chasser lui aussi. Ils ne devraient jamais chasser séparément et, s'ils s'éloignaient l'un de l'autre, ils devraient rester à portée de voix pour pouvoir s'appeler. Devant cet honneur singulier, Ralph eut littéralement l'impression d'entrer en lévitation et il remercia Oncle Claude avec effusion, tout en se jurant (de manière assez duplice et peu loyale) que ce serait lui, et non l'homme en face de lui, qui aurait l'animal. Pendant quelques minutes, sa joie fut spontanée et entière, puis elle vola en éclats quand il se souvint de ce qu'il avait dit à Molly dans le tunnel, car dans le silence (tous les autres bruits semblaient s'être interrompus devant ce nouveau son) se fit entendre le vrombissement d'une voiture qui remontait la route à plein gaz, la valve d'échappement ouverte, et il la vit, un roadster Modèle A avec la capote abaissée, qui apparaissait et disparaissait à travers les branches d'amélanchier qui poussaient, telles de la dentelle, au bord de l'eau. Il sut en un éclair que c'était Winifred et son soupirant, et quand la voiture fut entièrement visible et s'engagea dans l'allée avec un crissement effronté, et qu'il vit la fille (celle qui était à lui!) assise à côté d'un garçon portant un chapeau porkpie, il fut submergé par la plus douloureuse sensation qu'il ait jamais connue, et il crut qu'il allait devenir si flasque qu'il ne pourrait plus tenir debout. Et pourtant, malgré cet étourdissement qui le consumait, il eut la présence d'esprit de jeter un coup d'œil rapide à son oncle et de voir, avec une autre émotion qu'il ne sut nommer, que son visage n'exprimait absolument rien, qu'il n'avait pas jeté un seul regard à la voiture mais, au contraire, s'était tourné pour regarder de nouveau le taureau malade en disant: «À rester cloué à l'écart comme ça, ce salaud me fait perdre un paquet d'argent.»

La voiture passa alors hors de sa vue tandis qu'elle approchait de l'avant de la maison. Le moteur vrombit brusquement puis se mit à tourner au ralenti, ne faisant plus entendre qu'un bruyant ronronnement. Molly et Mme Brotherman poursuivaient leur conversation secrète au sujet des roses et Oncle Claude marmonnait dans sa barbe en continuant à parler du taureau. Seul Ralph avait conscience du rire du garçon, et de celui de la fille: haut perché, prolongé, haletant, il était excitant et dénué de toute pudeur, et Ralph sentit qu'il était en très grand danger. Enfin on entendit des au revoir réciproques. Ils n'étaient plus traversés par les rires avides qui avaient précédé et ils résonnèrent lugubrement au-dessus de la petite route jaune, et la voiture brusque remonta l'allée comme un chien qui fait le zouave.

Il l'entendit franchir la porte moustiquaire et il se retourna brusquement en s'appuyant sur la balustrade de la galerie. Oncle Claude ne bougea pas. Winifred leva la main pour le saluer, fit un grand sourire et lui dit: «Salut, l'ami!», puis elle se dirigea vers Molly et l'embrassa comme le font les cousines entre elles ou les femmes adultes avec leurs amies. Elle était bien en chair à présent, et si mature et féminine que Ralph ne parvenait pas à reconnaître celle qui l'avait accompagné s'entraîner au tir au cours des étés précédents, cette personne assez sombre et taciturne qui, sans chercher à jouer un rôle, avait l'air d'être un garçon comme lui. Maintenant, elle était une créature lumineuse, sûre d'elle-même, belle et rayonnante, comme animée d'un sourire intérieur. Elle jeta sa veste de polo sur le dossier d'une chaise et s'assit sur un des tabourets de ferme devant la cheminée. Elle portait une robe blanche sans manches, au dos dénudé et décolletée à l'avant, et contre ce tissu sa peau semblait aussi brune que celle de Fuschia. Il ne se rappelait pas l'avoir vue autrement qu'en jean et en chemise de cow-boy délavée ; elle était plus petite que dans son souvenir. Il y avait quelque chose de calme et résolu dans sa façon de se tenir ; son regard était doux, apaisé et hermétique, et personne n'aurait su dire ce qui la faisait sourire.

Il ne savait pas quoi penser. Dès que le bruit de la voiture rouge s'estompa, sa jalousie disparut. Et quand il la vit assise là, perchée sur ce tabouret aussi naturellement que le chat de la maison, il ne ressentit plus rien, mais ce vide n'était pas douloureux ; il ressemblait plutôt à un vaste ennui réconfortant. Il se tourna vers Oncle Claude et demanda :

— Tu penses qu'on va utiliser quelles cartouches pour la chasser ? Des 30/30 Winchester ?

Mais la réponse de son oncle fut soudainement engloutie par le rire de Molly. Elle avait la voix grave pour une fille et son rire était lent et assourdi mais, même si elle riait à présent de son rire habituel, Ralph pouvait y déceler le même manque de pudeur que chez Winifred quand celle-ci s'était attardée avec le garçon dans la voiture, et dans un instant de panique il pensa : « Elle a tout raconté ! » Il savait que ce n'était pas le cas, mais le plaisir de ce moment (même s'il avait été entrecoupé et que dans les interstices Ralph avait ressenti de l'embarras et de la culpabilité) s'était évanoui. L'obscurité descendait, et il se sentit seul et sans amis, coupé du monde, impur. De nouveau il perçut le goût du soufre à l'arrière de sa gorge et de nouveau il revit en pensée la femme du train, et sa main aux doigts sans alliance, pareils à des griffes.

Après le dîner, Molly refusa de jouer au rami en équipe car il y avait trop de risques qu'elle soit obligée de parler à Ralph, et elle alla directement à l'étage pour prendre un bain. Elle ferma le verrou et tourna également la clé dans la serrure, et elle tira le store devant la fenêtre même s'il n'y avait rien d'autre que la nuit à l'extérieur. Elle était très sale à cause du voyage en train. De la poussière s'était infiltrée dans ses chaussures de basket et ses pieds étaient dans un état lamentable. Ses bras étaient uniformément gris depuis les poignets jusqu'aux coudes, et il lui semblait que ceux-ci étaient aussi secs que des biscuits. Elle s'était lavé les mains avant le dîner, si bien qu'on aurait dit qu'elle portait une paire de gants roses. Molly prenait plaisir à être aussi sale; si on n'était pas tout noir, ou au moins tout gris, cela semblait être du gaspillage de prendre un bain et revenait à s'accorder un luxe pas vraiment mérité – comme de faire son lit quand on n'a pas beaucoup dérangé les draps. Mais si on était suffisamment sale et qu'on pouvait prendre un long bain bien rempli, alors là c'était un chouette moment.

Elle avait apporté avec elle dans la salle de bain une sacoche en cuir qu'elle gardait sous clé et cachée aux yeux de tous sur la plus haute étagère de son placard. Elle contenait des sels de bain verts et des sels de bain violets, d'une qualité si médiocre que même dans l'eau la plus chaude ils ne fondaient jamais totalement, mais venaient se déposer au fond de la baignoire, pointus et brillants comme du quartz, si bien qu'avant d'entrer dans l'eau elle était obligée de les écarter de la main pour dégager un endroit où s'asseoir. Malgré tout, ils répandaient un parfum doux et elle pouvait s'imaginer qu'elle était dans un jardin. En plus des sels de bain, il y avait une savonnette en forme de rose jaune, une boîte de talc Armand, un flacon Miel et Amande de chez Hinds, un pot de crème de jour Daggett et Ramsdell, un flacon de shampooing Glostora, un pot de baume pour les pieds du Dr Scholl, un autre de crème contre les taches de rousseur, des ciseaux, une lime à ongles, une brosse à dents, du fil dentaire, un peigne, une brosse, un polissoir, une chamoisine et une râpe à pieds avec un manche en nacre. Un maillot de bain couleur bordeaux recouvrait tout cela.

Elle étendit une serviette sur le dos d'une chaise et déplaça celle-ci devant le trou de la serrure pour que personne ne puisse regarder par là. Puis elle se mit debout sur la chaise et retira son chemisier et son pantalon de sport et jeta son peignoir sur ses épaules, tandis qu'elle retirait son maillot de corps et ses sous-vêtements et enfilait le maillot de bain. Elle resta assise sur la chaise pendant que la baignoire se remplissait, sans penser à rien, car elle aurait largement le temps de le faire une fois qu'elle serait dans le bain. Il était peu probable que quelqu'un monte et essaye de tourner la poignée car ils étaient tous assis à la table de la galerie, tous sauf Mme Brotherman qui passait ses soirées, comme elle l'avait toujours fait, à crocheter un couvre-lit pour l'offrir à Winifred le jour de son mariage. Elle les imaginait assis en rond, ces hommes illettrés, en train de se gratter et de mouiller de salive le bout de leur cigarette et de dire des choses comme « si j'aurais su » et « ils croivent » et « ceux qui z'ont » et, si le sujet se présentait, de prononcer le « s » final dans « ananas ». On pouvait parier que, si Winifred avait décidé de ne pas jouer, ils allaient boire du whisky et du vin – un vin qui, comme personne ne l'ignorait, était constitué aux neuf dixièmes d'alcool de fusel, ce qui faisait quatre-vingt-dix-neuf chances sur cent de perdre la vue en le buvant. Mais, de toute façon, elle ne leur accordait guère d'importance. Dans le vacarme du robinet d'eau chaude, elle déclara : « Ça me ferait une belle jambe s'ils se suicidaient, tous autant qu'ils sont. »

Elle coupa l'eau et entra dans la baignoire, mais elle y avait mis trop d'eau froide et elle dut ressortir pour ajouter de l'eau chaude, car Molly ne s'asseyait jamais dans la baignoire pendant que l'eau coulait : un serpent sinueux pouvait sortir du robinet à tout moment. En pensant aux serpents, elle frissonna de tout son corps et se remémora toutes les fois où elle en avait rencontré, en commençant par la toute première, quand elle avait quatre ans et qu'elle était trop petite pour aller à l'école. Elle attendait sous l'arbre-ombrelle que le bus ramène à la maison ses sœurs et son frère. Quand elle l'entendit arriver, elle traversa la pelouse de lippia jusqu'au carré de trèfle, et à cet endroit elle mit le pied sur un serpent enroulé sur lui-même, qui se déroula sous son pied nu et s'enfuit en ondulant. Elle était restée là, incapable de bouger mais hurlant à plein poumons, jusqu'à ce que Miguel accoure et la soulève du sol. Elle n'avait jamais su si c'était la sensation du serpent sous son pied ou l'odeur de transpiration de la chemise de Miguel qui l'avait fait vomir par-dessus son épaule tandis qu'il la portait jusqu'à la maison.

— Tu devrais avoir honte, avait dit sa mère. Voyons, ce n'était rien qu'une couleuvre inoffensive.

Ralph l'avait débusquée et tuée avec un caillou et il emmena Molly dans le jardin pour la lui montrer, mais la vue du serpent, même mort, la fit seulement hurler de nouveau, si bien qu'il dut la prendre sur son dos et la porter jusqu'au porche pour qu'elle n'ait pas à poser le pied par terre. Une autre fois, elle et Ralph étaient en train de jouer aux Petits Jumeaux suisses ; ils avaient emporté du fromage et des biscuits pour pique-niquer au Ravin, quand soudain Molly découvrit qu'elle était assise juste à côté d'une couleuvre verte de couleur vive. Cette fois-là, Ralph ne fut pas tendre avec elle. Quand elle se mit à hurler, il lui donna une gifle en lui disant : « Oh, tu me dégoûtes, espèce de gros bébé Cadum. » La pire fois de toutes avait eu lieu au ranch, pendant leur premier été, même s'il n'y avait pas eu de véritable serpent. Elle était en train de lire *L'Almanach mondial* dans le fauteuil en cuir du bureau d'Oncle Claude et elle avait retiré un fil de crin d'une déchirure dans l'accoudoir pour pouvoir jouer avec dans sa bouche (car elle avait oublié d'apporter une allumette), et sans s'y attendre elle l'avait avalé. Elle descendit à la cuisine pour demander à Magdalene ce qu'elle devait faire et celle-ci lui dit qu'elle devait vite boire un verre d'eau, sinon le fil se transformerait en un gros serpent dans son estomac et il mangerait tout ce qu'elle avalerait jusqu'à ce qu'elle meure de faim; Magdalene avait connu au moins onze personnes à qui c'était arrivé. Molly se précipita vers l'évier mais Magdalene lui dit:

— Ça, c'est de l'eau dure. C'est pas bon pour ce que tu as.

Alors elle courut à l'étage pour dire à Mme Brotherman qu'il fallait qu'elle rentre immédiatement à Covina pour que le Dr Haskell puisse l'opérer, et Mme Brotherman lui expliqua que Magdalene avait inventé toute cette histoire. Molly retourna à la cuisine et dit à la cuisinière:

— T'es qu'une sale négresse.

— Et toi t'es qu'une sale petite pouilleuse blanche, lui rétorqua Magdalene.

Mme Fawcett disait que Molly dépasserait cette peur des serpents dès qu'elle saurait faire la différence entre ceux qui étaient inoffensifs et ceux qui étaient venimeux, mais Molly savait que ce n'était pas vrai car elle n'aimait même pas regarder les dessins qui les représentaient dans la partie illustrée à la fin du dictionnaire encyclopédique. Cela la rendait furieuse quand on lui expliquait qu'ils étaient utiles parce qu'ils mangeaient les insectes nuisibles, et quand Leah et Rachel disaient que si elle avait le moindre sens esthétique elle se rendrait compte que leurs couleurs et les motifs de leurs écailles étaient magnifiques, elle leur répondait:

— Mais qu'est-ce ce que ça peut me faire d'avoir un sens esthétique? Je préférerais largement avoir un sens des proportions, espèces de petites Elsie Dinsmore[43] à la noix.

Molly se laissa tremper dans son maillot de bain si longtemps que sa peau devint blanche et striée. De temps à autre, elle sortait de la baignoire et se tenait debout sur le tapis de bain, ruisselante, pour faire couler de l'eau chaude. Elle se lava les cheveux dans l'eau du bain et les laissa dégouliner dans son dos en sentant les gouttes

---

43 — Héroïne candide d'une série de romans pour enfants publiés entre 1867 et 1905 par Martha Finley.

qui rampaient sur sa peau comme des mouches. En s'étendant de tout son long, elle laissait parfois ses pieds et ses mains flotter à la surface et elle voyait qu'ils ressemblaient à une chose qui se serait noyée; elle pensa à la fois où son père avait ramené cette vieille femme dans la cuisine pendant l'inondation. La seule autre chose que Molly savait au sujet de cette vieille femme était que, d'après ce qu'on disait, elle avait grandi dans une région où les goitres étaient communs, ce qui faisait qu'à présent elle devait prendre de l'iode dans son eau.

Elle regarda ses longs pieds puis les laissa sombrer de nouveau. Mais, pour l'essentiel, elle n'avait pas conscience de son corps (elle n'en avait jamais conscience comme d'un «corps» et elle n'avait jamais prononcé ce mot à voix haute et elle défaillait presque quand une de ses sœurs disait en plaisantant: «Ne touche pas à mon corps!»; Molly se voyait elle-même comme une longue boîte en bois avec un esprit à l'intérieur) mais plutôt de ce qui s'était passé cet après-midi-là, dans le train, et elle se rejoua la scène tout entière, encore et encore, en sentant se ranimer à chaque fois la haine resplendissante qui s'était répandue sur elle exactement comme l'eau du bain. Elle avait souvent haï Ralph, mais cela avait toujours fini par passer. Elle l'avait haï pendant un mois une fois parce que, quand elle lui avait montré une image en détrempe d'une cuisine de Nouvelle-Angleterre, il avait ri si fort qu'il avait postillonné et fait glisser l'assise à carreaux rouges et blancs du fauteuil à bascule. Une fois, il lui avait apporté un petit aimant en forme de fer à cheval et lui avait dit que les maîtresses avaient voté et décidé de le lui octroyer à elle comme récompense pour les nombreuses lectures complémentaires qu'elle faisait, et quand elle était allée remercier Mlle Bandy, celle-ci lui avait dit:

— Tu sais, Molly, je crois que c'est juste un jouet gagné dans une boîte de céréales.

Cependant, même si elle n'oublierait jamais ces humiliations, elle n'avait plus l'impression, quand elle y repensait, qu'elle était sur le point de se mettre à saigner du nez. Ce nouvel outrage, en revanche, était une tout autre affaire, et elle se jura à plusieurs reprises, en levant son bras droit hors de l'eau, qu'elle haïrait Ralph Fawcett pour le restant de ses jours. Elle n'était pas encore certaine de la manière dont elle lui montrerait qu'elle était son ennemie jurée, mais elle avait tout le temps de faire son choix. Pour le moment, elle pouvait simplement rester allongée ainsi dans la baignoire, en sécurité derrière la porte verrouillée, et contempler cet acte qu'il avait commis, si terrible, si noir et si vil qu'il en était fascinant. Il y avait aussi quelque chose d'agréablement piquant à se dire qu'elle pouvait maintenant ajouter le nom de Ralph à sa liste des impardonnables – une liste qui comprenait presque tout le monde. Il y avait quelques cas litigieux (elle n'avait pas encore tranché ce qu'elle ferait de Winifred et d'Oncle Claude), mais il n'y avait que deux personnes qui étaient purement pardonnables : son propre père et Grand'Pa Kenyon. Si elle pardonnait à son père, ce n'était pas seulement parce qu'elle ne l'avait jamais connu, de même que si elle pardonnait à Grand'Pa ce n'était pas seulement parce qu'il était mort : après tout, Grand-Père Bonney était, lui, un éminent impardonnable, et même Grand-Mère Bonney était un cas litigieux. Elle se demandait souvent, avec fierté, pourquoi elle haïssait les gens. Dans certains cas, elle pouvait se remémorer le moment où sa haine avait commencé. Par exemple, elle avait haï Pinky Freudenburg depuis le jour bien précis où elle était restée en classe pendant la récréation pour travailler sur sa division longue et qu'il était resté lui aussi ; elle s'était approchée du taille-crayon et il s'était glissé derrière elle et lui avait fait un baiser sur la joue et exactement au même moment une de ses dents de devant à elle était tombée et s'était déposée sur sa langue. Jusqu'alors, elle aimait bien Pinky parce qu'il inventait de petites danses pour illustrer les poèmes qu'elle écrivait, en plus d'autres qu'il inventait pour lui-même. Il y avait la « danse de l'ananas » et la « danse du magasin où tout est à dix cents » et la « danse de la purée de patates ». Elles se ressemblaient un peu toutes mais elles étaient passionnantes à regarder, et Molly regrettait de devoir mettre son mouchoir sur ses yeux à chaque fois qu'il en faisait une dans l'aire de jeu. Elle savait très bien, également, à quel moment Grand-Père Bonney était devenu impardonnable. C'était le jour où Ralph avait vomi dans le salon et où elle s'était versé de l'acide sur la main. Elle avait regardé le portrait juste avant que Ralph ne dise que le lait avait tourné et elle s'était dit : « Je h. cet homme », et elle avait su que ce serait vrai pour toujours et à jamais. Mais elle ne se rappelait plus à quel moment elle avait commencé à haïr sa mère et Leah et Rachel. Pour ce qui est des Follansbee, évidemment, elle les avait haïs avant même d'être née.

Elle se rendit compte, tandis que ses doigts enflaient et se creusaient peu à peu de sillons, qu'elle les haïssait tous pour la même raison, mais elle n'aurait su dire quelle était cette raison. On pouvait se dire que c'était parce qu'ils étaient tous gros. Mais ce n'était pas vrai de M. Follansbee ni de Ralph et à vrai dire ce n'était pas vrai de Leah et Rachel, même si elle les avait entendues parler à voix basse de corselets. Mais être gros faisait bien partie du problème. Il y avait quelque chose de gros dans la façon dont M. Follansbee rotait, et aussi dans la question que lui avait posée Ralph. Elle se souvint, en fermant les yeux pour voir avec précision l'horrible image, de cette journée au début du mois d'avril où les Follansbee les avaient accompagnés un dimanche à Redondo Beach, et que Mme Follansbee était ressortie de la cabine de plage vêtue d'un maillot de bain rouge vif. Ses jambes maigrelettes aux genoux cagneux étaient couvertes de varices épaisses; son ventre était mou et pendait vers le bas et pour Molly il faisait penser à un gâteau qui aurait débordé du moule pendant la cuisson. Mais M. Follansbee, à moitié nu et décharné, était tout aussi horrible; ses jambes grêles, entièrement couvertes de poils noirs, dépassaient d'un caleçon long et large avec un élastique blanc, et ses bras étaient tout aussi poilus, mais son cou, lui, était aussi blanc qu'un poisson. Elle avait refusé d'aller se baigner avec eux et était restée sur la plage où elle avait écrit son nom et sa classe dans le sable avec un morceau de bois flotté. À un moment donné, sa mère était venue la rejoindre, ruisselante et luisante, et s'était assise avec elle pour lui demander d'être « sympathique », et elle avait observé les plis de la peau sur les genoux roses de sa mère en espérant qu'un crabe les mordrait. Ralph était mal à l'aise ce jour-là, lui aussi, et quand on les avait pris en photo devant un faux arrière-plan représentant l'océan, avec des mouettes peintes sur la toile, les deux enfants avaient refusé de poser avec les autres et Ralph avait marmonné : « Même si on me donnait la statue de la Liberté, je refuserais de me faire en prendre en photo avec ces deux marioles. » Mais il était évident qu'elle ne pouvait faire confiance à personne, surtout pas à Ralph. Avant, il avait toujours haï les bonnes personnes, et maintenant, il était devenu l'une d'entre elles. C'était vraiment dommage qu'il file un aussi mauvais coton. Il lui avait dit lui-même sans ambages que, quand il avait eu la nausée à cause du thé, c'était parce qu'il venait de percer Grand-Père Bonney à jour, et après ça ils avaient été les meilleurs amis du monde pendant environ un mois, en s'émerveillant tous les deux que l'idée leur soit venue en même temps.

Après un long moment, elle retira la bonde et laissa l'eau s'évacuer en coulant le long de son corps et en la chatouillant légèrement, et du fond de sa gorge elle imita le bruit que faisait l'eau qui descendait en gargouillant dans le tuyau. Si jamais elle devenait grosse, pensa-t-elle, ou si elle prononçait des paroles grosses, elle s'enfermerait dans une salle de bain et y resterait jusqu'à la fin de ses jours. Elle se disait souvent qu'on pouvait vivre tout à fait confortablement dans une salle de bain. Il suffisait de mettre un panneau d'isorel mou sur la baignoire pour pouvoir l'utiliser comme lit. Pendant la journée, on pouvait y étendre un couvre-lit en cretonne pour que cela ressemble à un divan. On pouvait utiliser le ce-que-l'on-sait comme chaise et le lavabo comme table. Il n'y avait besoin de rien d'autre, à part du maïs en boîte et des chamallows, et si on en avait assez on pouvait faire descendre un panier par la fenêtre avec un petit mot qui disait : « Envoyez-moi des tamales bien chauds », ou bien des œufs durs, ou quoi que ce soit dont on aurait envie à ce moment-là.

Mais elle se disait qu'il y avait peu de chances qu'elle devienne grosse au point de devoir vivre dans une salle de bain. Elle regarda le haut de son bras tout fin et le mordilla comme un petit singe. Il y avait trop de manières très simples d'éviter de devenir grosse, sans parler de celle, drastique, qui consistait à attraper un ver solitaire. Elle espérait de tout son cœur, en revanche, que Ralph deviendrait plus gros que Tweedledum et Tweedledee réunis[44], et elle s'enfonça les poings dans les yeux en pensant avec ravissement à son frère et à la façon dont son pantalon lui serrerait le derrière et dont sa chemise se fermerait tout juste pour cacher son horrible ventre. Ses joues deviendraient si grosses qu'elles recouvriraient presque ses yeux. Pendant tout ce temps, elle, Molly Fawcett, deviendrait de plus en plus fine, et elle finirait par devenir célèbre pour ça, et quand le bon moment serait arrivé, elle abandonnerait son gros nom actuel, Molly, et se ferait appeler Clara, en hommage à Tante Clara, la sœur de Papa, dont il y avait un portrait en pied dans l'album de famille. Tante Clara était aussi mince et effilée qu'un manche à balai et elle avait d'énormes dents de devant qui dépassaient. Sur la photo, elle portait une jupe droite de couleur noire avec une veste droite de couleur noire, des chaussures noires et un chapeau noir avec un bord si large qu'on ne voyait plus que son nez busqué et ses grosses dents géantes posées sur sa lèvre inférieure. Molly se mettait souvent devant le miroir en faisant ressortir ses dents et en disant « Clara ? Clara ? » comme si elle l'appelait dans la tombe, comme si elle l'appelait pour lui dire qu'elle essaierait de lui ressembler

44 — Personnages d'une comptine britannique qui apparaissent notamment dans *De l'autre côté du miroir* de Lewis Carroll et sont souvent représentés avec un gros ventre.

trait pour trait. Cela mis à part, Tante Clara n'avait rien eu de très admirable étant donné qu'elle était morte en se faisant enlever une tumeur, et Mme Fawcett, quand elle leur racontait cet épisode, disait toujours: « Vous voyez, les filles, cette tumeur était si énorme que tout le monde pensait qu'il s'agissait de tout autre chose. » Elle levait alors les yeux vers elles pour vérifier qu'elles avaient compris, et Rachel et Leah acquiesçaient d'un air entendu. Même dans ses rêves, Molly n'aurait jamais demandé ce que cette autre chose pouvait être, mais elle supposait que cela devait avoir un lien avec tout ce pataquès au sujet duquel tout le monde semblait avoir décidé de lui gâcher la vie.

Toute l'eau finit par s'écouler hors de la baignoire et elle se leva et posa un pied sur le bord pour le sécher, puis elle posa ce pied sur le tapis de bain et sécha l'autre. Elle déplaça délicatement la chaise et essaya de tourner le bouton de la porte, au cas où quelqu'un aurait crocheté la serrure pendant que les tuyaux faisaient tout ce vacarme, puis elle retira le maillot, se sécha et s'entoura le ventre d'une bande de flanelle. Elle la serra si fort et tira tellement pour l'accrocher avec une épingle que la douleur la submergea, et elle dut s'allonger sur le sol pour récupérer ses chaussons puisqu'elle ne pouvait pas se pencher en avant. Puis elle enfila son pyjama à manches longues et à col rond et le bonnet de nuit qu'elle avait noué autour de ses cheveux mouillés. Son souhait était d'attraper la tuberculose et, au ranch, où personne ne la surveillait, elle se couchait souvent avec les cheveux trempés. Cela faisait des années qu'elle essayait de trouver où Winifred rangeait sa brosse à dents.

Elle remit dans la sacoche de cuir toutes ses affaires, en n'ayant utilisé que le savon et les sels de bain, puis elle sortit. Les voix des joueurs de cartes remontaient l'escalier en de sourdes vibrations et aucune lumière n'était allumée sous les portes du couloir, hormis celle de Mme Brotherman, et elle parvint à rejoindre sa chambre sans être vue. Si quelqu'un l'avait vue, peu importe qui, avec sa gaine ventrale, ce soir-là en particulier, elle se serait tout simplement liquéfiée comme une limace sur laquelle on aurait versé du sel. Quand elle entra dans sa chambre, elle poussa la table de chevet contre la porte sans se demander si quelqu'un allait l'entendre. S'ils l'entendaient, ils ne s'en soucieraient pas; ils se souciaient de très peu de choses ici, et c'était l'un des rares points positifs de l'endroit.

Après avoir accroché le maillot à la fenêtre, elle se mit au lit et sortit le journal intime qu'elle gardait sous son matelas. Elle écrivit:

Ralph a dépassé les bornes. Je suis son ennemie jurée et j'ignore si je lui adresserai de nouveau la parole un jour dans la mesure où il a littéralement enfoncé un rivet de haine dans mon cœur en me faisant une certaine remarque aujourd'hui dans le train. Je ne sais pas ce que je pense de Winifred cette année. Elle est trop grosse mais elle m'a raconté une bonne blague et pour la première fois depuis la Saint-Glinglin la blague était si drôle qu'elle m'a fait rire.

LA BLAGUE DE WINIFRED

Tu appelles quelqu'un au téléphone et tu demandes: « C'est vous la dame qui fait les ménages ? » et quand l'autre personne dit que non, tu dis : « Quoi, vous faites jamais le ménage ! Mais vous êtes pire qu'un cochon ! » et tu raccroches.

Je ne sais pas ce que je pense de Winifred, comme indiqué ci-dessus, parce qu'elle m'a raconté qu'elle était allée au cinéma avec son Jules et quand je lui ai demandé ce qu'elle voulait dire par Jules elle m'a dit le garçon pour qui tu as le béguin et qui a le béguin pour toi.

Mais pour revenir au sujet de celui qui était auparavant mon frère, ce qu'il a fait est si diabolique que je pourrais avoir de l'affection pour Leah en comparaison, malgré la lettre qu'elle a écrite et qui la fait paraître non compus mentis[45]. *Je n'évoquerai pas le sujet de cette lettre, pas plus que je n'écrirai noir sur blanc ce que Ralph m'a dit dans le train, mais je peux t'assurer, Molly, que les deux étaient horribles. J'ai l'intention de lire l'intégralité de Sir Walter Scott, Dickens, Stevenson et James Fenimore Cooper pendant que je suis ici, afin de n'avoir strictement rien à faire avec R. F. Lui et Oncle Claude parlaient tout à l'heure de chasser un puma. Je ne peux rien imaginer de plus ennuyeux en ce qui me concerne. Oncle Claude a l'air très vieux. Évidemment. Il a trente-six ans. Je ne*

45 — Plus exactement *non compos mentis*: expression juridique latine signifiant « qui n'a pas l'esprit sain », donc irresponsable.

suis pas certaine de bien le supporter. Il ne voyait pas de quoi je voulais parler quand j'ai dit « sornettes et calembredaines » et je suis tout à fait certaine qu'il ne savait pas que le vrai nom de Mark Twain est Samuel Clemens. Il n'y a que deux personnes sur qui je suis fixée : Mme Brotherman et Magdalene. Mme Brotherman va me laisser m'occuper des roses avec elle, mais je ne sais pas si elles vont très bien pousser car j'ai lu dans le train dans le Denver Post *que les pucerons vont être redoutables cette année. Je n'ai pas encore conversé avec Magdalene, mais elle a dit qu'elle avait une patte de lapin pour moi et il paraît que c'est un porte-bonheur.*

Résolution : penser sans cesse à Ralph qui devient gros. Demain je dois regarder les images des sous-vêtements pour hommes corpulents dans le catalogue et choisir celui auquel je veux qu'il ressemble.

—

Chapitre 8

Au cours des années précédentes, depuis ce jour où il avait vu naître le veau, Ralph avait ressenti une excitation confinant à l'extase devant le spectacle vigoureux et incessant de la naissance des créatures de la ferme. Il avait tremblé de tout son corps en voyant une jument être emportée en camion dans un haras pour la saillie et il était sur le pont chaque fois qu'une vache devait vêler. Il regrettait toujours que les agneaux naissent au printemps, avant son arrivée. Molly, bien sûr, avait fermement campé sur ses positions et une fois, deux ans plus tôt, alors qu'il essayait de lui expliquer la différence entre un étalon et un hongre, ils s'étaient violemment disputés. Elle refusait de renoncer à l'idée qu'il s'agissait simplement de deux races de chevaux différentes. Ralph n'avait jamais, de manière vraiment consciente, fait le lien entre ce qu'il savait des animaux et les êtres humains; mais il comprenait maintenant, avec honte et désarroi, que ce lien existait, et il s'interrogeait, avec une révulsion particulièrement intense, sur ce que cela impliquait pour les Follansbee. Il observait, captivé, le visage des hommes réunis autour de la table pour le dîner et il regardait Mme Brotherman avec stupéfaction et effarement.

Cet été-là, il ne prenait plus aucun plaisir à voir les poulains et les veaux qui tétaient leur mère, et il était soulagé que son cheval et celui de son oncle aient une amitié purement masculine et qu'ils s'enfuient loin de la jument de Winifred dès que celle-ci s'approchait. Winifred elle-même l'intimidait et le mettait mal à l'aise, mais il n'était pas amoureux d'elle; pourtant il se disait, d'une manière obscure, que s'il n'avait pas commis ce crime dans le tunnel il l'aurait été.

Pendant une certaine période, il ne prit en réalité pas de plaisir à grand-chose. Quand, de temps à autre, il se laissait aller à quelque amusement, sa culpabilité refaisait surface et l'univers tout entier en était gâché. Il était obsédé par la formule «les entrailles de la terre» et il imaginait des intestins noircis qui jaillissaient de la carcasse d'un bœuf gigantesque accrochée à une poulie aussi haute qu'une montagne, tandis qu'un couteau aussi long qu'un train entier découpait l'animal. La nuit, incapable de dormir, il mettait sa tête sous l'oreiller pour se cacher de la vive lueur des étoiles; il était attentif à tous les bruits et il entendait Molly, qui le méprisait, quand elle se tournait et marmonnait dans son sommeil; il entendait les hiboux qui lançaient leur avertissement dans les peupliers; il entendait les hommes qui rentraient tard de White Woman. En ces nuits fraîches, pleines des odeurs pures et encore vertes du mois de juin, il n'arrivait pas à faire naître la moindre rêverie. Car à présent la seule chose qu'il désirait était de redevenir celui qu'il était avant cette soirée au Brown Palace, et il ne pouvait même pas faire semblant d'être toujours cette personne puisque Molly connaissait sa vraie nature, vile et secrète. Il n'arrivait même pas à convoquer son image préférée, d'ordinaire imparable, où il imaginait qu'il était l'associé d'Oncle Claude. S'il ne devenait pas l'associé d'Oncle Claude, qu'allait-il advenir de lui? Il n'avait pas toute une palette de projets ambitieux, à l'inverse de Molly qui, en l'espace d'une semaine, pouvait s'imaginer devenir vendeuse itinérante de l'*Encyclopédie des Connaissances*, épicière, inspectrice officielle des noix ou conductrice de tramway à Tijuana; évidemment sa vraie vocation était l'écriture et ces projets ne devaient être que des métiers d'appoint.

Ralph était troublé de ne plus ressentir le désir de pénétrer entièrement le monde d'Oncle Claude. Il n'avait pas cessé, bien malgré lui, de songer à la manière dont ce dernier avait regardé le taureau malade, et il se disait: «Si la même chose arrivait à une personne, il se comporterait de la même manière.» Mais comment était-ce possible, alors que la mort de Grand'Pa Kenyon avait brisé son oncle en mille morceaux comme une assiette de faïence? Peut-être que ce n'était pas la mort qui l'agaçait et le dégoûtait, mais seulement les circonstances qui précèdent la mort, et Ralph se souvenait qu'Oncle Claude n'avait pas posé une seule question sur le malaise de Grand'Pa ni sur les trois jours d'agonie qui avaient suivi.

Il broyait du noir en pensant à Oncle Claude, puis il broyait du noir en pensant à Molly. Le temps passant, il inventa une explication complexe et rusée à sa défection dans le tunnel. Il disait que quelque chose, par exemple une créature obscure comme le Skalawag, lui avait jeté un sort et qu'il n'avait pas pu s'en libérer. Le fait que Molly en ait été victime était entièrement le fruit du hasard; il aurait tout aussi bien pu s'en prendre à cette femme inconnue qui portait la robe de soirée pitoyable. Par moments, il pouvait presque se persuader qu'il avait en fait dit: «*On m'a dit* de te demander de dire tous les mots cochons que tu connais.» Mais ce n'était qu'une maigre consolation, car il ne pouvait pas expliquer tout cela à Molly; il ne pouvait pas parler du tout de ce qui s'était passé, même si elle, de son côté, utilisait sans vergogne les mots «tunnel» et «cochon» si fréquemment et de manière si peu naturelle qu'il était certain que quelqu'un allait finir par le remarquer. Elle ne lui adressait jamais la parole, sauf pour lui faire des remarques cruelles. Un jour, elle avait mis soudain la main devant sa bouche et elle s'était exclamée entre ses doigts: «Oh, mon Dieu, l'espace d'un instant tu t'es mis à ressembler exactement à Grand-Père Bonney!» Et une autre fois, elle avait dit à Winifred: «Tu sais, il y a beaucoup de gens gros dans notre famille. C'est vraiment dur pour une femme d'être grosse, mais tu ne trouves pas que les hommes gros sont vraiment horribles?» Et elle l'avait regardé d'un air particulier, comme si elle voulait qu'il devienne gros.

Il ne pouvait pas échapper à ses angoisses, et comme elles le torturaient sans cesse, il cherchait la solitude; mais Oncle Claude, qui ne supportait pas d'être seul, l'en empêchait en insistant pour qu'il l'accompagne réparer des clôtures, ou embaucher des hommes pour faire les foins, ou pêcher avant que la nuit tombe. Ralph en vint à se cacher quand il entendait son oncle approcher. Il se cachait dans la grange à l'intérieur d'une caisse de grains ou derrière les peaux dans l'abattoir, et il sentait son cœur qui semblait vouloir jaillir hors de sa poitrine et sa bouche aussi sèche que du papier. Souvent, les jours où les bêtes étaient abattues, il partait en ville juste après le petit déjeuner et faisait du stop sur la grand-route pour aller passer la journée à traîner avec les autres lycéens à l'entrée de l'ancienne pension pour chevaux ou dans les alcôves du drugstore. Parfois, un groupe de filles hystériques descendait la rue principale en poussant des cris suraigus et venait s'installer sur les banquettes devant les tables dont le dessus était en porcelaine. Le drugstore était envahi de gloussements interminables, et c'était à qui seraient les plus malins entre elles et les garçons, qui leur faisaient la cour en leur envoyant des pailles mouillées ou des serviettes en papier roulées en boules. De temps à autre, Winifred et John Fulbright, le garçon à la voiture écarlate, venaient s'asseoir dans le box du fond, silencieux et éblouis.

Oncle Claude ne comprenait pas pourquoi Ralph lui faisait faux bond et il lui dit :

— Je comprends pas ce qui te passe par la tête. C'est que je pensais que t'allais devenir un équarrisseur de première classe.

Et Ralph ne pouvait que répondre, d'une petite voix :

— Je sais pas trop moi aussi pourquoi j'aime plus trop ça.

Pour ne pas avoir l'air impoli, il devait s'efforcer de parler de manière aussi familière qu'Oncle Claude, et même cela finissait par l'irriter.

Un après-midi, ils étaient appuyés tous les deux contre la barrière du corral, le chapeau sur le front pour se protéger les yeux du soleil. Ken Burkhardt et Mondys étaient en train d'entraver le taureau malade et le vétérinaire (un gros homme à l'air soigné avec un pantalon de gabardine verte et une chemise en soie rose) était en train d'organiser ses instruments près de l'entrée. Ralph n'avait pas voulu venir, mais Oncle Claude avait insisté. « Ça fait partie de ton éducation », avait-il dit. Le taureau se débattait en beuglant et Ralph, qui était convaincu que les deux hommes ne suffiraient pas à le maîtriser, n'avait pas négligemment posé son pied sur le premier barreau mais se tenait droit et alerte, prêt à décamper.

Quand l'opération commença et que le scalpel pénétra la peau, il dut se forcer à serrer les mâchoires et il ferma les yeux en vacillant d'écœurement. Une odeur horrible vint les percuter comme une vague, et le taureau émit un hurlement plaintif qui vint se fracasser à l'intérieur de son crâne. Il n'osait pas regarder et il gardait les yeux fixés sur la boule verte et les deux arabesques rouges qui flottaient derrière ses paupières. Tandis que tout cela avait lieu, tandis que la pauvre bête était charcutée comme un morceau de viande, Oncle Claude lui dit :

— Demain on ira pêcher au Trou de l'Enfer.

Ralph n'était pas en colère, mais il était fermement décidé à ne pas l'accompagner, et il répondit :

— Je suis désolé, Oncle Claude, je ne vais pas pouvoir.

Mais Oncle Claude répondit simplement :

— Tu dois être prêt pour quatre heures. Pas la peine d'y aller si c'est pas de bon matin.

— Je ne peux pas, dit Ralph. J'ai autre chose à faire demain.

— Mon œil, dit son oncle.

— Si, c'est vrai. J'ai rendez-vous pour jouer au billard.

— À quatre heures du matin ? T'es sûr que c'est au billard que tu vas jouer ? Ce serait pas plutôt aux billes ?

Il donna un coup à Ralph dans les côtes en s'esclaffant de sa propre blague. Ralph s'écarta, agacé. Le taureau émit un rugissement et le vétérinaire lui dit d'un ton calme :

— Tout doux, mon vieux, on est presque au bout.

— Je ne peux pas aller à la pêche demain, Oncle Claude, répéta Ralph d'un air buté.

— Écoute, je vais pas aller pêcher tout seul au Trou de l'Enfer, et je vais pas y aller avec ta sœur non plus. Donc on dirait bien que c'est avec toi que j'y vais.

— Non et non! Je te ferais dire que c'est pas à toi ni à personne d'autre de me dire ce que je dois faire, merde à la fin!

Il sortit du corral et se dirigea vers la maison en faisant d'énormes enjambées et en sentant immédiatement le remords l'envahir, tandis que son orgueil blessé s'apaisait. Il savait (et il le savait même pendant son coup de colère) qu'Oncle Claude ne voulait pas lui imposer sa volonté mais désirait juste avoir de la compagnie et, à bien y réfléchir, on ne pouvait pas se refuser ça, d'homme à homme. Et donc il allait l'accompagner à la pêche, comme il le savait depuis le début, et comme Oncle Claude l'avait su également.

Il n'avait jamais fait un temps pareil. Il faisait beau et chaud pendant la journée et frais pendant la nuit. Des groupes laiteux de nuages pommelés restaient suspendus, immobiles, dans le ciel. Si d'aventure il pleuvait, c'était sous la forme de tempêtes spectaculaires qui commençaient par des éclairs éblouissants et des coups de tonnerre, qui bégayaient parfois très loin sur les montagnes distantes, et d'autres fois éclataient si près que le fracas semblait venir de la base du pic Garland. La pluie arrivait ensuite en déplaçant l'air devant elle comme les puissants battements d'ailes d'un aigle, et elle plongeait dans l'obscurité les montagnes, les champs de fléole et les bâtiments du ranch. Pendant la tempête, tout le monde venait s'asseoir dans le salon, humide et la mine sombre. Là, ils écoutaient avec obstination la radio d'où rien ne sortait hormis des caquètements furieux et, après de longs intervalles, de minces bribes de chansons. Oncle Claude arpentait la pièce nerveusement. Il détestait la pluie autant qu'il détestait les maladies ou tout ce qui était susceptible de le retenir à l'intérieur.

Pendant l'une de ces tempêtes, un homme s'arrêta une fois au ranch très tard dans la soirée; il était à cheval et emmenait derrière lui vingt chevaux de pure race attachés les uns aux autres. Il demanda si on pouvait l'héberger pour la nuit. Oncle Claude, qui ne fermait jamais sa porte à personne et n'était pas du genre à poser des questions indiscrètes à un étranger, lui dit qu'il pouvait dormir dans le dortoir et que ses chevaux pouvaient vaquer dans le pré des vaches. Il faisait presque nuit noire quand Ralph et Oncle Claude l'accompagnèrent à cheval pour mener ses bêtes, mais de temps à autre des éclairs venaient déchirer le ciel ; les hennissements effrayés des chevaux et, à l'arrière-plan, le bruit du tonnerre, tout cela paraissait irréel, comme dans un western au cinéma. Ralph s'enhardit ; il donna un coup d'éperons à Studebaker, qui partit au galop ; dressé sur ses étriers, il cria à pleins poumons, mais il ne pouvait même pas entendre sa propre voix, il la sentait seulement dans sa gorge.

L'étranger, par son arrivée soudaine, mit tout le monde de bonne humeur. Oncle Claude raviva le feu et dit à Ralph :

— Va dire à cette négresse de Magdalene de sortir de la cave une bouteille du vin de la maison.

Mais Ralph alla la chercher directement, sans prêter attention aux récriminations de la cuisinière, qui ne voulait pas qu'on vienne « mettre le bazar dans mes patates et mes oignons et mes conserves ». Il était si excité par la tempête et la venue de cet étranger et les vingt chevaux qu'il oublia complètement, une fois en bas, ce qu'il était venu chercher. Il éclaira les étagères avec sa lampe de poche et un gros rat à l'œil brillant courut se cacher derrière une cruche. Quand le faisceau tomba sur les bouteilles de vin, tout lui revint en mémoire

et il en prit deux plutôt qu'une seule.

La chaleur du feu et le vin délièrent la langue de l'inconnu, qui se mit à parler avec volubilité ; tous les autres hommes ainsi que Ralph et Winifred s'étaient assis autour de lui et l'écoutaient en riant, comme s'ils étaient des parias coupés du monde qui recevaient enfin la visite de quelqu'un de l'extérieur. Il leur raconta qu'il était en route pour Vernal, dans l'Utah, pour aller donner ses chevaux à un joueur (il prononçait ce mot « jou-eur ») contre qui il avait perdu un pari. Oncle Claude remarqua :

— C'est un sacré bout de chemin, l'ami. Vous feriez pas mieux de les mettre dans un wagon ?

L'homme avait un long menton de travers et les yeux qui coulaient. Il eut un petit rire et répondit :

— C'est-à-dire qu'il m'a pris mes chevaux, et mon argent par-dessus le marché.

Les lumières s'éteignirent et ils durent dîner à la lueur des lampes à pétrole. Le courant ne revint pas cette nuit-là, mais le feu flamba toute la soirée et ils vinrent tous s'accroupir devant la cheminée, et certains d'entre eux s'assirent à même le sol comme des Indiens. Molly était en train d'apprendre à jouer du ukulélé et elle passa la soirée sur la galerie, assise dans la pénombre, à gratter les cordes sèches et à chanter à voix basse toujours la même phrase: «Mon chien a des puces.» L'étranger refusait de leur dire quel était ce pari dont l'enjeu était si énorme, et les autres, brûlant de curiosité et excités par le vin et les hurlements de la tempête qui ne faiblissait pas, l'abreuvèrent de questions, tantôt avec impatience, tantôt avec embarras. De temps à autre, il jetait un coup d'œil rapide par-dessus son épaule, mais c'était seulement pour les faire marcher car ensuite il éclatait de rire.

Ralph but plusieurs verres de vin et l'effet que cela produisit sur lui était aussi étrange et insaisissable que l'atmosphère créée par la présence de l'étranger ce soir-là. Il se sentait tour à tour somnolent et parfaitement éveillé. Winifred se tenait assise devant le feu, les jambes croisées sur une peau de daim, et elle ne disait rien mais elle levait les yeux avec un sourire mystérieux, tantôt vers l'étranger et tantôt vers Oncle Claude, qui était le principal porte-parole de la petite assemblée. C'était l'une des rares soirées où, depuis l'arrivée de Ralph et Molly, elle était restée à la maison, et les hommes lui avaient fait des blagues à ce sujet pendant le repas, en lui disant que son petit copain n'était sûrement pas un dur à cuire si une petite pluie l'empêchait de venir la voir. Sa mère leur fit des remontrances légères:

— Winifred a assez de bon sens pour savoir qu'elle tomberait malade si elle sortait sous une pluie pareille.

Et l'homme qui avait lancé les railleries marmonna des excuses quand il se souvint de la «prédisposition».

Pendant toute cette longue soirée, niché dans l'obscurité à l'abri des regards inquisiteurs de ceux qui l'entouraient, et loin de Molly, dont les pincements métalliques incohérents se faisaient entendre avec la même régularité que les gouttes de pluie sur le toit, Ralph s'autorisa à penser à Winifred, et une vague de désir sans remords passa chaudement sur lui en l'ébouriffant. Il était difficile d'imaginer, se dit-il, qu'elle et John Fulbright ne se soient pas embrassés. Il les entendait souvent remonter le chemin à minuit, navigant discrètement dans le noir, et il y avait toujours un intervalle d'un quart d'heure au moins avant que la voiture ne démarre et qu'il n'entende Winifred monter l'escalier si silencieusement qu'elle devait forcément avoir retiré ses chaussures. Elle n'était pas comme les autres filles, qui étaient, elles, bruyantes et effrontées et aimaient marcher sur le sol carrelé du drugstore en faisant claquer leurs talons hauts, et qui, dans les alcôves, se mettaient à chanter soudainement. Elles la ramenaient sans cesse et faisaient des manières et elles étaient capables de faire durer leurs idioties pendant des heures. Mais Winifred, elle, était réservée, n'élevait pas la voix et se montrait presque pensive, et sur ses lèvres on devinait toujours ce sourire mystérieux et enchanteur. Ralph avait entendu dire en ville qu'elle dansait très bien et il s'émerveillait qu'elle possède ce talent, en plus des talents masculins comme savoir monter à cheval et tirer au fusil. La première fois qu'il avait entendu ça, il lui avait dit :

— J'ai entendu quelqu'un dire quelque chose de sympa sur toi. Je te le raconte si tu me rends la pareille.

— Homer dit que, pour ce qui est de l'irrigation, tu es le meilleur assistant qu'il ait jamais eu, répondit-elle de manière un peu décevante.

Quand il lui raconta ce qu'il avait entendu, elle ne dit rien et n'eut pas l'air gêné du tout, comme si c'était amplement mérité. Molly, qui, comme à son habitude, était tapie dans un coin de la pièce où ils ne l'avaient pas remarquée, se faufila jusqu'à eux, le pouce glissé dans un exemplaire du *Lac Ontario*[46], et dit :

— Ce que j'ai entendu dire, moi, a une importance bien plus grande. J'ai entendu dire que tu lisais le latin sans dictionnaire.

Winifred avait froncé les sourcils et baissé les yeux, comme si on avait quasiment remis en cause toute sa personnalité.

Winifred se redressa et, cherchant Ralph du regard, elle lui dit :

— Elles sont où, à présent ?

Il se rendit alors compte avec surprise qu'elle aussi avait cessé d'écouter la conversation des hommes.

— Qui sont où ? demanda-t-il.

— Ta mère et Leah et Rachel.

Tout le monde prêta l'oreille quand il lui répondit :

— Je ne sais pas. La dernière lettre venait de Hong Kong.

L'étranger le scruta attentivement.

— Eh bien ! Alors comme ça, ta famille est à Hong Kong. J'y suis allé une fois, et j'ai vu une mangouste tuer un cobra.

Le ukulélé s'arrêta immédiatement et Molly, depuis sa tanière obscure, lança :

— Ça m'étonnerait. Les mangoustes vivent en Inde.

Sa voix était assurée et parfaitement claire et elle produisit un effet si immédiat sur l'étranger que de la sueur perla sur son front, luisant à la lumière des flammes, et sa main se mit à trembler si fort qu'il renversa du vin sur son pantalon kaki acheté dans un surplus militaire. Il ne chercha pas à contredire cette voix, comme s'il s'était agi de la voix de la conscience sortant des ténèbres insondables, mais il répondit très vite, nerveusement :

— Bon Dieu, c'est tout à fait exact. J'ai dû confondre avec Bagdad.

---

46 — *The Pathfinder* (1840), roman de James Fenimore Cooper.

Molly eut un petit rire moqueur et se remit à jouer.

Les hommes voulurent que l'étranger leur raconte ses voyages autour du monde, mais il refusa. La seule chose qu'ils purent tirer de lui fut le récit de sa visite dans une fumerie d'opium où quelqu'un l'avait emmené, dans le quartier chinois de San Francisco.

Ralph songeait, avec un peu de jalousie, à sa mère et ses sœurs. Pendant tout l'été, des lettres dodues et des cartes postales leur avaient été adressées, à lui et Molly, en provenance de Yokohama, Tokyo, Shanghai, Canton. Ils donnaient les cartes et les enveloppes à Magdalene, qui les conservait sur une étagère de la cuisine, dans une boîte à cigares de la marque Roi-Tan qui jusqu'alors ne contenait qu'un faire-part annonçant les funérailles de Grand'Pa Kenyon, ainsi que la carte de visite d'un vendeur ambulant de chez Watkins, nommé Edward P. Ottolengui. Leah et Rachel, dans leurs lettres, alternaient entre le style formel d'une composition scolaire («Vous serez sans doute intéressés par ce véhicule très particulier qu'on utilise ici et qu'on appelle un "rickshaw", et qui est l'équivalent des taxis que nous avons en Amérique») et une coquetterie exubérante («nos belles valises toutes neuves ont été défigurées par toutes ces étiquettes horribles que les hôtels collent dessus»); mais Mme Fawcett, elle, écrivait toujours de la même manière: son ton mêlait les deux styles utilisés par les grandes sœurs, mi-pédagogique, mi-badin. Elle écrivait par exemple: «Le déjeuner est devenu pour nous une "fête mobile" puisque nous ne pouvons jamais prédire dans quelle aventure nous allons nous retrouver au cours de la matinée et combien de temps celle-ci va nous occuper avant que nous ne puissions savourer nos victuailles. Et, mes chéris, ces victuailles, quand elles sont enfin devant nous, sont tout aussi étranges. Je crois bien que ma tatillonne de Molly serait obligée de changer ses habitudes si elle venait ici. Figurez-vous que nous avons pris goût aux germes de soja! (Comment va le potager d'Oncle Claude, au fait? J'espère que vous aidez tous les deux Mme B. au jardin, car c'est une excellente manière de montrer votre gratitude à C. K.) Que ferait l'Orient sans les germes de soja et le riz, je me le demande souvent, mais je peux vous affirmer que le riz n'est pas près de manquer, car par la fenêtre du train on ne voit que des rizières à perte de vue, toutes parsemées de coolies avec leur chapeau pittoresque comme sur la carte que Leah vous a envoyée hier.»

Ce n'étaient pas les inepties contenues dans les lettres qui le troublaient. À vrai dire, il était plutôt rassuré de voir que le voyage n'avait aucun effet sur la sottise de sa mère. Ce qui lui faisait redouter l'arrivée quotidienne du courrier, c'était que chaque lettre contenait un passage sur l'avenir radieux qui les attendait tous quand la famille serait réunie dans le Connecticut. Toutes semblaient sous-entendre que ces retrouvailles marqueraient un point de non-retour irrévocable. Entre les lignes, Ralph comprenait que sa mère se chargerait d'enterrer Oncle Claude de manière aussi définitive qu'elle avait enterré Grand'Pa Kenyon et, même si cette année il avait souvent été tourmenté et avait rêvé de pouvoir être ailleurs, dès qu'il pensait à sa mère et au Connecticut, il s'agrippait avec passion et dévouement à son oncle et au Colorado. Il était, dans ces moments-là, pareil à un homme à qui on a dit que sa bien-aimée allait mourir et qui, incapable d'anticiper la façon dont le départ de celle-ci va métamorphoser ses habitudes, se trouve encore plus convaincu de l'absolue nécessité de cet amour, si bien que, quand le moment tant redouté arrive et qu'elle succombe, il a l'impression de n'avoir pas du tout pu s'y préparer. La terre était ainsi faite, ruminait-il, que plus les trois voyageuses s'éloignaient d'eux aux confins du monde, plus elles s'approchaient de la côte Atlantique et de leurs projets implacables. Dans quelques mois seulement, ce serait toute la largeur du continent qui se dresserait entre lui et la tombe de son père et celle de Grand'Pa Kenyon,

tandis que Grand-Père Bonney, transportable et omniprésent, après avoir passé l'été dans la salle des coffres d'une banque, ne serait jamais loin. Celle qui ne serait jamais loin non plus, c'était Molly, elle qui avait le pouvoir de le détruire et d'anéantir son monde si elle le désirait. Il savait, sans être vraiment capable de se l'expliquer, qu'elle ne ferait rien tant qu'ils seraient dans le Colorado, mais une fois qu'ils auraient rejoint cette terre vaine et nue où ils étaient condamnés à vivre à l'ombre de la trinité des hommes gros, il lui faudrait se prémunir contre cette arme qu'elle possédait.

Au milieu de la soirée, Oncle Claude se plaignit avec agitation que la pluie lui tapait sur les nerfs et que le vin n'arrangeait pas les choses. Brusquement, la pièce fut traversée par une sensation de terreur et Ralph vit Mondys jeter un regard furtif à l'étranger. L'homme avait basculé le dossier de sa chaise contre la cheminée et il s'était mis à parler méchamment et à regarder autour de lui d'un œil mauvais. Il avait surmonté la fébrilité causée par la remarque de Molly et, depuis un moment, il posait des questions sur la chasse dans la région. Au début, les hommes lui répondirent avec enthousiasme et en s'interrompant les uns les autres, sans façon, nonchalamment, mais, petit à petit, ils se firent plus réservés et se retranchèrent dans le silence les uns après les autres. Oncle Claude ne perçut pas immédiatement les soupçons vagues qui les habitaient et, comme il était le seul à parler encore, il se mit à enchaîner les histoires de chasse. Puis il ajouta que lui-même n'avait pas beaucoup chassé pendant le printemps, comparé aux autres années, mais il raconta combien de kilos de wapiti et de daim les autres gars avaient ramenés, et que la plus grande partie de cette viande était d'ailleurs suspendue dans la glacière en ce moment même. Il fit le récit de leurs aventures comme s'il les avait vécues lui-même.

— Vous êtes en train de me dire que vous-même vous n'avez pas participé à toutes ces chasses ? demanda l'étranger. Pourquoi donc ?

C'était la question qu'Oncle Claude attendait ; il sourit.

— Je vais vous le dire. Pas loin d'ici, au mois d'avril, j'étais en train de faire du repérage dans les contreforts et d'essayer de trouver la trace d'un bon gros castor, et un jour j'ai vu...

Il fit une pause. La méfiance de ses hommes lui devint tout à coup perceptible. C'était presque comme s'ils le regardaient en secouant la tête pour le prévenir, et même Winifred se tenait toute droite, tendue, dans l'attente de ce qu'il allait dire. Il termina sa phrase :

— J'ai vu quelque chose qui m'a fait une sacrée impression.

— Et qu'est-ce que c'était, pardi ? demanda l'homme.

Il laissa sa chaise s'abaisser lentement et se pencha en avant en tenant son verre de vin à deux mains.

— Eh bien, j'ai pas l'intention de répondre à cette question, dit Oncle Claude.

Ralph était perplexe. Il savait que, si les hommes avaient tout à coup décidé de tenir leur langue, c'était parce qu'ils se demandaient si cet étranger n'était pas la Loi, déguisée, venue rassembler des preuves contre eux pour rééquilibrer leurs comptes avec les garde-chasses. Mais pourquoi ne voulaient-ils pas non plus lui révéler qu'il y avait un puma dans les forêts du pic Garland ? Il n'y avait pas de prime pour l'abattage de cet animal. Peut-être était-ce simplement dû à la rancœur qu'ils avaient accumulée envers cet homme, car il leur avait fait révéler leurs secrets alors que lui refusait de dire sur quoi portait le pari qu'il avait perdu.

En entendant le tonnerre éclater de nouveau dans les montagnes, il se prit à penser avec délice au puma, et il se demanda où elle se trouvait et si elle était en train de dormir dans sa tanière. Ils l'avaient cherchée jour après jour mais ils ne l'avaient jamais vue, même si à deux reprises ils étaient certains d'avoir trouvé des empreintes de ses pattes dans le sol boueux près du barrage de castors. Il comprit alors que si Oncle Claude n'avait pas parlé de Boucle d'Or nommément, c'était parce qu'elle était leur propriété exclusive, à lui et Ralph. Les autres hommes avaient le droit de savoir parce qu'on savait qu'ils ne la chasseraient pas. Mais impossible de faire confiance à cet homme hideux, qui répondait maintenant dans un rire avec la bouche tordue :

— J'aurais dit que c'était pas la peine d'aller dans les montagnes si c'est pour chasser ce genre de gibier ! Qu'est-ce qu'elle a, cette jeune petite dame qui est assise là, d'ailleurs ? C'est pas bizarre qu'elle passe la soirée comme ça avec des hommes adultes ?

Oncle Claude tourna lentement le regard vers Winifred, qui semblait n'avoir même pas entendu, et il dit d'un ton de reproche :

— Ça se fait pas de parler comme ça.

Il avait l'air blessé comme un enfant incompris.

— C'est pas de ça que je parlais, conclut-il.

Peu de temps après, ils allèrent tous se coucher. Ralph resta allongé un long moment à écouter la pluie et les coups de tonnerre réguliers. Souvent la lumière vive des éclairs traversait les rideaux et venait illuminer les montants de son lit, dont l'extrémité était sculptée en forme d'ananas. Il y avait trop de bruit dehors pour qu'il puisse entendre Molly dans la chambre d'à côté et, pour la première fois depuis des semaines, il ne pensa pas à elle, mais seulement à Oncle Claude, qu'il avait maintenant l'impression de comprendre. Ce dernier n'avait jamais vraiment grandi, et cette traque de Boucle d'Or était un jeu pareil à ceux des enfants ; ses hommes le laissaient prendre ce plaisir et ils le protégeaient comme un innocent. Ils avaient envie qu'il soit heureux et donc ils avaient envie qu'il obtienne le puma.

Le jour se leva, sec et brillant. Mais l'étranger était parti avant le lever du soleil, sans laisser d'autres traces que la marque des sabots de ses chevaux sur la petite route boueuse. Le shérif arriva à midi avec un groupe d'hommes armés et passa un sacré savon à Oncle Claude.

— Donc, si je comprends bien, il donne pas son nom, il se promène avec vingt pur-sang, et toi tu piges rien. Bon Dieu, Kenyon, on t'a bercé trop près du mur quand t'étais bébé. Et pareil pour toute ta bande, là.

Il se tapota le front avec l'index et dit :

— Tu peux te mettre un panneau « À louer » sur la caboche.

Cependant tous, y compris le shérif et les hommes qui l'accompagnaient et faisaient mine d'être en colère, étaient ravis que l'étranger ait été un voleur. Les gars du Barre-K, le soir au dîner, dirent qu'ils le savaient depuis le début.

— Je l'ai su dès qu'il est arrivé, dit Mondys. Je l'ai pas laissé voir et j'ai fait mine de me laisser embobiner, pour profiter du spectacle. J'ai su dès qu'il est arrivé que c'était pas un homme de loi, mais que c'était un hors-la-loi.

À compter de ce jour-là, le reste de l'été fut un vrai bonheur. Vers la fin du mois de juillet, il y eut un incendie dans les montagnes, au nord, et le soleil, maladif et lointain derrière l'écran de fumée, semblait aussi petit et sans éclat qu'une orange flétrie. Même à trente kilomètres du brasier, les gens toussaient et avaient les yeux rougis. Tous les hommes du ranch partirent prêter main-forte. Ils creusèrent rapidement des tranchées dans le sol, qui était meuble et glissant à cause des aiguilles de pin. Les mains de Ralph se couvrirent d'ampoules à force d'utiliser sa hachette et son visage gonfla au contact de la chaleur. Au bout de douze heures, l'incendie finit par être contrôlé et il ne resta plus que des braises ardentes qui se consumaient dans les taillis ; Ralph et Homer Armitage et Oncle Claude se rendirent à la tour d'observation des rangers, où Ralph but le premier verre de whisky de sa vie. L'expérience ne fut pas très plaisante ; il avait déjà très chaud avant mais l'alcool l'échauffa encore davantage. L'aube pointait tout juste et il n'avait rien mangé depuis la veille au soir. Au début, la sensation de léger vertige fut agréable ; ses oreilles résonnaient comme s'il écoutait à l'intérieur d'un coquillage et il entendait les hommes discuter de manière lointaine et béate. Mais, dans un second temps, il sentit ses membres devenir pesants et ses paupières s'alourdir, et c'est dans cet état qu'il commença le long trajet du retour à pied. Il devait calculer la longueur de chaque pas pour éviter de s'écrouler. Les autres hommes étaient partis devant, et le temps qu'il arrive à la maison, il n'y avait plus personne à part les femmes, assises à la table de la salle à manger, en train de boire du café et impatientes de savoir comment les choses s'étaient passées.

Ralph ne voulait rien avaler ; il avait seulement envie de s'étendre de tout son long sur son lit et de dormir, mais il se força à lever sa tasse de café, d'une main endolorie, jusqu'à ses lèvres desséchées et à manger un peu de son œuf au plat, même si cela l'écœurait. Il avait conscience que Molly était en train de le regarder, mais il était trop las pour s'en soucier et quand enfin, incapable de tenir assis plus longtemps, il s'excusa et s'apprêta à quitter la pièce, elle dit, presque à mi-voix :

— Ainsi donc, tu t'es aussi mis à boire, Ralph Fawcett.

Il n'eut pas peur d'elle et répondit avec colère :

— Occupe-toi de tes oignons.

Et il secoua le dossier de sa chaise.

Quand arriva la saison des foins, toute une troupe de nouvelles personnes se joignit à eux, des Mormons et des gens venus de l'Oklahoma aux manières étranges. Une famille du nom de Prevost vint s'installer à la maison. L'homme était maladroit et un jour il tomba d'une meule de foin, simplement par mégarde. La femme aidait Magdalene à préparer les repas sans prononcer le moindre mot. Ils avaient amené une fille aux cheveux filasse âgée de neuf ans et nommée Darling et un garçon de trois ans nommé Gasper. Ils étaient arrivés à pied, portant avec eux un matelas fourré de paille et quelques sacs de toile bien remplis qui contenaient toutes leurs possessions terrestres. Ils venaient de Muskogee et parlaient avec un accent si grotesque que même Molly, d'ordinaire très douée pour les imitations, ne parvenait pas à le reproduire. Oncle Claude leur proposa de prendre deux chambres au deuxième étage, mais ils préférèrent une petite chambre au rez-de-chaussée, à l'arrière de la maison, non loin de la cuisine. Ils dormaient tous ensemble dans un grand lit en laiton. Quand leur fille aînée, Opale, perdit son emploi dans un café en ville (un épisode auréolé de mystère) et vint rejoindre ses parents, ils restèrent dans cette petite pièce. Puis, pendant la dernière semaine des moissons, trois cousins de M. Prevost, deux femmes et un homme, arrivèrent en voiture pour passer la nuit, et tout ce petit monde dormit dans la même chambre, huit personnes en tout, dont six adultes.

Les cousins étaient arrivés dans une Reo verte de haute taille, aussi rouillée et misérable qu'une épave abandonnée dans une décharge. Ils repartirent le lendemain au coucher du soleil, sans même attendre le dîner, et ils emmenèrent les Prevost avec eux. La Reo faisait de grands bruits de pétarade et le conducteur, un individu à la mine triste qu'ils avaient appelé Cheesie, chercha à faire le malin avec l'embrayage, si bien que la voiture se mit à secouer dans tous les sens jusqu'à finalement rendre l'âme dans l'allée avec un toussotement infernal, sous l'œil intéressé des chevaux, qui passèrent leur longue tête par-dessus la clôture pour mieux regarder le spectacle. Cheesie et M. Prevost sortirent de la voiture et soulevèrent le capot puis se mirent à fourrager un long moment jusqu'à ce que Ralph, qui les observait depuis le porche, aille prévenir son oncle qu'ils avaient besoin d'aide. Ils s'échinèrent sans succès jusqu'à la tombée du jour. Quand il fit noir, les femmes silencieuses sortirent de la voiture et allumèrent un feu au milieu de la route. Gasper et Darling allèrent au ruisseau marécageux avec une casserole et la rapportèrent pleine d'eau et Mme Prevost fit du café en s'accroupissant au-dessus du petit feu comme une pauvre gitane malheureuse. Oncle Claude vint pousser la Reo avec son pick-up pour lui faire passer le pont, mais Cheesie n'avait pas compris les instructions qu'il lui avait données, et au lieu de tourner pour s'engager sur la route il continua à avancer tout droit, si bien que la Reo s'enfonça dans les taillis d'armoise et vint finir sa course à cet endroit, où elle sembla se cramponner au pied de la colline comme si elle était au bord d'un précipice.

Ils ne discutèrent pas un seul instant de ce qu'ils allaient faire. Les femmes et les enfants, sans émettre la moindre protestation, éteignirent le feu en le piétinant puis rejoignirent les hommes, et dans l'obscurité ils se mirent en route à pied, leurs sacs de toile sur le dos, et disparurent dans les amélanchiers. La Reo demeura au même endroit mais les Prevost, jadis vus en pleine lumière, ne firent plus jamais leur apparition. La voiture commença à se désintégrer quasiment sous les yeux des habitants du ranch. Les portières s'ouvrirent et les charnières se relâchèrent jusqu'à presque toucher le sol. Les pneus s'aplatirent; les longs marchepieds s'affaissèrent et le toit, sur lequel les pies effrontées venaient se poser, se couvrit de pustules et de bosselures. Chaque fois qu'il regardait la voiture, Ralph pensait à Opale, la fille aux cheveux jaunes et au visage couvert de boutons d'acné, qui lui avait adressé la parole une seule fois pour lui dire: «Tu sais que mon père élevait des chèvres, avant?» Sa voix éteinte laissait deviner un orgueil blessé; elle ne lui posait pas vraiment la question mais cherchait plutôt à affirmer quelque chose qui avait disparu. Les Prevost, comme les femmes éteintes du train, menaient une existence d'où la vie était absente, pareils à la Reo décrépite et sénile dont les anciens trépignements, tout à fait éteints à présent, n'étaient pas intentionnels.

Quand l'automne arriva silencieusement, que les arbres de la vallée se couvrirent peu à peu de rouge, que Winifred partit étudier à l'université et qu'Oncle Claude quitta le ranch pour aller dans le Missouri, Ralph passa ses journées à déambuler comme un homme endormi, à peine conscient de ce qui l'entourait, sinon du sentiment irrationnel que, si seulement il trouvait comment faire, il pourrait forcer la terre entière à lui révéler ses richesses, malgré la présence de Molly.

—

Chapitre 9

Pendant l'hiver, Molly prit l'habitude d'aller le samedi matin au sommet du pic Garland où, par hasard, elle découvrit un jour en soulevant une pierre que sa face inférieure était couverte d'un tapis rouge de coccinelles en train d'hiberner. Personne au ranch ni à l'école n'avait jamais entendu parler de ce phénomène et le président de la Société des traditions de la nature, un jeune garçon de quinze ans, lui dit que cela pourrait intéresser les gens de l'institut d'enseignement agricole. Par conséquent, Molly envoya à leur département d'entomologie plusieurs milliers de ces insectes, enfermés dans des boîtes d'allumettes et soigneusement empaquetés dans du solide papier kraft. Elle ne reçut pas la moindre réponse, hormis une carte postale tapée à la machine et sans signature qui l'informait que son colis (le huitième) était bien arrivé. Elle ne se découragea pas pour autant et continua à collecter chaque semaine les insectes endormis, certaine qu'une étude était en cours et qu'en temps voulu son nom apparaîtrait dans une monographie publiée par une revue scientifique. Elle se rendait au sommet même pendant les journées les plus froides, quand les congères devenaient énormes et que les aiguilles de pin dans les vallons se calcifiaient dans la glace. La silhouette des grands arbres bleus se dissolvait dans la neige qui couvrait leurs branches et ils ressemblaient à des fantômes informes. Parfois le vent dévalait sauvagement les pentes qu'aucun sentier ne venait interrompre, et lui envoyait dans le visage des cristaux de neige acérés. Une fois qu'on était arrivé dans les prairies situées au sommet, le soleil était aveuglant et il devenait difficile d'avancer, car la croûte de neige durcie était fine et l'on pouvait s'enfoncer profondément dans la poudreuse qui se trouvait en dessous.

Le pic Garland avait toujours été le sommet qu'elle préférait gravir. C'était l'un des plus bas de la première ligne de crête, qui s'étendait au nord et à l'ouest du ranch. Pendant l'été, elle pouvait y monter par sa face principale, mais ce chemin nécessitait d'escalader trois cheminées et elle devait donc changer d'itinéraire quand la saison des tempêtes arrivait ; elle ne l'approchait alors qu'indirectement, en montant d'abord à mi-hauteur d'un pic voisin, puis en traversant une mesa, en descendant dans une gorge, puis en remontant sur le côté opposé jusqu'à son flanc nord. L'ascension n'était jamais facile, quelle que soit la saison, mais elle valait largement tous ces efforts. Depuis le sommet, Molly pouvait contempler la vallée tout entière ainsi que la ligne de crête qui s'étendait jusqu'à l'horizon, mais aussi le col de Cuthbert, au-delà duquel se trouvaient les Pointes de Flèches, les montagnes les plus hautes de toutes, qui finissaient par disparaître dans les confins bleutés et diaphanes et semblaient se trouver à l'autre bout de la terre. Pendant l'été, la mesa située en contrebas ressemblait à une plaque de métal rouillé couverte de pinceaux indiens[47] qui poussaient en rangs serrés, et il y avait un recoin de cette prairie où des ancolies poussaient au bord d'un torrent dans lequel (plus bas dans la gorge, à l'endroit où il s'élargissait juste avant de rejoindre un autre cours d'eau) se trouvait le plus grand barrage de castors de toutes les collines avoisinantes. Durant les étés précédents, quand Winifred ou Ralph l'accompagnaient, ils avaient souvent vu des daims qui paissaient au milieu des fleurs bleues, mais elle n'avait jamais rien vu, pas même un lapin, quand elle y était venue seule.

Pendant l'automne, elle avait assisté au moment où les trembles se mettaient à briller comme des billets de banque au milieu des conifères sur tous les contreforts, et où les champs d'altitude, tandis que le blé d'hiver commençait à pousser, prenaient une couleur vert foncé. Le foin avait alors été ramassé depuis plusieurs semaines et le chaume dans les prés était fauché si bas et de manière si égale qu'il faisait penser à des cheveux coupés court qui auraient agréablement gratouillé la main. La grand-route serpentait entre les pentes rouges, tel un mince ruban étincelant, et finissait par disparaître à mi-hauteur du col de Cuthbert, au niveau d'un rocher pyramidal qu'on appelait la Tour du roi. À cette saison, en utilisant les jumelles d'Oncle Claude qu'elle prenait subrepticement sur le bureau (les yeux de Grand-Mère

47 — Pinceau indien (*Indian paintbrush*) : plante herbacée du continent nord-américain dont la partie supérieure prend une couleur rouge très vive. L'ancolie, elle, est une fleur de couleur bleue.

Bonney semblaient la suivre à chaque fois qu'elle le faisait), elle pouvait voir le bétail descendre des prairies d'alpage, les museaux blancs des bêtes tressautant comme des bouées quand elles se mettaient à courir; il était difficile de voir les corps eux-mêmes car la terre à cet endroit était presque aussi rouge que leur cuir. Elle pouvait voir très nettement la propriété d'Oncle Claude. Un jour, elle entendit un coup de feu partir et elle vit Homer se diriger en courant vers une dinde qui battait des ailes de l'autre côté de la cour. Elle savait que c'était Homer à cause de sa chemise noire. Une autre fois, elle vit Mme Brotherman qui s'affairait dans le potager et Molly, tout en l'espionnant, dit à voix haute:

— V'là Mme Budmanny dans les cantaloups!

Avant de découvrir les coccinelles, Molly se rendait dans les montagnes pour pouvoir écrire sans être dérangée. Elle emportait son matériel dans un petit sac à dos: trois carnets aux couvertures bleues brillantes, à l'intérieur desquelles étaient imprimées les tables de multiplication et des informations concernant les poids et les mesures; un dictionnaire de poche; des crayons et un canif pour les aiguiser; une boîte d'allumettes de sûreté remplie de trombones et une autre remplie d'élastiques; et, même si elle n'en avait pas besoin, plusieurs feuilles de papier carbone. Elle avait trouvé la clairière idéale pour son travail. Elle était très petite et entourée d'arbres et de buissons d'aronia si denses qu'ils semblaient former une muraille, et en plein milieu, comme s'il avait été placé là juste pour elle, se trouvait un gros rocher plat.

Le premier texte qu'elle rédigea à cet endroit fut une longue ballade humoristique intitulée *Le Mexicain féroce*, qu'elle parvint à admirer pendant plusieurs semaines et qu'elle relut chaque soir dans son lit, mais contre laquelle elle finit par se retourner, avec tant de répugnance qu'elle la déchira en tout petits morceaux et s'efforça de la rayer de sa mémoire, sans succès. L'imperfection de la rime entre «Mexicain» et «Mohican» l'obsédait sans qu'elle puisse s'en défaire. Elle cessa d'écrire de la poésie après cet épisode et commença à travailler simultanément à un roman policier intitulé *Le Mystère du vase Portland*[48] et à une nouvelle consacrée à une léproserie. Le roman ne fut pas une réussite car il était trop court. D'ailleurs, les lecteurs auraient immédiatement démasqué Molly puisque, dans l'article du supplément du dimanche du *Denver Post* où elle avait puisé cette idée, il était indiqué que le vase venait juste

48 — Célèbre vase antique en camée de verre.

d'être retrouvé et mis à l'abri au British Museum, un lieu dont elle ignorait tout. Mais elle était assez contente de la nouvelle et songeait à la soumettre au *Magazine de l'éducation*. Le héros était un homme nommé Lord Garnsborough, qui s'était tellement décomposé qu'il ne restait plus de lui qu'une dent ; lui et son meilleur ami Launfal Hottentot, qui s'était également entièrement désintégré à l'exception du lobe de son oreille droite, voyageaient ensemble dans une cage de verre et rendaient visite à des gens qui se trouvaient dans des situations plus difficiles que la leur. Un exemple particulièrement désolant était celui de Malachi Strattonbottle, de qui il ne restait plus rien qu'une petite mèche de cheveux gras.

Maintenant que l'hiver était arrivé, elle écrivait dans sa chambre le soir et le dimanche, et, dans un carnet séparé, elle prenait des notes méticuleuses sur tout ce qu'elle observait lors de ses expéditions chez les coccinelles. L'endroit où elles hibernaient n'était pas très éloigné de la clairière où elle écrivait et elle allait toujours voir ce qu'il s'y passait ; les pierres sous lesquelles elles se cachaient étaient entièrement recouvertes par la neige, et on aurait dit qu'on les avait mises sous des draps pour les protéger de la poussière en attendant le retour de Molly au printemps. D'une certaine manière, la vue depuis Cuthbert était plus saisissante à cette saison qu'à n'importe quelle autre. Quand le temps était clair, on pouvait voir les hommes juchés sur les meules dans les prés, en train de jeter du foin avec une fourche aux bêtes en dessous d'eux, et les vaches ressemblaient à des centaines de petits blocs rouges se détachant sur la neige, aussi minuscules que ses coccinelles à elle. Le Caribou était solidement pris dans la glace et tous les arbres sur ses pentes avaient perdu leur feuillage. Molly adorait la neige. Quand elle avait assisté à sa première chute de neige, elle avait fait semblant d'avoir une angine pour ne pas aller à l'école et elle avait passé la journée dans son lit, à regarder la neige tomber en bourrasques et faire autour des peupliers des cercles imparfaits.

Ralph et Oncle Claude considéraient tous les deux que le projet de Molly était absurde et ils racontaient que les gens du laboratoire avaient dû faire tout un tas de plaisanteries en recevant ses boîtes de coccinelles. Oncle Claude disait qu'elle lui rappelait un ami de Grand'Pa qui était toujours de mauvaise humeur et qui, une fois, avait passé trois semaines à tuer des pies à la carabine puis avait essayé de vendre leurs plumes à un hôpital d'anciens combattants pour qu'ils les fassent brûler dans les chambres des malades afin de dissiper les mauvaises odeurs. Molly se fichait pas mal de leur opinion à tous les deux sur ce sujet, comme sur tous les autres d'ailleurs. Elle ne leur adressait que rarement la parole mais, de temps à autre, si elle souhaitait particulièrement éviter de parler de plantes avec Mme Brotherman (le sujet commençait à sérieusement perdre de l'intérêt pour elle, notamment parce que Mme Brotherman, cet hiver-là, se préoccupait beaucoup de l'agératine élevée, une plante que Molly trouvait remarquablement peu attrayante) et si elle avait terminé son livre et ne voulait pas en commencer un autre, elle jouait au solitaire avec l'un d'entre eux ou bien au jeu du Casino avec les deux. Ralph et Oncle Claude étaient si stupides et lents à la détente qu'il n'y avait pas grand mérite à jouer contre eux, mais elle s'amusait beaucoup à les voir commettre des erreurs.

Quand elle se trouvait sans personne dans les montagnes, il semblait à Molly que cela faisait déjà des années qu'elle était toute seule, depuis la mort de Grand'Pa en réalité. Ralph et sa mère et ses sœurs semblaient n'avoir aucun lien de parenté avec elle, comme si personne n'en avait jamais eu hormis son père et Grand'Pa Kenyon, qui en fait était seulement ce qu'on appelle «un proche». Elle était parfaitement solitaire à l'école et cette année elle ne prenait aucun plaisir à y aller. Elle n'aimait pas les dures voix de montagnards des enfants et des enseignantes ni l'odeur des vêtements d'hiver, et elle détestait monter Ouvre-l'œil et le faire passer au-dessus de la rivière puis chevaucher trois kilomètres tous les matins jusqu'à la ville alors que le soleil se levait tout juste, puis faire le trajet retour en fin d'après-midi quand le jour baissait déjà et que la lumière sur les prairies couvertes de neige avait une teinte bleutée. Les enfants de sa classe étaient si demeurés qu'on lui donnait, à elle, du travail supplémentaire pour l'occuper, et elle remplissait des carnets en découpant les réclames des magazines et en les organisant en différentes catégories représentant les «Maisons», les «Paysages» et les «Professions». La devise du carnet consacré aux Professions était: «Louons glorieusement l'homme qui chante en travaillant[49].» Quand elle n'était pas malheureuse, elle mourrait d'ennui. Les seules choses qui lui procuraient vraiment du plaisir étaient ses coccinelles, les textes qu'elle écrivait, et les rêveries au cours desquelles elle imaginait la vie atroce qui attendait Ralph. Elle devint obnubilée par l'idée que ce dernier allait finir par se métamorphoser en Grand-Père Bonney, si bien qu'elle se convainquit presque qu'il lui ressemblait déjà, et sur la page de garde qui ouvrait son journal elle dessina une imitation grotesque du portrait de Grand-Père, sous laquelle elle écrivit: «Ralph Bonney, Junior».

49 — Citation de Thomas Carlyle.

Tous les samedis, elle emmenait son Brownie[50]. La photographie n'était pas son fort, et sur ses tirages le ciel occupait plus de place que tout le reste et les arbres et les bâtiments étaient généralement en diagonale. Mais elle espérait qu'un jour elle verrait Boucle d'Or et qu'elle pourrait la prendre en photo. Oncle Claude et Ralph, intimidés par les pentes couvertes de neige (« Ah ça, c'est bien leur genre ! C'est bien leur genre ! » exultait-elle avec dédain en son for intérieur), avaient mis leur projet de chasse de côté et déclaré qu'ils la trouveraient au printemps. Mais, comme les fois précédentes, elle ne vit pas le moindre être vivant pendant ses sorties solitaires.

Et bien sûr, le seul jour où ils l'accompagnèrent, ils aperçurent le puma. Le samedi précédant Noël, Oncle Claude décréta qu'il leur fallait un arbre de Noël. Ils décidèrent qu'ils accompagneraient Molly au sommet du Garland et qu'en redescendant ils abattraient un grand sapin, et ils emportèrent avec eux un traîneau, qu'ils laissèrent au pied de la montagne.

Il avait beaucoup neigé le jeudi et la température n'était pas remontée depuis. Le soleil était chaud sur les pentes et les mesas et il étincelait sur les branches des conifères. Mais l'air était glacial et le vent soufflait durement dans les clairières que rien n'abritait.

Oncle Claude dit qu'il allait faire jusqu'à trente degrés en dessous de zéro pendant la nuit. Ils récupérèrent les coccinelles (Oncle Claude les détacha du rocher en grattant avec son couteau, ce qui exaspéra Molly qui utilisait, elle, une spatule, un geste qui lui semblait plus doux et plus scientifique) et prirent le chemin du retour. Oncle Claude fut le premier à atteindre le versant opposé de la gorge et, juste au moment où Ralph et Molly commençaient à en gravir la pente, il se retourna et leur fit signe de le rejoindre en silence. La montée était facile et le sentier était entièrement couvert de neige, si bien qu'ils ne faisaient aucun bruit. À un moment, Molly rompit une petite branche couverte de glace sur un buisson d'aronia, mais le bruit fut très léger. Leur oncle se tenait parfaitement immobile et regardait quelque chose. Il s'était déplacé pour s'abriter derrière un petit buisson de chêne nain déformé et couvert de neige ; il leur fit signe de le rejoindre. Ils progressèrent prudemment en mettant les pieds dans les empreintes laissées par ses bottes, sans parvenir encore à voir ce qu'il observait. Puis, quand ils l'eurent rejoint, il montra du doigt le côté est de la mesa et ce fut là qu'ils virent la femelle puma ; elle se tenait debout, immobile, tournée vers eux et

50 — Appareil photo grand public commercialisé par Kodak.

la tête dressée, tandis que sa longue queue frémissait. Tout son pelage avait la couleur du miel, à l'exception de son museau qui était plus sombre et avait une teinte marron-jaune. Ils pouvaient la voir parfaitement, car la mesa était entièrement nue à cet endroit et le soleil l'illuminait si nettement qu'ils avaient l'impression de l'observer de près. Elle se laissa regarder pendant quelques secondes seulement, puis elle traversa en bondissant l'endroit où les ancolies poussaient en été et disparut entre les arbres. Sa façon de s'enfuir était splendide : en observant sa grâce pleine de retenue et sa vitesse, Molly ne songea pas tant à la peur qu'elle devait ressentir qu'à sa puissance. Devant un daim qui détale, on perçoit surtout la façon dont il fuit instinctivement le danger. La femelle puma, elle, avait détecté un péril, et pourtant c'étaient eux qui en l'observant ressentaient le danger qu'elle représentait, avec sa fourrure fauve et la façon dont sa queue avait frôlé l'éclat étincelant de la neige et dont elle avait filé sur l'étendue de la clairière. Molly frissonna en songeant qu'à cet instant elle était peut-être montée s'installer dans un arbre comme un chat apprivoisé et que peut-être elle était en train de les observer de ses grands yeux verts.

— Bon sang, fit Oncle Claude. Il fallait bien que ce soit aujourd'hui qu'on l'aperçoive, pile quand on a pas pris nos fusils.

Son visage, dans la lumière crue reflétée par la neige, ne donnait pas tant à voir la déception que la colère, comme s'il en voulait vraiment à l'animal et voulait la tuer précisément pour cette raison et non pour l'exploit que cela représentait. Ralph ne disait pas un mot mais il ne détachait pas les yeux de l'endroit où ils l'avaient aperçue, un petit sourire discret sur les lèvres. Molly avait peur et se disait qu'elle ne pourrait plus jamais revenir là. La femelle puma prenait dans ses pensées des proportions démesurées. Elle imaginait ses griffes, ses crocs et la façon dont elle feulerait. Elle se souvenait d'une lionne qu'elle avait vue au zoo du parc Balboa et qui de temps à autre cessait ses allées et venues et retroussait ses babines pour grogner sourdement ; pour Molly, cette lionne ne faisait pas du tout penser à un chat, avec ses plis de peau sous le cou et ses pattes pareilles à celles d'un chiot, et il lui avait paru tout à fait incroyable que leur petite Bouge avec son mignon petit museau appartienne à la même espèce – même si Leah et Rachel et Tante Kathleen avaient insisté sur le fait qu'elle devait bien voir la proche ressemblance. Après ça, Molly avait rêvé plusieurs fois qu'elle était pourchassée pendant des kilomètres et des kilomètres dans les rues de San Diego par la lionne, qui menaçait de la rattraper à chaque boîte aux lettres qu'elle dépassait.

Quand ils commencèrent à redescendre la montagne, elle regarda à deux reprises par-dessus son épaule et demeura près de Ralph. En arrivant au ranch, elle ne resta pas avec eux pour les aider à enlever l'arbre du traîneau, mais fila directement à l'intérieur, se sentant en danger tant qu'elle resterait dehors. Mme Brotherman était en train d'accrocher les couronnes de houx dans le salon et quand Molly entra pour se réchauffer les mains devant la cheminée, elle lui dit :

— Une amie vient de m'envoyer des pommes de la variété Délicieuse et je crois bien que ce sont les meilleures que j'aie jamais goûtées. Laisse-moi donc le temps de finir cette couronne et après nous irons à l'étage en manger une.

Molly regarda la cicatrice sur sa main, puis elle pensa de nouveau au félin doré et sa peur disparut ; à la place, elle ressentit une douce et inexplicable tristesse. Pendant la descente, son bras avait à un moment effleuré celui de son frère et, en y repensant, elle se sentit faible.

La chaleur du séjour de Mme Brotherman et l'odeur des pommes, le spectacle de cette veuve en train d'arroser un pot de bégonias avec un petit arrosoir, le vif éclat du soleil d'hiver à travers les rideaux en coton damassé, tout cela rendit Molly encore plus triste. Elle se sentait pleine de désirs inassouvis. Elle aurait voulu avoir les cheveux jaunes comme Leah et Rachel et la femelle puma. Elle aurait voulu aller à Londres et devenir une écrivaine célèbre. Elle aurait voulu ne pas avoir besoin de lunettes ; elle aurait voulu ne mesurer qu'un mètre trente-cinq.

Mme Brotherman raviva le feu avec un petit soufflet rouge et dit :

— Je me sens toujours triste ici quand Noël arrive, même si ton oncle fait tout ce qu'il peut pour que ce soit une période joyeuse.

Cette déclaration devait être la conclusion d'un long cheminement de ses pensées, mais la voix égale et atone de Mme Brotherman ne permettait aucunement d'en deviner la nature – peut-être que Noël lui rappelait cruellement son veuvage, ou peut-être aurait-elle voulu retomber en enfance, ou bien être de retour à Salem. Molly était mal à l'aise et répondit hâtivement :

— Ah, j'ai oublié de vous dire, nous avons vu Boucle d'Or.

Mme Brotherman s'assit sur un banc devant le feu en serrant les mains l'une contre l'autre sur ses genoux et, même si elle ne l'observait que de profil, Molly vit la peur apparaître sur son visage crépusculaire et ne plus le quitter. Mme Brotherman se tourna alors vers Molly et dit :

— Nous sommes ici entourés de mille dangers et nous l'avons toujours été, mais celui-ci est le pire que nous ayons connu. J'avais espéré que M. Kenyon se soit trompé.

— Oh, les pumas ne sont pas dangereux, répondit Molly, dont le courage augmentait devant cette adulte poltronne. Ils ont tout aussi peur des humains que les daims.

— Peut-être. Mais je me sentirai plus en sécurité quand elle sera morte. J'espère que tu ne retourneras pas là-bas. Si les hommes doivent y aller, qu'il en soit ainsi, mais ce n'est pas bien qu'une fille se promène seule dans les montagnes avec un puma qui rôde aux alentours.

Molly jeta son trognon de pomme dans le feu et l'entendit siffler brièvement. Elle non plus ne se sentirait pas en sécurité tant que la magnifique bête ne serait pas morte. Elle ne pourrait plus se promener sans peur sur le Garland car, au fond d'elle-même, elle saurait toujours que le grand félin pourrait être en train de l'observer, tapi dans le creux d'un arbre ou derrière un rocher.

Elle quitta le séjour et alla dans sa chambre où elle empaqueta ce qui serait son dernier envoi de coccinelles. Ses pensées allaient et venaient sans trouver à s'apaiser; elles filaient dans toutes les directions comme une aiguille à repriser et Molly ne comprenait pas ce qui lui arrivait. Si seulement elle avait eu les cheveux jaunes, se disait-elle, elle aurait été une personne entièrement différente; elle n'aurait pas été en rogne en permanence. À la seule pensée de sa mauvaise humeur, elle sentit la colère monter en elle et il devint évident que Ralph et Oncle Claude l'avaient accompagnée ce jour-là en sachant qu'ils verraient Boucle d'Or, dans le seul but de réduire à néant son étude des coccinelles. Ils savaient, elle en était certaine, que quand elle était seule elle ne voyait jamais d'animaux sauvages et ils étaient venus avec elle ce jour-là uniquement pour tout gâcher. Ils n'avaient pas de raison valable de ne pas se contenter de rester au pied de la montagne et d'y couper leur stupide arbre de Noël. En ce qui la concernait, elle ne participerait en rien à la décoration du sapin; elle n'avait jamais entendu parler d'une idée aussi mièvre. En réalité, elle trouvait que Noël était une chose bourgeoise et elle n'avait jamais reçu de cadeau qui lui ait plu mais seulement des babioles comme une boîte à chapeau en cuir ou bien des fleurs confectionnées en fil de laine, à épingler sur son manteau – à supposer que des gens fassent une chose pareille! Ils allaient accrocher du gui dans l'embrasure de la porte entre la salle à manger et le salon et le seul fait d'y penser lui donna la chair de poule car elle se souvenait qu'un jour, à Covina, M. Follansbee avait embrassé Mme Runyon et que celle-ci avait poussé un couinement en s'exclamant:

— Oh, ça par exemple! Mais vous êtes sacrément coquin pour un papy!

Et, par-dessus le marché, Oncle Claude avait acheté beaucoup d'alcool de grains et de tord-boyaux («tord-boyaux»! on devrait mettre en prison les gens qui utilisent des mots pareils!) et il n'arrêtait pas de dire qu'ils allaient finir «complètement cuits» et qu'après ça il allait «les plumer un par un au Chien rouge[51]». Elle n'avait aucun mal à imaginer la scène. Ils allaient tous s'entasser sur la galerie et faire clinquer leurs dollars d'argent, en faisant comme s'ils étaient dans un film.

Et Winifred allait rentrer à la maison. Elle devait d'ailleurs arriver ce jour-là par le train du soir, et il ne faisait aucun doute qu'elle allait avoir pris des manières insupportables. Molly le savait car elle avait reçu une lettre de Winifred dans laquelle elle s'exprimait exactement comme Leah et Rachel: «Les sœurs de ma sororité[52] sont toutes furax parce que je suis la seule nouvelle à avoir déjà un cavalier pour le bal des troisième-année.» Molly avait répondu: «Pour ma part je n'ai jamais entendu parler d'un bal des troisième-année. Peut-être veux-tu parler d'une ballade? Je croyais que tu étais allée à l'université pour étudier les essais de Cicéron et je dois dire, Winifred, que tu n'as pas l'air de faire beaucoup d'efforts pour être une exceptionnelle *bas bleu*[53].» La réponse était dure et sévère, mais s'il y avait bien une chose qu'on ne pouvait pas dire de Molly Fawcett, c'était qu'elle était molle. D'un geste assuré, elle sortit son journal et ajouta le nom de Winifred à la liste des impardonnables puis, parce qu'il avait réduit en miettes son travail sur les coccinelles, elle ajouta aussi «Claude (Pied-Bot) Kenyon». Peu de temps avant, elle avait appris que Claude signifiait «boiteux» et elle avait décidé d'ajouter un nouveau personnage à l'histoire de la léproserie, qui s'appellerait Claude Binks et qui n'aurait plus qu'un ongle de pied.

Elle alluma de l'encens dans le brûle-encens en forme de Bouddha doré qu'elle avait apporté de Covina et fit une très brève prière pour que la femelle puma quitte les collines avoisinantes, ou bien qu'elle soit prise dans un piège à mouffette; elle espérait que ni Ralph ni Oncle Claude ne parviendraient à l'attraper. Molly n'avait pas encore décidé si elle serait catholique ou bouddhiste mais elle avait réduit la liste des possibles à ces deux religions car il était bien clair qu'elle n'avait aucune intention d'être presbytérienne ni membre de la Science chrétienne[54].

---

51 — Jeu de cartes.

52 — Association d'étudiantes à l'université.

53 — Femme de lettres, intellectuelle. En français dans le texte.

54 — *Christian Science*, courant religieux apparu à la fin du XIXe siècle en Nouvelle-Angleterre.

Magdalene lui avait parlé des Saints Exaltés[55] mais Molly ne pensait pas que ce soit vraiment son style. Sa décision finale dépendrait de ce qui rendrait M. Follansbee le plus furieux, et elle s'assit donc à une table et lui écrivit une lettre pour lui poser la question franchement. Elle écrivit aussi une lettre au président Hoover et une autre à Henry Ford[56]. Celles-ci étaient identiques et se présentaient ainsi :

Cher Monsieur,

On m'a informée de l'exceptionnelle munificence avec laquelle vous venez en aide aux gens qui progressent sur le chemin de la vie, et je me demandais donc si vous n'aviez pas des machines à écrire dont vous n'auriez pas l'usage. J'en ai moi-même grandement besoin et si vous pouviez vous arranger pour m'en envoyer une, je vous en serais très reconnaissante.

Je trouve que l'aide que vous avez apportée à d'autres personnes par le passé est admirable et j'ose espérer que les choses seront ainsi faites que moi-même j'en ferai l'expérience directe à cet égard.

Respectueusement vôtre,

Molly Fawcett

P.-S. : Il n'y a pas de livraison par Railway Express ici donc il faudra l'expédier par train de marchandises.

Ces lettres n'avaient pas beaucoup de chances d'aboutir, elle en était consciente. Elle avait déjà fait la même demande à dix autres personnes moins bien placées (dont le Dr Haskell) et elle n'avait obtenu qu'une seule réponse (sans compter une carte postale humoristique envoyée par le médecin, sur laquelle celui-ci avait écrit : « Si tu n'y arrives pas du premier coup, essaie encore, et encore » – et

---

55 — *Holy Rollers*, groupes protestants dont la pratique religieuse était caractérisée par une gestuelle spectaculaire.

56 — Herbert Hoover (1874-1964), président des États-Unis entre 1929 et 1933. Henry Ford (1863-1947), fondateur de la marque automobile Ford.

c'est ce qu'elle avait fait), et cette réponse venait du secrétaire de Spencer Penrose[57] et disait que M. Penrose était en déplacement, qu'il se trouvait, pour tout dire, en Inde, mais qu'il lirait sa lettre à son retour. Évidemment ce bougre d'âne n'en avait rien fait, et cela faisait deux mois qu'il était rentré à Colorado Springs et elle n'avait jamais reçu de réponse. Par-dessus le marché, elle avait lu dans le *Denver Post* qu'il avait acheté un éléphant pour le ramener au Broadmoor (pour quoi faire? se demandait Molly), ce qui lui paraissait particulièrement injuste étant donné qu'elle avait vraiment besoin d'une machine à écrire et que celles-ci étaient nettement moins onéreuses que les éléphants.

Elle cacheta ses lettres puis se tint debout devant le miroir en faisant ressortir ses dents de devant. «Clara? Clara?» appela-t-elle. Puis, sans quitter le bureau mais en s'appuyant sur son coude, elle tendit la main pour attraper son journal et son crayon et, à la liste des impardonnables, elle ajouta son propre nom. Elle éclata en sanglots et pleura jusqu'à sentir la faim l'envahir, et pendant tout le temps où elle pleura elle se regarda dans le miroir, observant son visage qui devenait de plus en plus horrible, jusqu'à ce qu'elle finisse par ressembler à un chien de terrier airedale.

Pâques avait lieu tard cette année-là. Les pulsatilles pâlissaient déjà sur les mesas et les cactus étaient en fleur et répandaient leur parfum de melon. Cette époque de l'année offrait mille sources d'émerveillement. Même les hurlements des coyotes avaient pour Ralph un charme étrange et, quand ils prenaient fin chaque soir, les sturnelles faisaient entendre pendant une heure environ un chant nouveau. La lumière qui se déposait sur les prairies à l'instant où l'aube se levait, puis de nouveau juste avant la nuit, avait une teinte jaune inquiétante et singulière et, dans son éclat, les arbres et les animaux semblaient distants comme s'ils s'étaient trouvés sous la mer, et leurs contours devenaient incertains. Mais ensuite, dans la pleine lumière du jour et pendant la nuit, les formes se distinguaient les unes des autres. Il y avait toujours un voile de brume sur les montagnes les plus éloignées et parfois celui-ci venait obscurcir le pic Garland. Les soirées étaient fraîches et légères; par les fenêtres ouvertes on sentait le parfum des jeunes feuilles sur les tiges grimpantes du houblon et celui de la terre qui venait

---

57 — Spencer Penrose (1865-1939), magnat de l'industrie minière et philanthrope, propriétaire de l'hôtel de luxe The Broadmoor situé à Colorado Springs, dans le Colorado.

d'être retournée dans les parterres de fleurs. Des sonorités limpides se faisaient entendre dans la nuit en provenance du Caribou, où les Noirs employés dans les mines pêchaient au crépuscule puis, à la nuit tombée, allumaient des feux au bord de la rivière pour y faire griller leurs truites et boire du whisky en chantant des negro spirituals sous les saules pleureurs.

Ralph rêvait de la femelle puma et songeait : « Oh ! si je n'arrive pas à l'avoir, je crois bien que je vais en mourir ! » Il s'imaginait à l'endroit où ils l'avaient vue juste avant Noël ; il visait avec soin avant de tirer et sa balle venait transpercer la tête orgueilleuse aux yeux méfiants, puis il traversait en courant la mesa et venait caresser le doux pelage couleur safran de ses flancs et de ses pattes. Ralph avait toujours aimé les chats et quand Bouge était morte de vieillesse au printemps précédent, il avait été dévasté pendant plusieurs jours et avait longtemps pleuré ses ronronnements et son pas léger et silencieux. Il n'allait pas écorcher la femelle puma s'il l'attrapait, décida-t-il, mais il la ferait plutôt empailler et il la garderait dans sa chambre toute sa vie. S'il devait partir à l'université, il la prendrait avec lui. Il aurait préféré qu'Oncle Claude n'ait pas autant envie que lui de l'avoir car il sentait que, d'une manière ou d'une autre, son désir à lui était plus légitime : il voulait avoir Boucle d'Or parce qu'il l'aimait, alors qu'Oncle Claude ne la voulait que parce qu'elle représentait quelque chose de rare. Par ailleurs, Oncle Claude allait passer le reste de sa vie ici et il pourrait en avoir une autre, alors que c'était la dernière chance de Ralph. Et de fait, parfois, il arrivait qu'il oublie qu'il n'était pas le seul chasseur à sa poursuite, et dans ces moments-là il avait l'impression de se glisser dans un bain de joie aux reflets dorés.

Ils virent la femelle puma le dimanche de Pâques. Cette fois-ci, elle se trouvait près du torrent, plus près de la gorge que là où elle avait disparu précédemment, à côté du barrage de castors. Ils ne l'aperçurent qu'un bref instant, puis elle bondit hors de leur vue et disparut avant même qu'ils ne lèvent leurs fusils. Ils coururent jusqu'à l'endroit où elle s'était tenue et découvrirent qu'elle avait abandonné son repas, trop surprise par le bruit de leurs voix pour l'emporter avec elle. Une marmotte à moitié mangée se trouvait près d'une souche d'arbre ; ses entrailles avaient été dévorées mais sa petite tête stupide était intacte, le cou tordu formant un angle penaud. L'animal avait été mis en pièces ; son corps était couvert de salive et on voyait du sang séché dans son pelage grisonnant. Il y avait aussi du sang sur certains des copeaux laissés par les castors quand ils avaient rongé l'arbre pour l'abattre.

Oncle Claude, plein de frustration et de colère, fit le tour de la souche en examinant tous les détails de la scène, comme s'il espérait trouver un indice qui le mènerait à la tanière de l'animal. Il s'exclama en soupirant :

— Ah, la garce ! Qu'elle aille au diable !

Et Ralph, qui sentait qu'il était lui-même au bord des larmes, demanda d'un ton désolé :

— Qu'est-ce qu'on va faire, maintenant ?

— Rentrer à la maison, je crois bien, répondit Oncle Claude. Mais, merde alors, je vais me l'attraper, ce fichu félin !

Ralph parvint à parler d'une voix égale mais son cœur battait la chamade. Il répondit :

— Tu veux dire que c'est *moi* qui vais me l'attraper.

Oncle Claude lui jeta un regard en coin mais se garda de répondre, et ils entamèrent la descente sur la rive du torrent. Celui-ci était gonflé par la fonte des neiges et à certains endroits l'eau jaillissait en l'air comme un geyser dans les creux au milieu des rochers. Entre deux énormes blocs, à un endroit où la gorge s'élargissait, Ralph vit l'extrémité d'une ramure de cervidé qui dépassait de l'eau et il entra dans le torrent, sans se soucier de retirer ses chaussures. Mais il découvrit que ce n'était pas la ramure d'un seul animal qui se trouvait là : il s'agissait de deux crânes de daims dont les bois étaient si étroitement entrelacés qu'il ne parvint pas à les séparer. Ils étaient coincés entre les rochers et il eut le plus grand mal à les déloger. L'eau était glaciale et elle venait laper avec insistance contre son pantalon, et à un moment il perdit pied et glissa sur un rocher. Quand il ressortit du torrent avec son trophée, il trouva Oncle Claude assis dans l'herbe en train de fumer. Celui-ci le regarda sans manifester le moindre intérêt.

— Et qu'est-ce que tu vas en faire maintenant que tu les as récupérés ? demanda-t-il.

Ralph ne répondit pas tout de suite mais essaya à nouveau de séparer les bois. Son cœur se serra quand il imagina ce qui avait dû se passer : les deux daims qui se battaient et qui, par un hasard dément, s'unissaient étroitement puis basculaient dans la rivière où ils se noyaient tout en continuant à se débattre pour se libérer. Mais ce n'était pas tellement la violence de cette mort typique de la nature sauvage qui le faisait frémir ; c'était l'indifférence de son oncle, la même indifférence dont il avait été spectateur quand celui-ci avait regardé le taureau malade. Sa passion pour Boucle d'Or le submergea comme une vague dans l'océan, car il était déterminé à tout faire pour qu'elle, au moins, ne soit pas tuée par le calme glacial d'Oncle Claude, mais par l'amour que lui, Ralph, portait à son pelage doré.

Oncle Claude répéta :

— Qu'est-ce que tu vas en faire ?

— Eh bien, je vais les offrir en cadeau à Magdalene, dit-il. Ou alors, non, je vais les donner à Molly.

Oncle Claude eut un rire sec.

— Tu ferais mieux d'apporter à Molly une boîte de friandises pour adoucir son caractère. Mais qu'est-ce qu'elle a, cette gosse, à se comporter comme ça ?

Ralph inspira vivement.

— Ça, c'est une bonne question, répondit-il.

Plus tard, quand il apporta les bois à Molly dans sa chambre, il la trouva allongée sur son lit, la tête glissée sous le couvre-lit. Elle tira la couverture vers le bas et fixa du regard son cadeau, avec une tristesse infinie mais sans mépris. Ils échangèrent, enfin, après tous ces longs mois, un regard de complicité, et Molly dit :

— Merci bien, Ralph. Je vais leur tirer le portrait avec mon Brownie.

L'année scolaire se termina enfin. Le soir de la remise de diplôme, il se trouvait assis dans l'auditorium surchauffé où les insectes du mois de juin venaient bourdonner imprudemment contre les moustiquaires, et les enseignants se tenaient assis sur la scène au milieu des paniers de glaïeuls et des plants de caoutchouc en pots, en train d'écouter un garçon à lunettes lire le discours du major de promotion. Sa voix dérailla à deux reprises, montant dans les aigus en un hurlement plaintif, une fois sur le mot « empereur » et une autre sur le mot « romance ». Il utilisait des expressions comme « cadence élégiaque » et « contrepoint poétique » et il déclara que Virgile était « du sang le plus noble parmi toute la littérature antique ». Quand il parvint à la conclusion, il demanda à l'auditoire de bien vouloir lui permettre de finir par les vers d'un homme « dévoué à la littérature latine et plus mélodieux que moi-même, *id est*, Alfred Lord Tennyson », et il récita *Frater Ave Atque Vale*[58]. Ralph vit immédiatement en pensée le portrait de Grand-Père Bonney et il fut saisit de terreur en sentant combien le temps lui manquait. Il avait l'impression que sa mère et ses sœurs, qui étaient à présent à Venise, étaient en train de prendre de la vitesse et s'apprêtaient à le dépasser, et il n'y avait plus de

58 — Célèbre poème de Tennyson dont le titre en latin est un vers de Catulle signifiant « Salut, ô mon frère, et adieu ».

temps à perdre car il fallait absolument qu'il obtienne Boucle d'Or avant leur arrivée. Il regarda Molly qui s'apprêtait à recevoir son diplôme de quatrième. Elle se trouvait trois rangs devant lui et quand le garçon eut terminé, elle se retourna et regarda droit vers son frère en gonflant les joues pour imiter une personne grosse.

Le jour suivant, ils prirent la voiture ensemble : Ralph, Winifred et Molly. Winifred conduisait et ils gravirent le Garland jusqu'à l'endroit où la route rouge s'arrêtait. Elle et Molly entamèrent l'ascension de la face principale, mais Ralph ne pouvait pas escalader les cheminées avec son fusil et il emprunta l'autre voie. Oncle Claude avait emmené une jument à la saillie et il leur avait dit que dès qu'il aurait fini il viendrait à leur rencontre dans les collines et qu'il apporterait à manger pour qu'ils se fassent une bonne grillade.

Ralph les rejoignit au torrent. De la poussière rouge s'était déposée sur leurs mains tandis qu'elles grimpaient à l'intérieur des cheminées et elles la lavèrent dans l'eau froide en laissant la pyrite glisser entre leurs doigts. Ils s'allongèrent tous les trois, écrasant sous leur poids les campanules, et regardèrent droit au-dessus d'eux. Un épervier se laissait paresseusement planer dans les cieux en s'inclinant d'un côté puis de l'autre ; derrière eux, dans la forêt, les tamias et les geais bleus faisaient entendre leur raffut insouciant par-dessus le bruit du vent qui semblait ne jamais quitter les grands pins, comme une voix. En l'entendant, Ralph aurait voulu être au pied d'un arbre dans l'ombre des sous-bois mystérieux et brumeux, allongé sur les aiguilles de pin aux teintes roses et marron ; mais la chaleur du haut soleil était trop agréable pour qu'il la quitte. Winifred avait posé son bras sur ses yeux et Ralph remarqua les minuscules poils dorés sur son poignet et le dos de sa main. Elle n'allait pas retourner à l'université à la rentrée ; elle devait épouser John Fulbright le 1er juillet et ils allaient s'installer dans la partie est de l'État pour monter une petite ferme de fruits et légumes. Mme Brotherman, elle aussi, s'apprêtait à quitter le Barre-K, maintenant que sa fille était adulte ; elle allait rentrer à Salem. Ralph était certain que l'odeur des pommes allait longtemps se faire sentir dans les pièces qu'elle occupait. Il songea que son oncle allait se retrouver bien seul l'hiver suivant et cela lui fit de la peine. L'hiver était une période où son oncle était contraint de rester oisif, et cette année Ralph avait pu constater combien l'oisiveté le faisait vieillir. Oncle Claude n'aidait pas à nourrir les bêtes car, plusieurs années plus tôt, il s'était rendu un jour en ville à cheval sans mettre de jambières, y avait été retenu plus que prévu, et en rentrant après le coucher du soleil, alors que le thermomètre affichait trente degrés

Celsius en dessous de zéro, ses deux jambes avaient gelé, et depuis cette date il craignait que cela arrive de nouveau. Il chassait un peu, relevait les pièges et s'occupait de ses peaux de castor et d'hermine, donnait un coup de main à la traite et ramassait les œufs pour Magdalene. Le reste du temps, il le passait à son bureau à étudier les pedigrees de ses taureaux et à écrire des lettres à ses contremaîtres dans les autres ranchs, sur papier ligné et à l'encre indélébile ; il jouait aussi à une sorte de solitaire qui s'appelait À la Saint-Glinglin et lisait des livres comme *Le Comte de Monte-Cristo*, *Graustark* et *Beau Idéal*. Ralph le plaignait tellement à cet instant qu'il désira presque que ce soit Oncle Claude qui arrive à tuer Boucle d'Or, mais cet élan de générosité ne dura pas. Où était-elle donc à présent ? Comme elle devait être splendide dans ce soleil chaud et éclatant !

La fumée de la cigarette de Winifred montait droit vers le ciel puis s'élargissait en formant une corolle semblable à un lis bleu. Ralph, ensommeillé, songea : les lis des champs sont comptés. Il revoyait en pensée ce large plateau nu près du glacier où poussaient les orchidées jaunes. Maintenant que plusieurs années s'étaient écoulées depuis leur expédition à cet endroit, il se disait qu'il était bien étrange que lui et Molly n'aient pas été tentés de goûter la neige couleur fraise, car elle avait l'air aussi délicieuse qu'un sorbet. C'était de ce jour-là que datait son amitié avec Oncle Claude, et c'était ce jour-là qu'il avait abandonné Molly. Tout avait commencé par un échange de regards complices.

Il laissa ses pensées vagabonder avec indolence. Il se demanda si Montreux, où les voyageuses devaient se rendre ensuite, ressemblait à cet endroit, et si les Alpes étaient aussi hautes que les montagnes Rocheuses ; il se demanda si leur hôtel allait ressembler au Brown Palace. Il s'imagina allongé sur l'épaisse moquette du hall central de cet hôtel, en train de regarder le dôme au-dessus de lui comme si c'était un écran de cinéma. Il vit des dames vêtues de robes de taffetas et portant de petites toques de velours, des mitaines et des mules pointues en satin ; il vit les tables de jeu où les croupiers étaient obligés d'utiliser de lourdes pelles car les mises étaient toutes faites en lingots d'or. À l'époque, les dames prenaient des bains de champagne dans des baignoires plaqué or. Toutes les choses qui se présentaient à son esprit étaient en or : l'écorce des palmiers à Covina, le whisky dans le verre que Grand'Pa avait laissé derrière lui quand il avait gravi l'escalier pour aller rendre l'âme, les cheveux de Leah au-dessus des grandes tiges de chrysanthèmes, le fermoir sur les livres de Grand-Père Bonney. Il ne convoquait pas délibérément ces images; elles défilaient devant lui en une procession majestueuse. Il y avait une petite broche en or représentant deux mains entrelacées que sa mère gardait dans sa boîte à bijoux, et dans cette même boîte se trouvait un médaillon terni en forme de cœur sur une chaîne aux maillons fins. Il se souvenait de l'auréole de Jésus sur les cartes qu'on leur donnait au catéchisme, de l'étoile dorée de Bethléem sur le sapin de Noël, et de son badge de pied-tendre obtenu aux scouts.

À un moment, ils entendirent un train de marchandises qui s'éloignait et, à un autre, à des kilomètres de là, une explosion de dynamite. Ralph se sentait tellement bien dans l'instant présent qu'il essaya paresseusement de retrouver à quoi ce bruit le faisait penser et quand enfin il ouvrit les yeux et vit que l'épervier était toujours là, il se souvint de cet avion qui tournait dans le ciel, des années auparavant, le jour où lui et Molly étaient allongés sur la pelouse de lippia et attendaient qu'Oncle Claude arrive pour enterrer Grand'Pa.

Il demanda:

— Molly, tu te souviens de l'avion le jour de l'enterrement de Grand'Pa?

Sa voix lui parut lointaine et hésitante et il se rendit compte qu'il guettait sa réponse en tremblant. Molly attendit un long moment puis, en se penchant par-dessus Winifred, elle le regarda droit dans les yeux et répondit:

— La seule chose dont je me souvienne c'est que je te hais et que j'espère que tu vas devenir gros.

Winifred éclata de rire et dit:

— Tu as vraiment le plus mauvais caractère de toute la région.

— Permets-moi de ne pas être entièrement d'accord, dit Molly. J'ai le plus mauvais caractère de tout l'État du Colorado, des États-Unis, de l'Amérique du Nord, du monde occidental, de la planète et de l'univers.

Elle déclama tout cela avec précipitation, sa voix devenant de plus en plus forte au fur et à mesure qu'elle parlait.

— Très bien, continue de l'avoir mauvaise, dit Ralph d'un ton las, en refermant les yeux.

— Toi aussi tu l'aurais mauvaise, dit-elle à Winifred, si tu savais ce qu'il m'a dit un jour.

— Molly! s'écria Ralph en se redressant.

— Qu'est-ce qu'il t'a dit? demanda Winifred, amusée.

— Molly, si tu le dis, je te jure que...

— Que quoi? dit-elle en le regardant froidement.

Puis elle tendit son long bras maigre et indiqua la direction du col de Cuthbert, et elle poursuivit :

— Si nous avions des jumelles, nous pourrions voir le tunnel d'ici.

— Qu'est-ce que Ralph t'a dit, Molly? insista Winifred.

— Oh, je n'ai pas l'intention de te le dire à toi, Winifred Brotherman. Au fait, tu ne trouves pas que Ralph est en train de devenir gros?

Il se mit debout d'un bond et attrapa son fusil.

— Eh bien moi, je m'en vais, dit-il d'un ton sec.

— Ah bon, mais pour quoi faire? demanda Molly en souriant d'un air provocant, tout en entortillant autour de ses doigts la tige d'une campanule.

— Pour faire du fer-blanc et te mettre du plomb dans l'aile, répondit-il sèchement, tout en s'en voulant immédiatement d'avoir utilisé cette vieille plaisanterie de quand ils étaient enfants.

— Voilà un excellent trait d'esprit, je dois bien le reconnaître, dit Molly. J'ai du mal à croire que tu l'aies fait exprès, cela dit, car je ne connais personne qui soit aussi creux du ciboulot.

Il ne savait pas de quoi elle voulait parler; il ne comprenait pas quel trait d'esprit il venait de faire. Il traversa les campanules à grandes enjambées en sentant avec délectation les petites fleurs bleues qu'il écrasait sous ses pieds. Winifred lui lança: « Bonne chance! » mais il ne se retourna pas. Il pouvait difficilement avoir de la chance, étant donné que, même s'il voyait Boucle d'Or, il ne pouvait pas tirer tant qu'Oncle Claude n'était pas là. Il descendit le torrent en direction du barrage de castors, d'abord en faisant bien trop de bruit à cause de son agacement contre Molly, puis en s'efforçant d'avancer à pas légers sur le sol souple et moussu. Il dépassa l'endroit où il avait trouvé les bois de daims et songea qu'il avait eu bien tort de les donner à Molly ce jour-là et de penser qu'ils se comprenaient à nouveau. Il eut soudain la sensation que c'était la dernière fois qu'il longeait ce torrent.

Molly avait tout gâché et il n'arrivait même pas à se préoccuper de Boucle d'Or. Qu'elle aille au diable! se disait-il, qu'elle aille au diable! Il n'y avait que Boucle d'Or qui avait réussi à lui faire oublier le tunnel. Et maintenant elle avait tout anéanti. Elle était peut-être même en train de tout raconter à Winifred mais, à bien y réfléchir, cela ne paraissait pas très probable: elle était trop maligne; elle garderait ça en réserve et elle l'utiliserait quand le bon moment serait venu. Elle gardait toujours quelque chose en réserve et elle l'avait toujours fait; elle mettait de côté ses friandises à Noël et elle attendait que tout le monde ait fini les siennes, puis, un jour ou deux après, elle les sortait toutes et elle les mangeait devant eux et refusait de leur en donner la moindre miette. Et elle mettait de côté toutes les blagues qu'elle entendait et ce que les gens disaient et les rêves qu'ils avaient faits, si bien qu'elle avait la réputation d'être intéressante à écouter, même si personne ne la supportait tant elle pouvait se montrer sarcastique. Par exemple, elle allait récupérer le trait d'esprit qu'il avait fait et prétendre qu'elle l'avait prononcé elle-même.

Il finit par s'asseoir sur un rocher couvert de lichen près du barrage de castors. Un jour, vers la fin du mois d'octobre, il était venu ici tout seul, non pas pour chasser Boucle d'Or mais pour échapper à Oncle Claude qui voulait l'emmener inspecter le blé d'hiver. C'était une journée glaciale et avec le vent le froid glissait sur la peau sans vraiment la pénétrer. Le ciel était lourd et les feuilles étaient toutes tombées et toutes marron. Les arbres squelettiques avaient déjà pris la teinte grise de l'hiver et les fougères s'effritaient sous les pieds en faisant de petits bruits. Il avait aperçu une belette et songé que, peu de temps après, le pelage de l'animal allait virer au blanc et qu'elle allait devenir une hermine.

À l'instant même où il se remémorait la belette, une salamandre, noire et orange, se faufila dans les taillis de fougères à côté de son rocher, ce qui lui fit penser à la tabatière de Grand-Père Bonney. Fallait-il donc, se demanda-t-il, que chaque chose dans le monde fasse penser à quelque chose d'autre? De la tabatière il passa à cette soirée où Mlle Runyon avait apporté les fleurs et où lui et Molly avaient sangloté en silence en pensant à Grand'Pa, allongés sur le sol à côté de son cercueil. Depuis ce moment, tout était allé un peu de travers, mais pour quelle raison? Il pouvait voir le vieil homme avec une netteté parfaite, et il l'entendait distinctement chanter:

Oh, nous nous percherons sur les os blancs de son cou,
Et je picorerai ses beaux yeux bleus.
D'une boucle de ses cheveux dorés
Nous garnirons notre nid quand il fera froid[59].

«Jamais plus je ne pourrai être heureux», dit-il doucement à voix haute. Molly non plus ne le pourrait jamais, mais Molly ne voulait pas être heureuse, et elle voulait qu'il soit aussi misérable qu'elle. Si elle racontait tout à sa mère, si celle-ci lui faisait une leçon de morale

59 — Extrait de la ballade *Les Deux Corbeaux* (voir chapitre 3).

en employant plusieurs fois l'expression «pas très aimable», alors il quitterait la maison. Ce ne serait pas juste une menace, il s'engagerait pour de bon dans la marine.

Une fois qu'il eut pris cette décision, il commença à se sentir mieux et il se leva. Il contourna le barrage de castors, en regardant avec attention à travers les arbres. Juste après cette étendue d'eau noire et silencieuse se trouvait une petite clairière qu'il connaissait, avec au milieu un rocher plat ressemblant à une table. Il eut l'impression d'entendre quelqu'un de l'autre côté du barrage et s'arrêta pour écouter, mais il finit par conclure que ce n'était que le bruissement d'ailes d'un oiseau. L'idée lui était venue qu'il pouvait s'agir d'Oncle Claude, mais il se rendit compte que celui-ci n'aurait pas pu revenir du haras aussi rapidement. Même si tout était calme, on pouvait ressentir, comme toujours dans la forêt, la présence toute proche d'êtres vivants, si bien que quand, en écartant doucement une branche d'aronia, il vit Boucle d'Or dans la clairière, près du rocher plat, en train de dévorer un lièvre, il ne fut pas surpris. Il avait eu la certitude, au cours des instants précédents, qu'il allait la trouver là. Elle déplaça délicatement sa proie avec une patte, puis l'éventra sauvagement avec ses crocs. Il resta ainsi pendant une minute, parfaitement immobile, retenant sa respiration et hésitant sur ce qu'il allait faire, mais la tentation était bien trop grande: il faudrait qu'Oncle Claude lui pardonne; si ce n'était pas le cas, Ralph s'en irait pour toujours.

Au moment où il levait son fusil, il entendit un autre bruit, mais qui venait cette fois-ci du flanc de la montagne. Boucle d'Or l'entendit aussi et leva son lourd museau; avant qu'elle ne puisse détecter Ralph de ses yeux couleur topaze, il tira et fut tout de suite complètement aveuglé. L'espace d'un long instant explosé, il ne put rien voir, puis quand la vue lui revint et qu'il vit le corps jaune avachi dans l'herbe éclatante, il se rendit compte que ce n'était pas la vue qu'il avait perdue, mais l'ouïe, car il y avait eu un autre fusil, et un autre coup de feu, une fraction de seconde après le sien.

Oncle Claude jaillit des fourrés et fit irruption dans la clairière en poussant des hurlements d'Indien.

— Bon Dieu, on a réussi! Seigneur Dieu, on a réussi tous les deux.

Et il se rua vers le félin en jetant son fusil au sol. Elle était tombée vers Ralph, sur le flanc où elle avait été touchée, et on ne voyait pas de sang. Oncle Claude la retourna pour chercher les blessures et Ralph s'avança.

— Elle est tellement petite, dit Ralph d'une voix basse, comme si Boucle d'Or n'était pas morte mais seulement endormie. Pardi, elle n'est pas plus grosse qu'un chien. Elle n'est même pas aussi grosse qu'un chien.

Mais la grande question était de savoir quelle balle l'avait abattue. Ils cherchèrent ensemble avec empressement, en écartant les poils avec leurs mains. Ralph était surpris de voir combien le pelage était court et rêche. Il n'y avait qu'un seul impact de balle, et il ne se trouvait pas à l'endroit que Ralph avait visé. Devant un tel échec, il sentit monter en lui un écœurement – un écœurement et une fureur contre son oncle qui s'était approché si silencieusement et avait gagné si facilement.

Oncle Claude dit :

— Je vois pas qui pourrait décider lequel de nous deux l'a tuée. Je crois qu'on va dire que c'était un travail d'équipe.

Il y eut un bruit dans les buissons d'aronia en face d'eux, à l'opposé de l'endroit où Ralph s'était tenu au moment de tirer. C'était un bruit qui ne pouvait venir que d'une gorge humaine. C'étaient des gargouillis de sang. Oncle Claude et Ralph se redressèrent et échangèrent un regard rempli d'une terreur innommable, et l'espace d'un instant ils ne purent plus bouger mais restèrent là, immobiles, la tête nue sous le soleil flamboyant qui tombait sur eux et sur le félin mort à leurs pieds.

— Il y a quelqu'un qui...

Oncle Claude traversa la clairière en courant à toutes jambes, presque plié en deux, et Ralph le suivit, en sentant son corps qui s'embrasait de douleur. Molly était étendue près d'une souche en décomposition, avec sur le front une blessure qui ressemblait à un fruit écrasé. Ses lunettes avaient volé en éclats sur ses joues et une des branches, à moitié arrachée de son oreille, se dressait en formant un angle vulgaire. Un des élastiques de son short de sport bouffant s'était décroché et pendait sur son tibia. Le bruit dans sa gorge s'arrêta. Oncle Claude s'agenouilla près d'elle, mais Ralph resta quelques pas en arrière. Il pouvait voir la vie la quitter aussi nettement qu'on voit le feu s'éteindre sur une bûche de bois calciné. La vie se retirait comme la marée, elle se levait comme se lève le brouillard.

Quand Oncle Claude se redressa, Ralph se mit à hurler. Il rejeta la tête en arrière et, en ouvrant la bouche aussi grand que possible, il laissa le son se déverser hors de son corps et consumer les montagnes. Puis sa voix se brisa et il ne put continuer à hurler et il se jeta sur le sol en tapant du poing et du pied les aiguilles de pin et en gémissant :

— Je l'ai pas vue ! Je l'ai pas entendue ! Je l'ai pas tuée !

Oncle Claude s'approcha et le saisit brutalement par les épaules et le fit se lever.

— Arrête ça, dit-il sèchement. Fous le camp d'ici et va chercher quelqu'un.

Ralph gardait les bras ballants et il dit:

— Je savais pas qu'elle était là.

— Bon Dieu, je le sais bien. Dégage, maintenant. Allez, file. Va chercher quelqu'un.

«Dans une minute, songea-t-il, laisse-moi juste une minute.» Il s'agenouilla près de sa sœur et toucha le sang sur son front, et caressa ses joues, et sentit sous ses doigts ses cheveux trempés.

— Molly, dit-il. Ma petite Molly.

Il déposa un baiser sur ses lèvres qui avaient le goût salé du sang, comme si, à la manière d'un chien, il pouvait lécher sa plaie et la guérir. Oncle Claude lui donna un coup de pied dans les côtes et répéta:

— Quand je te dis de dégager, je veux que tu dégages.

Il fallait partir à présent. Il traversa la clairière en trébuchant, tout en s'efforçant de ne pas regarder Boucle d'Or. Au sommet du barrage de castors, il vit Winifred qui arrivait en courant dans sa direction et il comprit qu'elle avait entendu ses hurlements. Il s'arrêta et l'attendit en s'asseyant de nouveau sur le rocher où il avait vu la salamandre. Il retira de sa gaine une tige d'orge des montagnes et se mit à la mordiller en sentant les sucs sur sa langue. Le temps de cette minute jaune et unique, son existence n'avait plus de passé ni d'avenir.

Quand elle le rejoignit, tout essoufflée, il lui dit:

— Continue à travers la clairière. Ils sont de l'autre côté.

Et même si tout son visage interrogeait Ralph, elle repartit en courant sans un mot.

Pendant un long moment, il resta assis là à bafouiller comme un dément: Molly, Molly, Molly, Molly. Il répéta ce mot jusqu'à ce qu'ils arrivent. Winifred portait les fusils et Oncle Claude sa sœur morte avec sa tête saccagée. Ils avaient noué un mouchoir autour de son front si bien que le trou n'était plus visible, mais il y avait du sang qui avait commencé à suinter au travers; désarticulée de la sorte dans les bras d'Oncle Claude, elle ressemblait à un grand singe élancé.

Le temps qu'ils la redescendent jusqu'à la voiture, le soleil était en train de se coucher. Il allait y avoir directement, pensa Ralph, cette méchante lumière jaune. Oncle Claude et Winifred s'assirent à l'avant et Ralph se mit à l'arrière à côté de Molly, qu'ils avaient calée pour qu'elle tienne assise comme une personne. Il gardait les yeux fixés droit devant et regardait la route qui se faisait dévorer par la voiture comme un interminable spaghetti rouge.

Magdalene était dans la cour devant la maison où elle ramassait de la menthe et Oncle Claude l'appela pour qu'elle vienne les aider. Elle s'approcha de la voiture et regarda Molly à l'intérieur. Son visage noir et plissé ne donnait à voir aucune émotion, mais dès qu'elle parla Ralph put enfin s'effondrer. Elle dit :

— Doux Jésus. Cette pauvre petite pouilleuse blanche.

— NOTE DE L'AUTRICE

La dernière phrase du *Puma* fut écrite un jour brumeux d'avril 1946 à Damariscotta Mills, dans le Maine, tandis qu'un ébéniste du coin fixait les poignées des tiroirs d'un bureau qu'il avait construit pour moi. Cet homme avait vécu dans le Maine la plus grande partie de sa vie, mais à l'origine il n'était « pas d'ici », et il n'était donc pas doté du caractère taciturne des autochtones de cette partie de la côte qu'on appelle « Down East ». C'était une vraie pipelette, l'ouvrier le plus bavard qui fût jamais intervenu à mon domicile. Mais c'était un excellent artisan, alors je m'accommodais de sa sagesse rustique (« Comme dirait l'autre, un malheur n'arrive jamais seul », « Y'a que deux choses sur lesquelles on peut compter dans la vie, c'est la mort et les impôts »), de ses opinions politiques scandaleuses et de ses plaisanteries incompréhensibles (auxquelles je riais soit trop tôt, soit pas du tout, et, dans ce cas, pensant qu'il me parlait d'une mésaventure, je répondais : « Oh, comme c'est terrible ! »). Sa tête se trouvait juste au-dessus de ma machine à écrire et il avait l'haleine chargée (il chiquait du tabac, mais heureusement il se retenait de le faire chez ses clients ; il se trouve que je possédais bel et bien un crachoir mais il était de petite taille et en verre laiteux et j'y avais mis des immortelles et du feuillage de doux-amer) et, comme à son habitude, il ne cessait de débiter des fadaises à un rythme soutenu.

Mais j'étais si torturée par le remords, après ce que je venais d'infliger à mon héroïne, Molly Fawcett, que je n'entendais pas un mot de ce qu'il disait et que je ne me souciais pas du tout de sa présence.

Ce bureau a changé de maison à dix reprises. J'y ai écrit un autre roman et un grand nombre de nouvelles, d'essais et de critiques. Il est trop imposant pour la pièce où je travaille à présent, mais il est rangé dans le grenier, et dans son compartiment central se trouve la machine portative de la marque Royal sur laquelle j'ai écrit *Le Puma*. J'ai acheté cette machine (en payant en plusieurs fois) en 1937, à une époque où je gagnais cent dollars par mois pour donner des cours d'anglais à de jeunes lycéennes du Missouri mignonnes et écervelées. Cette machine a depuis longtemps été remplacée par une série de modèles standards qui deviennent obsolètes en une poignée d'années. Je l'ai achetée huit ans avant que le bureau ne fût construit, mais elle est toujours en état de marche (elle a les articulations un peu rouillées par manque d'exercice, et il faut taper fort sur les touches, mais un petit échauffement suffit pour lui redonner sa souplesse) et elle m'a servi vaillamment jusqu'à sa mise à la retraite – j'y ai tapé plusieurs romans qui ne valaient pas grand-chose et qui reposent, jaunis et presque en miettes, dans mes archives, et c'est sur elle que j'ai écrit les trois romans que j'ai publiés. De temps à autre, je monte au grenier quand le temps est frais et je retire l'étui élimé de la Royal, et je tape ce que j'ai toujours écrit quand j'essaie une nouvelle machine à écrire ou un nouveau stylo : « Le jour est arrivé où aucun vivant ne pourra s'échapper. »

C'est Bienfaits qui dit cela dans *Tout-Homme*. Je ne me rappelle pas quand cette annonce de l'Apocalypse est faite – sans doute vers la fin de la pièce, quand la Faucheuse révèle que le numéro de Tout-Homme a été tiré – mais je devrais le savoir car je connaissais autrefois cette Moralité par cœur. En tout cas, je connaissais par cœur ce que Bienfaits avait à dire, car j'ai tenu ce rôle une fois quand j'étais étudiante à l'université du Colorado. Bienfaits est l'un des amis masculins de Tout-Homme, et j'étais une jeune fille à l'époque – maintenant je suis une vieille dame avec un châle au crochet sur les épaules et un calot de dentelle sur mon crâne qui dodeline – mais on m'a quand même choisie pour le rôle ; j'imagine qu'on pourrait y voir la preuve qu'alors, à cette époque lointaine et dorée, nous nous élevions déjà contre les perfidies qui découlent du Machisme et que c'était là une façon de manifester très discrètement notre désapprobation. Malgré tout, il est plus probable qu'on m'ait donné ce rôle parce que j'avais (et j'ai toujours) la voix d'un croque-mort. Et Bienfaits, même s'il est bien intentionné (en fait, c'est vraiment un chic type et il accompagne Tout-Homme, comme vous vous en souvenez, dans l'au-delà, quand tous ses amis des beaux jours ont fini par le planter), est mélancolique.

Et là-haut dans le grenier, parmi les frelons et les toiles d'araignées, dans ma maison à l'extrémité est de Long Island, sur le bord opposé du continent par rapport à cette côte pacifique où Molly est née (et où, par une étrange coïncidence, je suis née moi aussi) et loin des Rocheuses où elle mourut (et où j'ai rêvé d'une carrière sur les planches pendant deux semaines), je deviens aussi mélancolique que Bienfaits. Pauvre, pauvre Molly ! Je l'aimais de tout mon cœur et j'espère qu'elle repose en paix.

Jean Stafford

The Springs
Long Island
21 septembre 1971

Achevé d'imprimer en juillet 2023 par Corlet Imprimeur, à Condé-en-Normandie, pour le compte des Éditions Beau dommage, Paris.

—

Numéro d'impression : 23070082

—

Dépôt légal : août 2023